跨度小说文库
Kuadu Fiction Series

跨度小说文库
Kuadu Fiction Series

YOU

ZOU

DE

REN

游走的人

瘦谷 ◎ 著

中国文史出版社

目　录

悬置

A

现在，东宇坐在我的房间中，和我喝冰镇啤酒。我开着窗户，初夏凉爽的晚风吹进屋中，电扇就显得没有了用处。

他说，我去太木那里了。

我说，你去太木那里，怎么不和我说一声？他说，本来想给你打一个电话的，结果忘了，走到路上才又想起。这不，一回来，就找你来了。

我认识太木先于东宇。东宇认识太木，还是我介绍的。那些年，写东西的人喜欢走东走西，喜欢以文以诗会友。太木是我的高中同学，上了师范之后，教了几年书，结果"归隐"了田园。太木在我们三人中，可以说是一个杂家，诗、书、画都不错；东宇呢，前些年写诗，总是弄一些"终极意义"之类的神谕夹杂在诗中，包袱太重。这些年他写散文，读哲学书，和我在一个城市里奔日子，脸上的皱纹一天天见长；我，在我们报社写总编认为可以见报的文章，没事的时候首先是什么也不做，然后才是写小说。

东宇说，老谷，怎么样，闲来无事，写一部小说吧。

我说，写什么写啊，这一两个月我天天坐在电脑前和那个隐身人下围棋。

东宇说，我去太木那里，太木不在，我在他家独自住着。那天早晨

3

醒来，我突然感觉到我好像是住在一个时间的空屋之中，被时间悬置起来了。给你讲这个悬置的故事，算是报答你今晚的啤酒。

我有了一点兴趣，说，说来听听。

故事就这样开始了。

故事的开始

故事开始于一封来自山里的太木的信。

东宇接到太木的来信是在十天前的午后。

当东宇刚刚走进他们单位的院子，想拐进他在他的一组系列散文中称为"灰色大楼"的办公楼时，就被那个有着一只用狗眼代替左眼球的看门人叫住了。他是一个独眼人，左眼在一次啤酒瓶爆裂事故中破裂，无法修复，所以才弄了一只狗眼装饰门面。更为不幸的是，他遇到的眼科大夫又是一个因为婚外恋的困扰而无精打采的人，眼科大夫取下的是狗的右眼，却不得不装进看门人的左眼眶中，这使得看门人的左眼看上去实在不可理喻。但看门人右眼的视力却出奇的好。喝酒的时候，他对人说，看门是他最适合的职业，他的两只眼睛现在可以换班休息，白天右眼工作，夜晚左眼工作，什么事情他都一目了然。现在，他是东宇他们单位的看门人兼信件、报纸、杂志之类的分发人。

独眼看门人把头伸出窗口，对东宇说，你有好些天没来上班了吧？你的信来了好些天了，你也不取走。

东宇到另一座城市出差去了——去看人家的脸色和眼色确定自己的言行，以便达到他的也就是单位的目的。今天刚回来。他接过独眼看门人递过来的信，看见信封右下角署着的大有瘦金体味道的"太木"两个字，在心里有了微笑。太木独自住在山野，至今仍然保留着用毛笔给人写信的习惯。其实，太木一年也写不了几封信。毛笔是他使用的唯一的书写工具。

东宇拿着信往楼里走。太木的信是东宇悉心保留的几个朋友的来信之一。东宇喜欢太木用毛笔书写的瘦金体字，喜欢他在信中谈论的山里的动物和四季不同的农事。东宇一边上楼一边打开了信，读了起来。

走进办公室，东宇站在宽大的玻璃窗前，看见街上行驶的车辆和行走的人群不得不因为交通的拥挤而表达出各自的烦躁和愤怒。他们不得不拥挤在街头，初夏的午后，城市的阳光照在他们的身上。这种阳光的抚摸和无数人相混合成的恶心的汗味使他们汗流浃背，充满了身心的疲惫。他们几乎没有意识到，这个时候，城市的天空中没有一只飞过的鸟儿。只有没有羽毛的银色飞机轰隆隆地在城市的东南角起飞和降落，不断地掠过城市的天空。

就在这时候，在远方，在太木所在的山中，太木正坐在面临青山和绿水的窗前，悠然地填画着他的册页。鸟儿在树上跳跃，憧憬谈论着它们的爱情和婚礼，为深入山中的人鸣唱时间另一面的梦幻曲。

那个下午

太木的来信写了四页，仍然是他一贯的瘦金书体，大小和东宇的小指甲盖差不多。一看见太木的字，东宇就想起大手大脚却又清癯瘦薄的太木来。

在信中，太木要东宇从没有地气的城市中到他那里去住下十天半月。

他说，山里的这个季节是一年中最美丽的季节，每天，都有一队白如秋天云朵的天鹅从他家门前不远的河中飞过。早晨逆流飞去，傍晚又顺流飞回，飞回下游它们的家。这些天鹅和他一起等待着东宇的到来。

东宇从窗口回到自己的座位上，他在想，我有什么理由拒绝太木的邀请呢?

太木在信中所描述的他家乡伊甸园般的风景对东宇这个每天在城市中生活得死活不知的人来说,确实是一个无法抵挡的诱惑。生活……生活……一想起这个词来,东宇就要咬牙。整整一个下午,东宇百事不做,就坐在椅子上神思恍惚地想着远方的太木,想着自己的生活。

那时候,东宇无牵无挂,既没有爱情又没有需要特别的生活,只有他自己健康的四肢和两个漫长假期中像富翁的金钱一样无法打发的时间。所有这些都使东宇迷恋上旅行有了充分的理由。

在老谷的建议下,那个夏天,东宇包里揣着老谷写给太木的信,去了太木的山里老家,去见太木和看太木身边的山水。

老谷送东宇上车,说,你别在太木面前张狂,太木可是一个异人。

那个下午,太木躺在山林中溪边的石头上睡着了。他的脸上盖着一本古老的书,那个集才能平庸的皇帝和艺心独具的艺术家于一身的赵佶的画选《宣和睿鉴册》之中的一册。夏天的泉水从山上下来,一路上身不由己地匆忙奔跑,跌落在太木身边的石潭中,发出轰然的声响。在这很响的水的声音中,太木仍然酣然地熟睡着,随着他的呼吸,他脸上的画册轻轻地起伏着,由山泉组成的溪流腾散出夏日下午轻而淡的云朵,使山林的气味更加醇厚浓郁。

东宇走到溪边,看见了在溪边熟睡的太木,但东宇看不见太木的脸,也不知道他是太木。东宇找到太木祖上留下的小木楼时,门上挂着一把古老的铜锁,所以东宇自个儿就进了山。太木的脸隐藏在《宣和睿鉴册》的后边。东宇想,这里真他娘的钟灵毓秀,一个躺在溪边的樵夫也看这样古老的书。东宇不想打扰这个幸福的人,他实在有些口渴了,他放下背上的背包,脱了鞋向溪边走去。这时,太木醒来了。

这是他们最初的相遇。

当太木领着东宇走进东宇曾经走进过的太木的院子时,东宇才恍然

6

大悟地从书包中掏出了老谷写给太木的信。

天就这样暗了下来。东宇把写着他的请假要求和理由的一纸申请放在了他的上司的桌上，关上门下楼回家。他已经安静下来，对于山林的回忆鼓励了他，他的内心已经在想象的道路上行驶。东宇暗暗地设想他的这次突然的旅行将有什么样的情节进入将来的回忆。那条水流清澈的河、那些在河上飞行的白天鹅使东宇的身体里有了清凉的风回旋，他渴望能和太木一起坐在溪边的石头上轻声地说话，在自然的风景之中体验人类童年的感受。这些缓缓流动着的思想使东宇感觉到一个觉醒的人不再滑入昏睡的轨道，而是要主动地去实现清凉的梦想，从而唤醒自己丢失的情感和残留的愿望。

这时候，街上的灯亮了。

B

东宇叙述停下来的时候，我说，这就是最初的开始吗？你这最初的开始散漫得有些懒洋洋的味道。尤其是独眼看门人对于故事的参与显得你目光游移。

但东宇说，这符合初夏午后走进迷宫般灰色大楼者的特征。这个时候，刚刚走进甚至已经坐在椅子上的人有很多无法掩饰的呵欠。

我不知道是否该删去东宇关于独眼看门人的旁逸之枝。这对我来说有些困难。我得对你们说的是，老谷，也就是我，不是，至少现在还不是一个优秀的小说家。

暂且这样吧。

太木离开自己的家

太木在早晨醒来的时候，想起今天是他到静安寺的日子。按照过去信在路上行走的时间，在一周前太木就应该收到东宇的回信，或者东宇本人来到太木的院中，高喊着太木的名字走上小楼。

太木不知道东宇来不来他这里，想了想，在临出屋时，在书桌上给东宇留了一张纸条。

东宇：

　　我到静安寺去了，你可到静安寺找我；或者就等在我家中，我三两日就回来了。

　　欢迎你的到来。

太木

早晨干净又清新的阳光从路边绿树的叶层中落下来，照在洒着一夜露水的山道上。山间有一些淡薄的雾缕在轻手轻脚地游走，穿过树冠时，发出沙沙的脚步声。太木走在山道上，有时就停下来，倾听这雾缕的声音。这时候，常常就有一些大而饱满的露珠从枝叶上落下来，撞在太木的肩上，或落进他的脖颈中。那些在晨风中轻轻翻动的树叶，在太木的内心里写满了淳朴安静的诗歌，早晨的阳光和清风情不自禁地把它们读出声来；在太木的身后，一团团雾缕从一顶树梢游向另一顶树梢，跟随他缓缓前行，它们是山的精灵，充满了安闲的生命意味和初夏林木的蓬勃朝气。

那次，东宇和太木相见之后，来到太木的家中，他在太木的书架上发现了美国超验主义者梭罗的书《瓦尔登湖》。这使东宇大为惊讶。因为，在东宇的脑子中，他把太木想象成一个像陶渊明、王维那样，喜欢和伟大的自然厮守在一起的艺术家和诗人。而梭罗是十九世纪的诗人，他关怀人类的灵魂，指明人类应该如何生活。梭罗说："你脚踏着的土地，你如果不觉得它比世界上任何别的土地更甜润，那你这人就毫无希望了。"

为了验证人除了必需的物品其他一无所有也能在大自然的环境中愉快地生活下去，梭罗毅然到康科德郊外林中的瓦尔登湖畔去居住。他的衣、食、房屋都是他自己动手获得的。一年之中他只劳动六个星期，而把其余的时间用来思考、阅读和写作。两年俭朴的自给自足的湖畔生活，使梭罗写出了被称为超验主义圣经的重要著作——《瓦尔登湖》。

东宇在心里说，如果要更全面地认识太木，真是需要时间的一点一点的给予，而不能听老谷的介绍。但老谷的介绍却至关重要，因为是老谷的介绍使我认识了太木。

太木以梭罗和王维为自己精神的楷模。太木对东宇说，王维是从青春激情过渡到皈依宗教的最完美例证。没有谁能如此善始善终，诗之语言能如此出神入化，从自我能如此自然地抵达大我和并不空的无；中国的诗歌史上没有谁能如此回归少数人类所具有的神性意识，王维的诗歌有着那永远无法解释的梦幻和音乐。

在 路 上

东宇收拾好简单的行装，就向着太木身边的锦绣山川进发了。如果说，太木是以盼望的心情等待着东宇的到来的话，东宇则是以渴望的激情奔向太木和太木身边的山水的。

东宇随身的包中放着一本新书，英国斯蒂芬·霍金的《时间简史》。但坐在长途客车上的东宇一是因为车身的颠簸，二则没有平静的心情来继续阅读他未读完的这本关于宇宙——空间和时间的书。

东宇已经决定，在和太木相聚的日子中，他将和太木一起讨论关于这本书的阅读感受。这个坐在轮椅上的霍金，当他的轮椅被人缓缓推动在卡姆河畔时，他的大脑中却回旋着宇宙的星云。

车子在山腰间的公路上奔驰，时而像条壮牛一样长哞着上坡，使东宇无端地想象起车的前端满脸通红的痛苦样子；时而下坡，因为惯性的作用，人的心脏失重，车上的人一时噤口安静下来。这使东宇想到了"悬置"这个词。

当东宇还在大学校园里的小树林中像一个诗人一样徘徊时，他长发纷披的形象就受到了大家的质疑，人们更愿意把东宇看成哲学思潮中一个追寻自我形式的贝壳，而不太愿意把他归类到诗人的行列。东宇写过一首使自己自鸣得意的诗，在诗中，东宇说：

> 在莽苍的天空
> 漫游闪烁我的灵魂
> 啊！诸神
> 你们谁是上帝召唤的信使
> ……
> 在上帝的统领之外
> 来自大地和天空的神灵
> 在我的心灵和身体
> 时隐时现世界万物的风采

这首诗貌似气魄宏大，其实充满了东宇大而空的说教——关于神、上帝、灵魂的口号，如果东宇以此种思考写一篇散文式的哲学笔记，恐怕倒不乏深度、广度和力度。事实上，东宇的想象和其自身的抒情并不如何新鲜。他更像一个孤独的旅人和沉思者。

午后太木的空屋

当东宇推开太木家木栅栏的院门时，已经是午后了。午后的阳光有些耀眼，站在太木宽大的园子中，东宇用手掌放在额上遮住阳光，仰起头来，向着小楼的窗户大声地喊：太木，太木，我来了！但楼上的屋中却没有人伸出头来答应。

太木并没有像东宇在路上想象的那样，飞一般从吱吱咔咔的楼上应声跑下来迎接东宇。这不免有些让东宇失望。东宇想，太木可能走得并不远，一会儿就会回来的。如果他真的走远了，也没什么关系。东宇知道太木的门钥匙放在什么地方，可以在太木家住下来，在等待太木的归来中"自食其力"。另外，趁此时间一个人在山里自由地走一走，也是极妙的事情。在太木这座由木头和竹子装配起来的小楼上，东宇住过的那十来天使他知道了太木的米缸在什么地方和太木整齐、茂盛而又内容丰富的菜园。

东宇走到小楼的门前，弯腰从石头的门槛缝中取出了钥匙。这是一把古老的青铜锁的钥匙，太木说至少有几百年的历史了。锁像青年人在院子里练习臂力的志石，钥匙则呈 L 形状，钥匙伸入锁孔后，如果相符，则将其锁栓顶开。这古老的玩意儿使东宇爱不释手，很想向太木要来，带回城里放在书架上，不时把玩。

东宇要把钥匙插入锁孔时，这才发现太木根本没有锁门，只是虚挂着一把锁而已。

轻轻一推，门就开了，进门就是上楼的楼道，在幽暗中突然明亮起来。东宇站在门口，不免有些恍惚，这景象像是阳光把他和门一起推动了一样。东宇一步一步向楼上走去，木质楼梯上的脚步声在东宇听来好像是从时间的梦境中发出的磨牙声。这个感觉直到东宇走到太木宽大的厅屋中，推开北面的后窗，看见太木北屋下绿油油的菜畦，才无声地消失了。北墙窗下屋后的菜园，使东宇回坠到真实的地面上来。

那个早晨，东宇就是站在这个窗前看见太木在菜园中松土拔草的。菜园外，是一条小溪，哗哗哗地绕菜园而过。小溪和菜园之间有一条窄窄的铺着石头的小道；菜园扎着竹篱，鸡在篱外寻找符合它们口味的食物，而鸟则三三两两地站在竹篱上啁啾唱歌，或者谈天。鸡和鸟似乎都无视太木的存在，或者说它们都把太木当作它们友善的邻居。在晨光中，一些晶亮的露珠，悄悄地爬上了在菜园中劳作的太木的衣衫。

东宇走下楼，来到屋后的菜园，站在篱外，对太木说，我能帮你干点儿什么？太木说，不用了，马上就完了。

C

东宇是在城里长大的，太木在山里长大，两人有着本质的区别，但有一点却是共同的，那就是守住面对自我内心的时间。东宇甚至为此不断地产生焦虑和渴望。

我知道，对他们两人而言，这是一种和生理需要相同的需要。只不过，太木做得更彻底一些。这大约就是一种"痴"。

至于我，我也说不清楚，一言难尽。可以清楚地知道的是，我喜欢太木和东宇的这种"痴"。

对于东宇的叙述，我走神了。东宇说，嘿，想什么呢？随之又给我倒了一杯啤酒。

我喝了一口啤酒，借此清理一下走神的脑子，放下杯子说，我有好长时间没有回乡下老家了。真想回去一趟。

早晨醒来

鸟的叫声把睡在南边书房的东宇从梦中唤醒了。

一夜安静的睡眠。睁开眼，早晨的阳光已经从窗户中斜射进了屋中。在阳光的光影中，一些像烟缕一样虚幻的微尘无声地漫卷升浮着——像一个独语者的叙述，那些在时间的流逝中的陈年旧事在叙述中给人一种恍如隔世的感觉。

这时候，东方的天际刚刚闪射出第一束霞光，山峦和河川还笼罩在淡如轻纱的晨雾中。东宇从床上起来，推开窗户，在红色的朝暾中，各种各样的鸟儿在天空中飞翔。那些像宝石一样晶莹闪亮的各种颜色的眼睛，使东宇想起秋夜天空中闪烁的繁星和夏夜中飞翔的萤火。

东宇想知道现在是早晨几点，他回到床边，从枕头下摸出他总是随身带着的老掉牙的瑞士怀表。东宇一直很喜欢这只走时仍然很准的怀表，这是东宇那个做了一辈子海上水手的父亲临终送给他的礼物。瑞士怀表古老沧桑的样子常常使东宇想起他幻想中的时间老人，它把时间均匀地分配给东宇，然后又悄悄拿走。东宇记不得谁写下过这样的诗句：

> 象征时间的老人
> 这个死亡骷髅的收割者
> 谁也逃不过他的镰刀

对于怀表而言，时间没有向度。而东宇则像一枚河流中的落叶，不由自主地被时间推拥着奔向未知的未来。那些东宇途经的风景再也无法重现，因为人根本无法回到过去的时间。

在城市里，在东宇那些因酒精的刺激而少不了的梦魇中，它在他的枕下走动。在这样的夜晚，有许多次东宇都把这时间的足音想象成雨滴从乡居的瓦檐边失脚跌到地上的声音，或者是一株粗壮的麦苗在春天的田野上拔节的声音。这只苍老的怀表给了东宇许多温情的安慰。

然而，这只忠于职守的怀表却在东宇需要知道时间的时候停了下来。东宇把怀表紧紧地捏在手心，感到自己一下子就被一只无形的手悬置了，那些从东宇的心灵间流走了的时间，在他此刻的记忆中像是梦境。这使东宇感到有些慌乱，一夜平静的睡眠被击得粉碎。现在的东宇不仅找不到证明他过去岁月的证据，也找不到证明他的年龄的证据，他甚至都无法证明自己意识中的名字是不是他真实的名字。

在太木的小楼上东宇连个镜子都找不到。

东宇喃喃地对自己说，在时间之外，我该用什么样的虚构来填补我心灵的真空？

东宇试图从太木的屋中寻找到可以证明时间的证据。他拿起书桌上那个叫太木的留下的那张纸条，重新读了一遍。

东宇：

　　我到静安寺去了，你可到静安寺找我；或者就等在我家中，我三两日就回来了。

　　欢迎你的到来。

太木

在太木留下的字条上，却没有署下时间。东宇走到窗前，想：我不知道静安寺在哪里，我上哪里去找太木呢，我只有等待太木的归来，才能从这被时间悬置的状态中被重新放到地上；但愿这个叫太木的人能够证明时间在我身上留下的印痕。

东宇关于钟表及时间的日记

日晷是人类记录或指示时间的最早"钟表"，但它只能用于白昼而且必须是有光影的白昼。大约在公元三千五百年前，人类就已利用简单的立竿或立柱来观看日影。后来，甚至出现了可以区分季节和小时的各种刻度的日晷，此种计时的方法一直用到公元十世纪。另外，在古代，点灯和点烛也曾作为计时的工具。

从十四世纪开始，有了用两个调节重锤摆以控制擒纵机构的机械钟。这种时钟体形笨大，多安装于公共场所和教堂的高塔上。十六世纪初，有了发条钟，体积趋小，已可携带。

漏壶

分单壶（古埃及和中国均有出土）和复壶。单壶仅有一个贮水壶，其压力无法守恒，在中国，约在公元前一〇〇年的西汉时期使用。复壶有两个以上的贮水壶，中国最著名的复壶是元朝延祐年间的复壶。

一九四〇年，北平二条聚珍斋珠宝玉器店的张迁烈，被请到鼓楼东的金王家看钟。金王家在清朝时是北京北城有名的财主，本姓王，因家藏金子太多，故被称为金王家，北平沦陷后，金王家已经破落，所以就有了卖钟之意。

这钟有一米高，红木座子，走动起来声音不大，打点时，钟顶的一朵大花和四角的四朵小花一起开放，并有芳香溢出；钟的下端两侧站着两个洋娃娃，手捧小水沟，水沟团结着钟下部的前后左右，打点时两个洋娃娃手里就放出两颗小珠球，珠球在水沟里行走，按报时转圈，一时转一圈，两时转两圈……小珠球在水沟里滚动，浪花滚滚，钟声似西洋音乐。

此钟来自法兰西，是法国在乾隆年间赠给清王朝的礼品。光绪二十六年，西太后、光绪帝逃往西安时，被宫里的太监卖给了金王家。

这座钟现在在故宫博物院，距今已有两三百年的历史了。

时间知觉

人对时间数量有感知作用。所谓感知即是意识到刺激的作用。人们经验着外界的各种持续不断的变化，如昼夜和四季的变化；而人的内在生理需求也有周期消长。这种经验的连续性被称为人生活在时间中。

人们能感到变化的一个条件是相逢发生的事件。事件序列和持续时间是时间知觉的两个方面。

东宇注：确认自我时间知觉的无误，应有参照和证明。因为只有找到了自我"现在"的时间的坐标点，自我才会相信已经逝去的伴随着事件的时间是真实的。

D

我是在天快亮时对东宇说这句话的。我说，你得陪我回山里老家一趟，我得再一次看一看你所说的我老家的场景，我才能完成这部由你叙述的小说。

东宇说，我可以陪你回去。这对你来说很重要。我听谁曾说过，人不能两次涉过一条河流，也不能两次回到同一个岸。在时间的河流上，空间的岸也在流失和陷落。

我说，此言不谬！每天从地平线上升起的太阳是新的，那么，太阳升起的参照系——大地——也是新的。

东宇说，在故事的河边，仅仅打湿鞋子，河中的石头和鱼将会被惊跑，而浪花转瞬即逝。

我说，嘿，兄弟，不要教我怎么写小说。

这时候，天已经朦胧地亮了。

看见自己在早晨归来

东宇站在窗前，眺望窗外早晨的田野、群山和河流。

鸟儿的鸣叫在天空中飞翔，不知疲倦，快乐而又婉转。

在东宇所眺望的窗外的墙上爬满了翠绿的葛藤，在晨风中，小小的叶子摇动，发出相互碰撞、摩擦的飒飒声，山川间的雾缕漫卷飘动，窗外的景致变幻着影影绰绰的面貌。窗下是安静的院子，院中有一株桃树，正盛开着繁花似锦般的花朵。东宇甚至能听见它们开放时，那轻如婴儿翕息般的声音。

初夏清凉的晨风如那透明的水漫过安静的院子，漫过东宇这个在窗口等待和守望者的心中，犹如小猫在雪地走过，无声无息。

东宇看见一个人沿着在晨光中闪闪烁烁的青色鹅卵石铺成的小道，向东宇身居的小楼走来。看起来，他像是一个漫游了一夜的夜行者，他的头发和身上的衣裳都被夜露打湿了。他站在院子的门前，他头上湿漉漉的头发上晃动着早晨逐渐明亮起来的光泽。东宇以为是那个叫太木的主人回来了，东宇把他的身体努力向窗外伸着，高声喊：太木，太木。

来人抬起了头，望着东宇，微笑着说，我不是太木。

那你是谁呢？东宇问他。

我是你呀！你连你自己都不认识了吗？他答道。

真的是我吗？是我远游来到这早晨的庭院吗？是我穿过这初夏的夜来到这个叫太木的住的小楼的前面吗？东宇站在院门的前边不由自主地思忖起来。

那么，如果我是东宇，那个站在窗前喊我太木的人是谁？

这时候，青苹果的芳香像早晨的雾缕包围了东宇，是谁指引着东宇在早晨去到苹果园，而又从苹果园来到这太木的小楼？对结满青色苹果的果园的神奇造访使东宇低头的时候看见了自己裤腿上沾着的带着青苹果芳香的露珠，和自己第二个衣扣上那一叶白色轻盈的鹅毛。

对苹果园的造访

苹果园在桥的那边，一孔石头的古拱桥上车辙隐约可见。桥栏青中泛红，在这早晨的熹微中闪着幽幽的光泽，使人有一种古老的历史在这官道的桥上歇足的感觉。东宇想，不知有多少别离的人和行吟的诗人曾站在这桥上，把栏杆拍遍。

小楼的窗户洞开，东宇乘坐风的翅膀来到这里，站在桥上。桥下潺潺的水声中有白色的苹果花随波逐流，如香雪流芳。

东宇在流水的气息中如痴如醉，清凉的风声包围着他的梦境。东宇点数早晨的露珠，轻盈的身心如羽如叶，一路飘向果园。桥头大柳树叶上的露珠，河边水姜花蕊上的露珠，河水轻轻飞漱的水沫，指引东宇来到苹果园的花季。

河中水的轻雾升起在果园的天空，舒卷漫游，如秋雨后大晴的白云。东宇朦胧地记得自己曾经在河中捡回过三个洁白如玉的石头。梦中的白石头此时就悬在果园的天空，被神灵抽去了重量。

东宇轻轻推开果园的木栅门的声音仍然打断了狗和鸟儿的梦境。鸟儿在果园的上空盘旋鸣唱，狗猗猗地叫着，和东宇一起抬头仰望鸟儿扇动或静止的、五彩云霓一般的羽毛。狗在东宇的身旁忽前忽后、忽左忽右，它摇动尾巴和耳朵时，湿润的土地上仍然干净如常，找不到它昨日夜晚的情景。

东宇想，他应该听见歌声，听见守园老人苍老浑厚的歌声才对。东宇固执地认为自己曾经听见老人唱过歌。老人的歌声越过清澈的河水，飘向小楼的窗户。老人的歌声仿佛就响起在昨日的黄昏。歌声、晚霞、河面上粼粼的波光、桥头大柳树的叶子在晚风飒飒中的响声、鸟儿的鸣叫声把东宇所居的小楼轻轻举起，犹如海上的船随着潮汛，一起浮升。那是东宇第一次知道窗外的远方有一座开花的苹果园，窗外的墙上有一片爬上天空的、站立的葛藤，那翠绿的叶子在老人的歌声中摇曳翻动。

是守园的狗把守园老人找到的，但还没有找到老人的歌声。老人须发白如垂落的溪瀑。闪亮的锄头在他粗大的手中举起又落下，头上蒸腾出如絮的白烟，像是长长的白发随着老人劳作的起伏而缭绕四散。

在果园深处，老人翻地的声音有力地摇晃着整个果园如雪盛开的花朵。花朵睁开了花瓣的眼睛，晶莹的露珠中，每一朵苹果花都为自己迟醒的睡梦脸飞羞色。

老人的歌声响起来的时候，东宇已来到果园临水的小码头，石条堆砌的码头上还残留着夜色吹过的湿润，面向东方时，便可看见石梯坎上有清亮的光泽闪烁。东宇坐在石梯坎上，狗偎在他的身旁，老人的歌声粗犷而又动人心弦。顺着河水飞来飞去的鸟儿在那歌声升起的地方，在天空静止着痴情地倾听。

太阳就在整个果园沉入歌声的情怀中不知不觉地升了起来。彤红的朝阳照亮了东宇清瘦苍白的额头和苹果园梦幻般的枝叶。每一片苹果树叶都闪耀着毛茸茸的金色的光边，白色的花朵在阳光中透明如白绸。老人已停止了歌唱，但老人的歌声已融合在阳光之中，在苹果园清纯荟萃的露珠上熠熠闪烁。

守园的狗从倾听和遥望中回过头来的时候，再也没有看见东宇的身影。在老人的歌声和果园初升的朝暾中，东宇悄悄地走了。一群云团般的鹅顺流而下，东宇在河水中捡起一叶鹅的羽毛插在第二个衣扣中，离开苹果园回家。东宇想，在临窗的书桌上，也许有一个青色的苹果正坐在散乱古老的书中间等待自己从梦中醒来。它芳醇的香气即使跋涉一个世纪也仍然美丽如初。

E

在河边的石桥梁上，太木加入了我们的谈说。也就是说，对于东宇的叙述，我和太木将对其做出更符合我们思维的详述并对其提出我们的质疑。

19

我说，在太木面向院子的书房的窗户中，你看见的却是你自己在向你走来；而当你抬头的时候，那个在窗口看见你的人却隐去了。

东宇说，那个窗户是一条时间的通道，而不是空间的通道。

太木说，这有点儿形同比利时画家马格里特的名作《田园的钥匙》。在这幅画的画面上，玻璃已经从窗上落了下来，这证明时间已经流逝；但空间却是静止的，因为从落下的玻璃上，我们仍然看见了它在窗框上时透过它看见的窗外的风景。

我对东宇说，我读过你仿佛是梦游般的苹果园之游的散文，你为什么要搬入你现在的叙述呢？

东宇说，我常常有这样的感觉，就是我跌入我写下的文本之中，我甚至都无法去修正它，找不到新的岔道。

我们三人就这样沿着小河边说边走。

但这次散步，在河中，我们并没有看见东宇所说的白云般的鹅。

对了，这条河并不是飞翔着天鹅的那条河，这条河只是那条河的分支而已。

在河边丢失了主人

东宇看见院子的木栅门不经意地在他的面前斜开着，他顺手把木栅门推开得更大些，随之走进了院子。东宇看见那些在昨天的夜里和他一起流浪的云雾在他之前已到达院中。它们卷着小小的身体，在院中的一朵朵灼灼其华的桃花上安恬地睡着了，睡成一粒粒晶亮的露珠。

窗户洞开着，东宇抬头的时候，却已没有了那个问他是谁的人，白色的窗纱在晨风中起伏，就像一缕被绳索拴住了一端的雾。

在东宇抬头寻找那个在窗口问他是谁的人的时候，一粒桃花上安睡的露珠醒来了，东宇凝视着这个好像在伸懒腰的露珠，对它逐渐长大的身体感到万分的惊讶。眨眼之间，这粒小小的露珠就变得硕大饱满起来。这硕大的露珠就悬在院子中，悬在晨光之中，悬在东宇的眼前。露珠之中，一片小小的桃花花瓣向所有的方向闪射着凉意沁人的光芒。那些刚才还在天空中飞翔鸣唱晨曲的鸟儿被从露珠中闪射出来的光芒惊得四散了。

露珠中，一条流水清澈的河蜿蜒东去。河的两岸盛开着一穗穗白色和紫红的芦花，许多峨冠博带的人手握发黄的书卷在河边悠然地走来走去，他们飘飘的衣袂在风中发出檀香隐隐的气味和丝绸在风中挣扎时的声音。他们抑扬顿挫地念着一些美丽的诗词。在他们面向东方的吟咏中，他们的眼睛中是一片绯红的桃花花瓣，这花瓣像是一滴水红的颜料落在了一张宣纸上，正慢慢地洇漫开来，天地之间逐渐被这种奇异的红色天光所映照和覆盖了。

这时候，一队羽如白雪的天鹅从上游飞来。这些天鹅飞得很快，在它们的翅膀扇起的风中，河两岸的芦花一阵摇曳。吟哦诗词的人们停下了他们杂乱的声音。天鹅从他们的眼前飞过，然后远去，一片白羽从河的上空飘飘扬扬地落下来。在河上，这片羽毛无声地顺流而下，转眼之间它轻盈的身影就消失在了他们的视线中。

他们回过头来，继续他们形同游戏一样的临风的吟唱，或者坐在河边的草地上，听着河中的水声，三五人在一起推杯换盏。

眼前的情景使东宇想起东晋永和九年三月三日，兰亭修禊时文人墨客们的盛会，王羲之、谢安、孙绰……四十余人，会聚兰渚——在弯曲的小溪两边，坐着吟咏的诗人，溪边竹林掩映，溪水上漂着载有酒盅的莲叶，诗人们从莲叶上端起酒盅，举杯酣饮着，喝过之后，再把空杯放回去；在上游，小童们将注满了酒的酒盅放在莲叶上，再把莲叶放到水中，下游的儿童则用手中的长竿把莲叶上的空杯收集回来。他们临水作诗，赞山水之美，咏好友相聚之乐，抒人生生死无常。

东宇在这些临河吟咏的人之中穿梭，他想记下他们所吟咏的美丽诗篇，他想知道他们对自己的诗作的评价。但东宇没有找到自己，也就是说东宇不在他们之中，这就像逼真的戏剧，故事在东宇的眼前发生，但东宇却只是一个观众，戏剧中没有东宇的角色。

就在东宇急于找到自己并找到了自己的时候，那个在这个故事中唯一和东宇有联系的人却消失了。也就是说，东宇的主人消失了。

在东宇发现他丢失了他的主人的那一刻，同时也找到了自己的角色。在这一幕场景之中，东宇是一个少年书童。少年书童东宇无缘无故地丢失了自己的主人，使得他头上布满了惊慌的汗水。东宇至少在这些吟诗和喝酒的人群中寻找了三遍，仔细地核对了每一张脸，却仍然一无所获。东宇的主人和东宇不辞而别，留下东宇这个粗心的书童守着主人的两木箱书，他急得流下了泪水。在那一会儿，东宇感到他的一生将在异乡度过，将在寻找中度过。他将在所有城郭和乡村中漫游，他的目光将在和他相遇的每张脸上移动，辨识记忆中的那张脸。这几乎是一个无法实现的愿望。东宇知道，就像他的主人每天面对一面闪光的铜镜都要拔去自己头上的白发一样，一张过去或者现在的脸也会在时光之镜的映照下被迫丢掉曾经的容颜。那么，即使东宇能在将来的时间中有幸和他的主人相遇，他寻找到的是他现在的主人吗？是现在的主人的脸吗？见着将来的主人的脸，东宇会认出他是自己的主人吗？

在幽州台和主人相遇

即使东宇满腹疑问，作为一个忠实的仆童，他仍然没有放弃他寻找主人的努力。

东宇挑着主人的两箱书，越秦岭，到过主人的老家梓州射洪，也曾过灞桥在长安的亭榭楼台间明察暗访。就是在长安的一家茶馆中，一个须发如雪的老迈茶客告诉东宇，他的主人已经跟随建安王武攸宜远征契丹了。

在那荒天野地的边塞之地，东宇却没有找到自己的主人，一个看起来像是中原人、手掌和指头间留有明显握剑拉弓之痕迹的年轻牧羊人对东宇说，你是说那个建安王吗？他打了败仗，早回中土了。

东宇说，你认识跟随建安王的那个陈伯玉吗？

牧羊人说，陈伯玉？陈伯玉不就是那个喜欢写诗的陈子昂吗？他呀，他也回中土了。唉，一介书生，谏来谏去，没人听他的。

这时候，起风了，天上的长云使远方的雪山更加遥远幽暗，草原上的羊群抬起头来向着灰沉沉的天空咩咩地叫了起来。

就是在这样寻找流浪的旅途上，在灯火如豆昏暗的客栈中，东宇读完了他主人的两箱书。现在，东宇已经长大，他不再是书童，他想，如果有一天他能够找到自己的主人，如果主人问起他的书，东宇可以随时给主人背出两箱书中任何一本上的任何一页上的文字。

想到这里，已经走出两箭之地的东宇又回到牧羊人身边。东宇说，我想把这两箱被我翻看得破烂不堪的书送给你，让这些书伴随你孤独的牧羊时光，如果你有了儿子或女儿，你也可以用这些书教他们识字……他们毕竟是华夏之裔。

离去的时候，东宇看见牧羊人从眼角间沁出了像早晨霜花一样的泪水。

当东宇来到幽州的蓟北楼下，已是夕阳已逝、天地间薄暮霭霭的时分。城里传出的暮鼓声在空寂的时空中把飞临城头的灰色大雁惊吓得不敢贸然停下。

东宇抬头看着大雁飞远，这时，他看见了古老的楼台上一个遗世独立的人沉重如石刻般的身影。晚风吹拂着他的衣衫。这个面容清瘦、身材瘦峻的人涕泪横流地仰天慷慨悲歌，东宇听见了他悲歌般的吟唱，他带着蜀地口音的声音在东宇听来是那样的熟悉。东宇想，从此之后我就可以放弃自己漫游般的寻找了。

东宇在心中暗暗地记下了主人在楼台上吟唱出的诗句：

　　前不见古人
　　后不见来者
　　念天地之悠悠
　　独怆然而涕下

F

我们三人从河边回到了太木的小楼，我和东宇坐在太木的书房中，等着太木给我们泡茶。太木说，这种茶是他用自己的方法在今年春天烘制的，飘出的水汽和口感鲜美得无与伦比。我从太木的书架上抽出线装的《陈子昂集》，翻到《登幽州台歌》一页，对东宇说，即使陈子昂真的"前不见古人，后不见来者"，但他仍然有一个"此时"在。也就是说，他仍然处于时间的一个点上。

这时候，太木给我们端来了香味四溢的茶，茶盛在据太木说是前清浙江等窑所出的青花茶碗中，下有茶船，端在手上顿生风雅之感。

东宇轻轻地啜了一口，说，味道好极了，齿颊留香，可三日不绝。

我对东宇说，怒骂广告时代的你也深受其广告之语言暴力的迫害呀！

放下茶碗，太木接过我刚才的话说，这个时间的点，使得陈子昂唱出了他的千古绝唱，唱出了他高蹈、豪劲、悲壮的胸怀。但陈子昂不是被时间放逐的，而是被政治、权力放逐的，也就是说，陈子昂的那一刻仍然处于时间之中。于是，他伟大的孤独感才充满了征服人心的力量。

东宇说，我也意识到了这一点，所以这就更加使我惶惑不安。难道被时间放逐和悬置的经验没有人体验过吗？后来，我想到了庄子，我决定访问他。

寻找庄子

对于东宇来说，想拜访庄子并不是一件容易的事，东宇甚至不知道庄子退隐后藏在了什么地方。

东宇知道，庄子做过"漆园吏"这样的小官，这是《史记·老庄申韩列传》中说的；庄子还曾在濮水上钓鱼来着，是《庄子》上说的。对东宇来说，只有这两条线索。这时候的东宇已经厌倦了没有目的的漫游跋涉，他不想像过去一样依靠直觉的指引在云游中等待机缘的降临，他必须尽快地抹去历史的尘埃，首先找到那条距离庄子最近的路，然后才能动身前往。

东宇在太木的书架上翻出了《括地志》《太平寰宇记》这两本我国早期的地理文献。

在地图上，东宇找到了一个名叫漆城的地方，在漆城的北部，东宇又找到了那条叫濮的水流，两处相距不仅不遥远，而且很近。这使东宇大为兴奋，东宇甚至据此推想，也许庄子现在正坐在河边，不时地回望自己老屋顶上的炊烟，一边又小心翼翼地看着水面上浮标的动静。

庄子说，你又不是鱼，你怎么知道鱼快不快乐呢？

东宇合上书，自言自语地说，至少，我敢肯定的是，任何一条被庄子钓出水面的鱼都是不快乐的。东宇自语到此，脸上不禁露出了微笑，他想，自己此时不就是被庄子钓出水面的鱼吗？

东宇来到濮水之北的濮阳，他却根本没有找到那条叫濮的河流。这座像是刚刚诞生的新城市，道路宽阔，街道整洁，绿树成荫，全城人正沉浸在获得了什么国家卫生城市而喜气洋洋的欢庆气氛中。耸入云空的楼壁蓝色镜片上缓缓地游走着白色的云朵。东宇手拿一根老板说是从日本进口、精巧可伸缩带自动缠线盘的鱼竿，站在车来车往的大道旁茫然不知所措。东宇原想把这昂贵的钓鱼竿作为见面礼送给庄子，可现在他连濮水都找不到。

好不容易，东宇拦下了一个骑自行车、看起来就是一个老师的年轻人，东宇问他，请问漆城在什么地方？

年轻人仍然骑在车上，脚踩在路边的道沿上，说，一直往南走，十分钟就到了；你有钱，坐"面的"也可以，两分钟就到了。就在东宇问路的这会儿，大道上来来回回跑过去了一二十辆黄颜色的出租小面包车。

东宇将信将疑地按照年轻人的指点往前走，不一会儿就走到了一座仿古城门的前边，隔着一个小小的广场，东宇抬头看见城门上写有篆字体的"戚城"两字，原来此处是一座在戚城原址上修建起来的公园。东宇知道戚城，戚城是春秋卫国之名邑，诸侯常会盟于此，根本不是东宇要找的漆城。

在戚城门口，一个满脸布满茄子干枯般皱纹的老人正在扫地，东宇穿过城门口的广场向他走去。老人眼睛近视得十分厉害，就是戴着眼镜，也需要使劲地伸着脖子，才能看清楚东宇的脸。

东宇说，老人，你知道濮水之南的漆城怎么走吗？就是那个油漆的"漆"字那个漆城。

东宇明显地看见老人的脸有了一种兴奋的表情，两只眯着的眼睛就像是灰窝里躺着两根银针，放出亮光来。

老人问，你去漆城干什么？

东宇说，我去拜访庄子。

老人又问，你怎么知道庄子在漆城？

东宇回答，我本来是想找濮水的，市里文史馆里的人说，濮水只流淌在古籍之中，什么朝代干枯的他们都不知道，他们甚至至今没有找到濮水的故道遗迹。庄子说他自己喜欢在濮水上钓鱼，这不，我还给他带了一根鱼竿呢。找不到濮水，我只好到漆城去，书上说他在那里当过什么官。

老人意味深长地哦了一声之后，把东宇带到他黑暗凌乱的小屋中。他捧出一大摞每一页都写满绿豆般大小字迹的手稿，放在桌上，不断地翻着，说，我知道庄子在什么地方，他已经不在漆城了。他现在在黄河那边山东东明县县城北边的庄寨村。

在庄寨村外一座古老的墓旁

这是初夏的午后，在华北平原的边缘，靠黄河的田野上，太阳已经可以把人晒得冒出热汗了。老人背倚着一座青石的墓碑，像是睡着了一样。

坟头和四周长满了野草，四周的田野上金色的麦浪在风中起伏着，发出飒飒的声响。一些鸟不时地从麦地中飞起，又一窝蜂地落下去。

麦子正在成熟，一些麦穗正轻轻地张开自己小小的嘴，让那些迫不及待的调皮麦粒跳出家门。东宇穿过麦地向老人走去。东宇看不见麦粒跳出家门的过程，但可以想象这奇妙的景象。

刚才，当东宇推开那个用小小的树干和枝丫做成的院门时，一群流淌着鼻涕、赤着脚丫甚至光着脊梁和屁股的小孩子从光线暗淡的屋中跑到了阳光照耀的院子中。

东宇问孩子们，小朋友们，庄子是住在这里吗？

一个大一点儿的孩子站出来说，你是说我爷爷啊，他到村外的麦地中去了。

天空中一朵朵白云悠悠地舒卷和移动着，时而浓时而淡；金色的阳

27

光从云缝中漏出来，梯形缎带一般，笔直地披挂而下，在接近大地的时候，溶化成金色的空气。麦穗、树、村庄……就在这金色的汪洋之中轻轻地摇动或静静地伫立。

老人身后有一株有着伞状树冠的柳树，柳树的暗景慢慢地在坟墓和麦穗上伸展移动着，爬上了老人花白的头发。

那些蝴蝶，美丽的、五彩缤纷的蝴蝶围绕在老人的四周，翩翩地起舞着。一些蝴蝶甚至站在老人的肩头上休息它们扇动累了的翅膀。

老人不是别人，正是东宇在戚城公园门口遇见的那个老人。闭着眼睛睡着了的老人没有戴眼镜，但东宇记住了老人脸上的皱纹。

东宇走到老人的身后，看见了墓碑后面的字。石碑上写着：

昔者庄周梦为蝴蝶，栩栩然蝴蝶也；自喻适志与，不知周也；俄然觉，则蘧蘧然周也。

字体和东宇在戚城看见的老人的手稿完全属于同一种风格，连细微处都一模一样，只是字的大小不同而已。

东宇静静地站在老人的身旁，这时，东宇想起晋人王羲之第五子王徽之雪夜访戴的故事，他便不再打扰大师，只是把手上的鱼竿插在老人身边的土中，悄悄地走了。

走了一会儿，东宇听见有人在他身后的古墓边对老人说话。东宇回过头去，看见是一个挽着裤腿、穿着白色汗褂的老头对靠在石碑上的老人说话。

他说，庄周老哥，咋还不回家吃午饭？有一个外地人找你呢。

G

我问东宇，你所见到的老人真是庄子吗？

东宇反问我，你认为老人真是庄子吗？

太木却说，老人是或不是庄子并不重要，重要的是庄子在《齐物论》中所记述的，也就是东宇在墓碑的背面看见的那段话。庄周梦蝶的故事说明梦中的庄周被时间放逐悬置了，他不知道自己身处在梦幻之中还是现实之中，他不知道自己是蝴蝶还是庄周。他处于时间之外，这是被时间悬置的人的显著特征。

东宇说，庄周梦蝶给了我安慰。

我说，纸张的发明在公元一百年之后，庄子的时代，庄子的著述只能用刀刻在竹片之类的上边。墓碑上边的字让人迷惑不解。

东宇的脸上出现了诡秘的笑容。

最后的结束

即使知道了庄子也曾有过被时间悬置过的体验，那又能如何？在太木的小楼上，东宇仍然无法回到时间的地面，他的大脑中不时出现的图像和情景，他不知道是他的回忆呢还是他的梦幻或者想象。

东宇甚至不知道"太木"是谁，他不知道他为什么要来到这里，又是怎么来到这间这个名叫太木的人为他设置的时间空屋的，如果东宇使用他的想象力能走出这个小楼，他就能挣脱时间对他的放逐吗？不，不能！在时间之外，人根本无法证明一切，这和一个人抓住自己的头发想离开地球一样不可能。东宇站在太木的窗前眺望着窗外的景色，他连他是否有过梦幻般的漫游都无法证明，那些只飘浮在他大脑中的光波，漫过之后，就无声无息了。

东宇看见太木书桌上一个青花的花瓶中插着一束新鲜的芦花，甚至芦花上还带着露珠，这是谁带进这间屋子的呢？是谁插进这桌上的花瓶的呢？"我思故我在"，东宇思考这个问题的时候，他知道他的存在，但他却不知道他是谁，也无法回答这个问题，因为东宇没有时间的坐标，没有准确或者相对准确的时间作为事件的参照系。

窗外是开花的桃树，田野中是像"叙述的冒险"一样充满魔幻魅力的交叉小径。田野那边是那条每天都有白色的天鹅飞来飞去的河，河上不断涌起又不断流逝的水波上跳跃闪烁着粼粼的光斑。岸上有鸟飞起或者停栖的绿树，芦花开着，在风中随风摇曳，在早晨的阳光中，逆光看去，白色的芦花就像一束跳跃着的火苗。一只白色的马在岸上走着，它的铁蹄在河堤间的鹅卵石上不时发出碰撞的清脆响声，雾缕已经散尽了，白色马的背影在东宇的眼前渐渐远去。

这时候，东宇听见了竹笛和排箫的声音悠悠地传来。他听出来了，这是一首著名的古乐，名叫《古怨》。

在乐曲声中，东宇决定走下楼去，去寻找吹奏这些乐曲的人们。

在河边，东宇停下了他的脚步。他想，他即使走遍这里所有的地方，他可能都寻找不到这些吹奏古曲的乐手。也许这声音来自东宇自己的心灵，来自曾经的，现在东宇无法证明的时间给予他的烙印，一个在梦中的人可以听见在物理意义上根本不存在的声音，一个在时间之外的人也具有相同的可能性，这就是那种叫作"幻觉"的东西。

东宇是被时间悬置的人，他本身无法证明时间在他身上是如何流逝的，但东宇发觉他却可以发现时间在它之外的那些印记。

河边有一座看起来像是一座古老庙宇的废墟，有一座残存的塔高高耸立在那片残垣断壁中，长满了狗尾草，塔的四周挂着风铃，风吹过它们，它们就发出叮叮当当的声音。鸟大约是没有记忆的族类，每当这些对于它们而言不可能有什么伤害的风铃响起的时候，它们仍然会惊吓地飞离古塔，不解地在古塔的周围盘旋；一当风铃停止不动，它们又会迟迟疑疑地在古塔上停栖下来。

而东宇身边的石头却纹丝不动，风在河面上走过，步履轻轻，犹如

30

时间的手无声地擦拭水的尘埃和鱼们的禅心。

曾经富丽堂皇的庙宇坍塌了，其实在它一步步走向辉煌的时候，时间已经给它设计好了它的结局——残破的废墟，一片荒凉和孤寂。

东宇坐在河边，脸上晃动着河上的波光。他有些困倦了，他想在这里安静地睡过去。后来，他就沉入混沌而又慵懒的梦乡之中了。

不知过了多久，东宇感到一只手放在了他的左肩上。

把手放在东宇肩上的人说，东宇，你在做梦吗？

东宇一愣，醒了过来。他记起了自己的名字，他看见太木和自己并肩坐在一起。这时，无边的时间就像水、就像空气把东宇淹没起来。而这时，东宇要想逃逸出时间的统领就像他在此时之前妄想回到时间中一样不可能。因为一个无法找到时间的参照的单个的思维导致了时间的悬置，而时间的悬置又把一个个体的生命还原成为一个抽象的存在。一旦这个悬置状态被外力打破，悬置便不存在了。

太木说，我从静安寺回来，看见你放在楼上书房里的书——《时间简史》，我就知道是你来了。下楼转了一圈，才在这河边找到你。

H

我细心地整理出了东宇的叙述，其间我、东宇、太木的对话和插话，以及我们各自的态度。

我说，我们可以对东宇的叙述写下我们各自不同的感受，作为这篇对于小说固有的概念而言非驴非马的文字的跋。太木和东宇认为这是一个好主意，所以就欣然命笔了。

东宇眼睛中闪着笑意问：跋的本意是什么？

太木答道：跋就是脚后跟。

我说：但愿大家的脚后跟不要带着脚气。

太木：

梦中的人就是被时间悬置的人，但大多数在梦中的人醒来之后，都可以找到证明时间的证据，这些有力的证据帮助他们回到时间之中，回到现实之中。所以，他们梦中的恐惧或者欢乐在梦醒之后，会得到时间的否定。时间在这里会打碎他们的梦幻。

如果说禅的秘密之一在于对时间某种顿时的领悟，即所谓"万古长空，一朝风月"，瞬间即永恒的话，禅不是被时间悬置的迷宫，而是习禅者努力在自己的内心使其时间停止的本体感性。

东宇：

你们说，我告诉你们的是一个梦境呢，还是确实发生过的事件？我自己无法回答这个问题。除此之外，还有一个我根本无法回答，你们也不可能知道的问题：两个我中哪一个是梦境，哪一个是真实的？或者说，都是梦境？都是真实的？

作为单个蛋白体的单个的人可以被时间悬置，但世界却无法居于时间的统领之外，时间的信使把时间和世界联系起来，那些来自大地和天空的时间之神必须通过它统领的世界，通过更多的人的心灵和身体来展现时间风情万种的风采。

老谷：

谁都可以抚摸出东宇的叙述遍布的裂纹，但不一定谁都会被物理之外的另一张时间表包围。

茶已经凉了。

回溯

我总是喜欢站在晃动着梅竹柏的月影的窗前，透过这如水中藻荇交横的纸窗，向着远方眺望。那条流淌着铜质般的水流的大河，在我的心中无声地穿过，一年又一年。

　　他就在那个叫孙花园的村庄中居住，孙花园在那条奔腾不息的大河之滨。他叫孙月——一个苦吟的诗人，一个仗剑的侠士，一个醉酒的仙客，一个热爱狂草的书痴，一个喜欢画兰花的画家。我知道他仍然是一个人，但我不知道他是不是在等待着我的拜访，我知道的是我的此生就是因为他而生长的。我在等待着能够与他共吟、共舞、共醉的良辰美景。

　　但我不知道在我的回溯和寻找中还会有什么样的故事发生，还有什么样的礁石让向前的流水回望。

　　我叫米兰，或者说现在的我叫米兰。事实上，我的名字并不重要，要紧的是我是女人。看着英雄走远，看着英雄在默默无语中用精铁锤打成的青剑把时间划成碎片，我的灵魂就像在寒风中起伏的丝绸，没有一根经纬能够稳住哪怕是一瞬的思想。

　　啊，翩翩如鹤的美色英雄，这一刻你是如此动人心魄！

上　篇

我十九，一无所知

谁能料到我会发育成一种疾病

——翟永明

回溯从米兰和孙月在时空中第一次相遇的时候开始。这是这个故事的源头，也是米兰的生命和她与生俱来的爱的开始，也是她寻找和回溯的开始。

那时候孙月还没有归隐，那时候的米兰还不是米兰。那时候的米兰还是一个明眸皓齿的小和尚，叫作圆规。在叫圆规之前，叫云。

那一年圆规十五岁，他怎么会想到作为圆规的生命就这样完成了。

那个在竹荫山的半腰上、叫作龙潭寺的地方是圆规来生也不能忘怀的伤心之地。在那里，圆规开始了他生死茫茫的思凡之舞。

是清晨，鸟开始鸣叫，太阳还没有出来的时候。飞翔的鸟的鸣叫用美妙的声音在天空中编织一张只有圆规才能看见的锦缎，胜过朝霞也美过夕晖的锦缎。每天一大早就要起床在寺内寺外洒扫庭院的圆规，都要站在晨风中痴痴地望一阵这飞翔的鸟的歌声。

孙月就是在圆规痴望鸟的鸣叫中从那个山垭口向龙潭寺走来的。

孙月向龙潭寺走来，在寂静的早晨，在竹荫山蜿蜒曲折的山道上，孙月在毫无知觉中走向他人生中思接千载的穴位。他已经看见眼前的庙宇了，也看见了庙前一个向着天空痴望的灰衣少年。灰衣少年圆规在孙月的眼中是那样的小，就像一枚站立在地上的竹叶。

孙月不知道自己为什么会到竹荫山来，会向龙潭寺走来。他只是喜欢云游，喜欢在路上而已。那些年，在孙月走过的地方，孙月的名字和

36

他酒后的诗章、和他的书画以及他出神入化的剑影一起化成了如山中兰蕙般的幽香，居无定所，缥缈，在山川大地上游走。

圆规闻见了这股来自与他不在一个世界的幽香，他的目光迅速地捕捉到了正在向自己靠近的孙月，他在心底里像是呻唤一样轻轻地吟哦了一声。

这个时候，山下那个叫天元的村庄已经开始喧闹起来。村民们去到村外的河边汲水。他们在这康平的年代固守着自己的传统文化，看护着自己脚下的土地、家园。在这个早晨的哈欠声中，平静地再次开始编织每一天男耕女织的乡村风景。他们没有注意到凌晨的时候，一个外乡人，一个美貌的佩剑的年轻男子，一个怀揣着自己的诗卷的人曾在他们的村庄前伫立片刻，最后却绕过他们的梦境上了山。那时候，天色如墨，只有启明星——总是给人希望的金星——在东方的天际孤独地闪耀着。

那个打更和敲钟的老人，没人知道他叫什么名字，他孤身一人，住在钟楼下的一间小屋中。他也没有看见这个来自远方的夜行的人。他在钟楼上，独自一人在烛火的昏黄中下着这个村庄的村民世代相传、人人都乐此不疲的六子棋。

孙月绕过一个村庄的梦境走了，走进了另一个故事。

不能责怪这个村庄的人们，他们没有更多的精力来注意逸出他们生活之外的枝叶。他们甚至忘记了那个从他们之中出走的孤儿——云。云的母亲临死的时候对云说，观音托梦给她，要她把自己的儿子送进佛门。

当时全体的村民送云上山的时候咽声一片，一些老妪把衣襟都哭湿了，但现在，一个外乡人，一个即将让这个孤儿生死相许的诗人、侠士，在路过这个村庄的时候仍然没有引起任何人的注意。他甚至没能找到一瓢水，找到一片干净的布巾擦一擦自己脸上、头上凝结的夜露。这个叫孙月的夜行人对于自己在天元村村口伫立之后的离去并没有什么感慨，也没有什么遗憾，他甚至害怕打扰人家的宁静。他已经习惯这样的生活了。

一个浣纱的年轻女子，她叫桂娘。她的父亲是一个年老的秀才，举人的功名总是离老秀才一步之遥。除了桂娘，他还有两个儿子，正走在通往举人和进士的道路上，除了苦读还是苦读。桂娘是那样的聪明、健康和漂亮。在这个早晨，她看见了从山上流下来的河水中漂来的竹叶，她把这枚竹叶捞起来，举起在阳光中，隐隐约约地看见这片宽大的竹叶中有一个身着袍子的少年，光洁的头，向着远方眺望。这时候一群村里的女人嬉笑着向河边走来，她一惊，手中的竹叶就再次回到了水中，漂远了。

在这个早晨，透过一枚竹叶的影像，桂娘再次想起了那个几年前独自上山削发的孤儿。一转眼，童年终日戏耍的伙伴分开已经三年了。三年来，桂娘无时不在想念云。神思恍惚中，她差点儿让自己手中的白纱跟随流水私自跑掉。

桂娘抬头看见了不远处河边的古亭，古亭在朝雾中有一种海市蜃楼的虚幻感，她想起那柄藏在古亭梁上的精铜锻就的剑。三年间，桂娘再也没有抚摸过那把剑锋利的刃。

桂娘在心底里说，总会了断的！

太阳就这样升起来了。

梦在梦境之中不可分割。用梦把故事引向梦境的人其结局都是把自己引向苏醒，没有结局，连残梦的碎片都难以拼接。

圆规甚至不知道这是不是自己的梦境。

孙月来到龙潭寺，站在山门前对眼神如晨光中的河水一样迷离的圆规说，小师父，我可以借贵寺稍息吗？

孙月在心里对自己说，这是一座多么让人神往的寺院啊！

选得幽居惬野情，

终年无送亦无迎，

有时直上孤峰顶，

月下披云啸一声。

孙月已经决定画下这座山中的古寺，然后再把唐人李翱这首赠给药山惟俨禅师的诗题写在上面。

圆规答非所问地说，大侠，你是说这座神奇的古寺吗？你真是一个旷古的高人，只有你才能看见它抽象的结构，看见它和山溪和百鸟的和声一样和谐的旋律，看见它每一笔如空气一样回旋流畅舞蹈般的纹线，更看见了看不见的笼罩着它的风月、水韵。

孙月说，你看见了我的内心。

圆规的脸红了，忙说，不知大侠愿不愿意在寒寺停息几日，随意闲坐也随意闲话。

孙月急忙虔敬地躬身施礼，说，多谢小师父！

毕竟夜行一夜了，孙月的内心对圆规充满了感激。他沉浸在一种飘飞的衰弱之中，他的云游、他的夜行、他的狂饮把他引领入像风筝一样欲仙的身心中。这是孙月无法摆脱、身不由己并不知道有限之界在何处的存在形态。

这使得孙月在圆规的眼中有一种无羁如风、高古独立的美感，惊心的美感！

孙月乌亮的黑发上还沾着夜间的露珠，露珠中的阳光闪射着熠熠的光芒，看上去孙月的头上就像落满了昨夜的星辰；圆规的双眸中也闪耀着这些星辰——即使他闭上眼睛，也赶不跑的星辰。

圆规站在书案的旁边为孙月研墨。这间取名为"墨缘斋"的屋子在藏经楼的二楼上，很大，四壁上挂着许多上品佳作。在向南的两扇大窗前，一扇前放着一张宽大的书案，一扇前放着一张琴几，几上是一架精美绝伦的古琴。

月波住持是一个诗、书、画都有上上造诣的高僧，所以特别在藏经楼上辟出了这间墨缘斋，凡有过路的高士或者在诗、书、画上有独到之处来此挂单游方的和尚，都会被月波住持请到墨缘斋留下一些供寺院保存的墨迹。

月波住持对孙月说，侠士，墨还没有研好，不妨趁这一会儿空闲给我们弹奏一曲古琴。

孙月说，那就只好献丑了。然后坐在琴凳上，沉思片刻，便演奏起来。

孙月的十指在七根细弦上起伏、跳跃、抚弹，就像上午的阳光在琴上飞溅，而乐声就像风沐浴在由山养育的有灵的流泉中。

寺里几乎所有的僧人都听见了藏经楼上传出的美妙的琴声，他们悄无声息地来到藏经楼下，仰望着洞开的窗户，共同沉浸在孙月弹奏出的古琴声中。

圆规在琴声中研墨，他不知道是墨的香味还是这轻微柔弱的琴声的香味盈满了整个屋子。

孙月停止自己的双手，圆规亦在最后一个音符中研好了墨。

孙月的双手抚在琴上，就像双手抚着一个婴儿。孙月在等待手掌下的七根弦重新安静下来。过了一会儿，孙月才从琴凳上站了起来。

孙月说，好琴！好琴！只是我的琴技让住持见笑了。

月波住持却说，天籁之音，妙极，妙极。恕贫僧寡闻，不知侠士弹的是什么曲子？

孙月说，这曲子是我胡乱编写的，名为《泉之烟》。

圆规在书案边退后了一步，对月波住持说，师父，墨研好了。

月波抬手对孙月说，今天是寒寺多年来难得的良辰吉日，有幸迎来你这样的高士光临。再请侠士赐墨。

孙月说，请住持指教。

走到书案前，孙月提起笔来，饱蘸墨液之后，却闭上了双眼，然后在雪白的宣纸上笔走龙蛇般地狂草起来。墨尽，他睁开眼，再蘸墨，再闭眼，再下笔，三下两下，一幅字就写成了。

圆规站在一边，他有些紧张，额上挂着几粒晶亮的汗珠。随着孙月悬空之手的挥动，他的脸上晃动着孙月的影子。

自从他把孙月迎进寺里，月波住持就让他做了孙月的书童，照顾孙月的起居，陪孙月观看寺里的名胜古迹，跟着孙月学一些简单的剑术。他和孙月在一起时，总是有些紧张。有时，一时兴起的孙月会情不自禁地抚摸一下圆规的头。如果这样，圆规的身上就会一阵燥热，背上一阵热汗，晕眩中几乎说不出话来。

然后，孙月又画了一张画，画的是《崖上墨兰图》，虚灵中有奇气。月波住持赞叹道，力遒却又不失雅韵，静穆中又见其生动，好画！好画！

孙月却谦虚地说，不入方家法眼。

圆规闻见了一股来自深山幽谷的兰香。这使他想起前天早晨他在寺院门口看见孙月向寺院走来时那一股与他仿佛不在一个世界的幽香。

三年了，圆规没有回过一次天元村，甚至没有下过一次山。如果说在三年偶尔的梦境和突然来临的恍惚中，他会看见桂娘的身影，看见桂娘大胆凝望着自己的眼睛，想起那把藏在村外河边古亭梁上的古铜剑的话，那么，现在，当孙月来到龙潭寺之后，他已经不再做那散乱的像流水一样的回望了。

桂娘把雪白的纱整齐地晾好在后院的竹竿上。水顺着纱线向着线头漫流，然后在线头处积聚成珠，滴向地上。桂娘站在一排排的纱竿之间发了愣，她看见每一滴水的凝聚也是阳光的凝聚，离开纱头的水珠在最后一瞬都要像一个抽咽的孩子一样向上抽动一下身体，在滴落的那一刻，阳光就无声地一闪。看着纱头上一滴水珠向地上落去，她心底里有一种恐慌，一种比三年前送云上山削发为僧时更加无边也无底的恐慌——如果她在这三年间固执地在心底里葆有对云的倾情，而且能在某些时候可以在心灵上因得到了那无形的回应还有所安慰的话，那么现在的她每一次无声的呼唤都会在长空中消失得无影无踪，没有回答。

十二岁的少年云在河边牧鹅，鹅在河边的沙渚或水中游玩觅食，桂娘和云并肩坐在河堤上，两人说话或者不说话，手中不时飞出瓦片或者薄薄的石头。这些石头和瓦片在水上跳跃行走，然后沉入水中，有时不小心瓦片或石头跑进了鹅群中，鹅们就嘎嘎嘎地高叫起来，张开翅膀扑腾着闪开，两人就一阵开心地笑。

河边紫和白的芦花散发出那种微甜的清香。云看见一箭还在孕育中的芦苇，便站起来走过去伸手够了过来，剥开叶子，里边是一穗雪白的极嫩的芦花。云撕下一绺放进嘴里，尝到那清甜的味道之后，才回来坐回桂娘的身边，把其余的芦花递到桂娘的唇边。桂娘张开红唇咬住了芦花，比雪白娇嫩的芦花更清甜的味道一下就打湿了桂娘的全身。

桂娘看见云在阳光中散发出晕光的透明的耳轮。她想，自己发烫的耳朵也一定和云的一样可以穿透阳光。她从腰间解下短剑，递给云，说，父亲真是一个奇怪的人，他让我两个哥哥读书，却让我学剑。父亲说，这剑是他的友人送给他的，他的这个友人现在已经是什么道台了。我不想学剑，我把剑送给你好了。

云接过剑，说，我只是一个牧鹅的少年，学剑干什么呢？

桂娘的眼睛望着在阳光中闪烁的水面，沉吟着说，嗯，你学了剑，可以守护……守护我们两人呀。

云转头看着桂娘，心怦怦怦地跳得他发慌，在河之风的吹拂中，桂娘鬓边的发丝在她美丽动人的双颊上晃动，但她的眼睛却是那样的坚定和大胆。云感到手中的剑变得沉了起来。

云说，没有师父，我怎么才能学好剑呢？

桂娘说，我家有一本剑谱，明天我把它拿来给你，你就照着剑谱在牧鹅的时候练吧。

云说，我娘看见我拿着剑回家，她会生气的。我们把剑藏在古亭的梁上吧。我练的时候，再取下来。

桂娘说，好吧。

两个人拉着手向古亭跑去，桂娘白色的衣衫在奔跑中飘荡在风中，像是一朵飞翔的芦花。

孙月是在三天后又再次上路的。三天之中圆规完成了他无可躲避的成长。三天的成长却要米兰一生来寻找，这成长的代价和烦恼真是千年一遇了。

月波住持和几个禅师及小和尚道宁、青年和尚苇航把孙月送到寺外便止了步，道宁、苇航和圆规三人平时总在一起，相互间就像兄弟一样，今天送别孙月，他俩却没有见到圆规，两人的心里都颇觉奇怪。大家相互施了礼，孙月就要上路。这时，月波住持一回头看见了藏经楼上的圆规。手握书卷的圆规站在洞开的窗前，望着将要离去的孙月，他手上的书页在风中起伏翻飞着，就像一只苍黄的蝴蝶被圆规抓住了双脚。

住持说，大侠且慢，我让徒弟圆规送你一程，可好？

孙月说，多谢！多谢！

苇航从山门外进了寺，又绕过大雄宝殿和大雄宝殿之后的罗汉堂，来到了藏经楼楼下。圆规并没有看见已经来到楼下的苇航，他的目光仍然望着山门外和住持、禅师们话别的孙月。苇航仰头对圆规喊道，圆规，住持让你送一程大侠孙月。

苇航的喊声使圆规一惊，他觉得苇航的喊声是那样遥远，就像来自百年之前。圆规根本没有听清苇航喊他做什么，他只是下意识地放下了手中的书，关了窗户，从楼上下来了。圆规的芒鞋在木楼梯上橐橐橐地一路响下来，他的眼中含着无言的泪水，当他看见在楼下等他的苇航时，才装着有什么小虫落进了眼睛，抬起袍袖擦去了。

苇航说，住持叫你送侠士一程。两人急忙往寺门走去。这时，苇航又问圆规，大家都去送孙月，你怎么不去？

圆规好一会儿没言语，快到了山门，才说道，我不知道他今天要走。

苇航对圆规的话一片疑惑，这三天圆规一直都和孙月在一起，而且大家都知道孙月今晨要走，怎么会就圆规一个人不知道呢。

孙月和圆规一前一后行走在山道上。这样的步履对孙月来说是那样的新鲜。见过孙月行走的人没有谁不想到"健步如飞"这个平庸的词的。有许久，两人都无话可说。孙月看见了圆规脸上的痛苦，也看见了圆规心中的烦乱，但他不知道圆规为什么痛苦，心灵为何不能平静。

圆规没有力量去望孙月的眼睛，他觉得现在的自己就像是一个行走的稻草人，一个被别人握在手里的灯笼，内心里点着灯盏。

在转过又一个山垭口时，孙月停下了脚步，说，小师父，送君千里，终有一别。来，我们在这垭口的岩壁上各题两个字做纪念吧。说完，孙月从腰间的剑鞘中拔出剑来，执剑旋舞，就像有一束火苗在岩壁上疾走跳跃，当孙月收剑时，圆规仍然看见了孙月剑尖上正在黯淡的红焰。青色的岩壁上"惜别"两个发白的阴字正散发出岩石微甜的味道。

圆规低声说，大侠，我不会用剑在岩壁上写字。

44

孙月把手中的剑递给圆规，说，你紧紧地握着这剑的柄，剑尖距离岩壁一寸左右，剑尖沿着你心中之字的笔画运行就行了。

圆规执剑站在岩壁前，平执着剑，闭上了眼睛，在他眼睛睁开的那一瞬，他手中的剑亦开始行走。与孙月相比，他的剑书虽有些滞塞，但也在转瞬间就写完了"幸会"二字。

圆规有些紧张，就在这转瞬之间，他的额就沁出了一片细密的汗珠。

孙月笑了，说，请回吧。说完深深地施了一个礼。

圆规的脸色正在从红润转为苍白。他双手合十，低着头，说，那就不远送侠士了，还望侠士来年再来寒寺小住。

孙月感到心里突然有一股热流在周身回旋，他想这也许是他与圆规离别时的伤感——这是他久违了的感觉。难道这儿女情长的感觉是如此奇妙难言吗？

孙月站在低着头的圆规的面前，迟疑着不能挪步。他对清秀、双颊上还有着一对酒窝的圆规有一种不能言说的怜惜，圆规太瘦弱了，就像女子一样柔弱无骨。

孙月也不知道他为什么会解下腰间的青玉腰牌，把圆规合十的双手分开，放在圆规的掌心中。

青玉之中的青色就像夕照中的炊烟在天空回旋缭绕，这烟缕的颜色就像圆规手腕上的青脉一样。圆规的双手太凉了，就像冰一样。

孙月走远了，消逝在山道和丛林之后。许久，圆规才抬起头来。他感到他掌心的青玉中流动着一股如水如烟的回响，合十的双手就像是在幽久的水光中默然游弋的蚌，等待着一个年轻的渔夫的打捞，等待着他打开自己的身体，取出孕育了一生的珍珠。

圆规是在孙月离开龙潭寺之后的第六天去世的。

这六天对圆规来说几乎就是一百年，就是一生一世。

送别孙月之后，圆规走回龙潭寺已经是那天的下午了。苇航和道宁几乎一个下午都守在寺里的鼓楼上。站在鼓楼的窗洞前，可以远远地看到圆规送别孙月的那条路。山间的道路消失在那个山垭口之后，消失在苇航和道宁焦急的等待之中，他俩的心里好像都有一种预感，圆规不会回来了，或者说回来的圆规可能已经不是从前的圆规了。

在向晚的竹荫山的天色中，苇航和道宁不得不准时把暮鼓敲响。就连贪玩的鸟听见龙潭寺的鼓声时，也都恋恋不舍地和伙伴们说着再见，一路上叽叽喳喳地抱怨着时光的短暂、爱情的易变回家。在它们的心目中，它们的爱情是以晨钟和暮鼓一天的时光计算的，谁知道它们今日的爱人在明天的晨钟之后会不会成为别人的情人呢。

鼓声震得苇航和道宁的耳朵嗡嗡地响，在他俩就要下楼的时候，再次把目光投向了道路尽头的山垭口，他俩看见了黄昏的天空中鸟儿就像被风吹离了书页的字散乱地飞翔着的，而从山垭口的后面走出来的圆规则像是一朵灰云的影子，向着这边移来。苇航和道宁飞一样跑下了鼓楼，高声喊着，圆规回来了！圆规回来了！然后又跑出了山门，向路上的圆规跑去。

三个人站在黄昏淡淡浮起的烟霭中，找不到要说的话，圆规的嘴唇皲裂了，身上早上还好好的灰色僧衣已经褴褛得不能蔽体，上面沾着草叶、泥土、灰尘和血迹，原来黑白分明的瞳仁中游荡着一层水雾……更为可怕的是，圆规似乎不认识他的师兄弟了。

几乎整个寺院的人都走到山门来，等待着圆规的回来，他们看见了苇航和道宁护卫着的形影破弱、像是一缕游魂一样走回来的圆规。大家围住了圆规，一声声地喊着他的名字——圆规，圆规……

圆规却说，不要喊我圆规，我不是圆规，我是米兰，我是米兰……

苇航和道宁要把圆规扶进寺里，被一个禅师拦住了，他说，道宁，你快去把月波住持找来，问他怎么办。

道宁一路小跑，见住持正站在方丈的窗前闭目数着手上的念珠，便站住敛息片刻，说，住持，圆规回来了，他一身泥土和血，他说他叫米兰……

月波住持的眼帘只一瞬便跳开了，眼中清亮的光芒镇静不移，说，用井中的清凉之水给他洗个澡，然后让他睡下。

道宁跑步走了，月波住持轻轻地叹了一口气，说，孽障啊！

道宁和苇航给圆规洗澡，当圆规白皙的身体展现在他俩面前时，他俩的心中同时有一道像闪电一样的惊厥一掠而过。即使圆规的身上有许多血迹和泥土，但那些干净的部分却像白瓷一样闪射着幽幽的光泽。通过指尖，他俩感到圆规的皮肤是那样的柔腻细润。他俩不得不定一定神气，才扶住圆规给他冲洗身上的血迹和尘土。

圆规的右手一直没有松开，他的手心中紧紧捏住的是那个来自孙月腰间的玉牌。苇航和道宁看见了从圆规指缝中闪射出来的清凉的光泽，想看个仔细，却无法把圆规的手打开。

道宁说，让我俩看看你手中的东西好吗？

圆规却一言不发，只是轻轻地摇了摇头。

晶亮的水花在圆规的身上飞溅，尘土洗去了，血迹洗去了，但圆规身上的血痕却无法被水流冲走。这血痕就像白玉中的红色丝线。这时，苇航和道宁几乎同时看出了圆规背上的图画。圆规背上的血痕展现出一幅令苇航和道宁惊讶万分的画面——圆规后背上的血痕与孙月在墨缘斋所画的《崖上墨兰图》一模一样，甚至更为灵动，更为逼真！

苇航和道宁都闻见了圆规身上的兰花所散发出的清气之馨。

道宁用颤抖的手指轻轻地抚摸着圆规背上的兰花，从牙缝间咝咝地吸着冷气，充满痛惜地问道，圆规，你疼吗？

这时，圆规像是从梦游中惊醒了一样，用双手护住自己赤裸的身体，大喊，出去！你们出去！

不得已，苇航和道宁只好退了出去。

两人在澡房外，听见里边的圆规啜泣着说，我是米兰，我是米兰啊！

又过了一会儿两人才又听见水声，在水声中，圆规像是跟随水的旋律在舞蹈；后来，在一片寂静中，他俩又听见圆规梦一般的声音。

圆规说，我宁愿你丛生的荆棘在我的身体上抽出血红的鞭痕，这血痕是逾越你心之门的受戒，我要带着这美丽的文身收获你无声的泪水，成为我和你未来不忘的约定……

圆规一身灰衣飘然地走了出来，他似乎没有看见苇航和道宁，径向自己的寝房走去了。

神志沉入冥想的圆规在屋外的空地上不断地看见孙月。他跪在床榻上，纤细白皙的手指紧紧地抓住朱红的窗格，痴痴地看着窗外，苇航和道宁要他躺下，却无法把他的双手从窗格上掰开。只有当他自己认为窗外的孙月走出了他的视线，他才会躺下来，额上冒着虚冷的汗，昏睡过去。

内心的高热烧裂了圆规的嘴唇，也使得他清秀白净的容颜因肉体和灵魂的搏杀而辐射出赤热的光芒，他望着屋梁或屋外的眼睛忽而变得恍惚，忽而变得惊悚，忽而变得焦灼。

他看见了月光之中那像一朵花一样起舞回旋的幽香。孙月在月光中舞剑，他穿着一身白色的绸衣。在孙月的跳跃起舞中，除了可以听见他飘飘的衣袂在风中的猎猎之声和剑锋刺或劈过静夜的声响外，圆规听不见其余的任何声音。孙月好像不是在地上舞，而是在空中起舞一样，听不见他的呼吸吐纳，听不见他快速移动的步伐。随着他手中的剑的进退、挥舞、闪动，月光在剑锋上飞快地闪过或者被反射回空中，转瞬即逝又连绵不断，无可捕捉，分不出是月之光还是剑之光。一些光芒闪射到圆规的眼中，使圆规的眼睛感到这薄片光芒的芬芳。

圆规在心里说，在月夜中起舞的孙月不是孙月，是一团山间的雾岚，是一团莹白的影子。

即使眼前的幻影已经消逝，圆规仍然会一动不动地注视窗外好一会儿，才会躺回榻上。

圆规对道宁说，当一切有形的东西消失了，无形的东西才会渐渐露出本相。舞剑的人消失了，而剑行走的道路却留在了空中，我看清了剑锋走过的迷宫，我可以照此写出这百年古剑之术的剑谱。

道宁说，是的。你现在躺下睡一觉吧，天亮的时候，你可以把这剑术教给我和苇航。

圆规躺回了床榻上，他的手指却在自己的身上划动。他感到自己的身体正在膨胀，肩变得圆润了，胸膛开始胀痛，背上的兰正在山崖凉沁沁的风中张开嘴唇。饱蘸墨液的笔在他的身上如旋风一样疾走，那双瘦长有力的双手在他的肋间来回地弹拨，自己的身体绷紧了，就像是一架天下无双的古琴，它被弹出的乐音只有他自己和弹拨者才能听到。

渐渐地，圆规在睡梦中平静下来，这来自心灵的乐音，来自天国的仙乐穿过月色，穿过水上的幽光，穿过回旋的湿雾，给圆规带来了大地的叹息、林中的风鸣、清泉的叮咚、溪流的私语，如此迷离，如此婉转。

那些天，苇航和道宁一直轮换着守在圆规的身边，除了圆规自己，无人能够听懂他在昏迷中的谶语。看见圆规腾的一声坐在榻上，望着窗外，颤动嘴唇说一些他自己的话语，或者痴痴地望着窗外，或者一个人偷偷地笑，苇航或者道宁就会上前紧紧地扶住圆规的肩。有好几回，道宁都流下了一串伤心的泪水。

六天，圆规除喝了几碗山中的泉水之外，粒米未进，他再也吃不下人间有烟火味的任何东西了。即使这样，圆规的脸却并没有消瘦下去，苇航和道宁发现圆规的脸竟在这六天之中变得丰润起来；同时，他的眉毛、眼睫和眼睛也有了从未有过的变化——他笑的时候，可以明显地看出他的眉毛变得细长了，眼睫毛也长长了许多，而他的眼睛则变得那样的水波荡漾、妩媚如魅。

圆规是在他送走孙月回来后的第六天的早晨去世的。那个早晨，晨光已经开始在树或草的叶尖凝聚，天色已经明亮起来，溪流的水波之上已经看得见山林的影子，鸟儿飞翔在被夜晚澄净了的天空中，唱歌或者开始诉说一夜的梦境。它们的翅膀可以感觉得到早晨湿润的空气，所以总是飞一两圈后就又停栖到树枝之上把翅膀收起来，散步或者跳跃几下。

道宁确实太累了，他恰恰在这时候睡了过去。他坐在蒲草编成的蒲团上，右手握着圆规的右手，头斜放在圆规的床榻沿上，睡着了。

圆规最后一次睁开了眼睛，他看见睡着了的道宁，他笑了。但没有谁看见圆规这最后的凄美动人的笑。他的脸不再像前两天那样赤红，而是一种平静如水的青白。他甚至想把自己的右手从道宁的手中抽出来，结果却只是手指动了动，一只手仍然被道宁温暖地握在手中，无力收回。

鸟一声一声地在屋外叫着，圆规的手一点一点地凉了下去……

道宁正在做梦，他的双手捧着一条鱼，月波住持让他把鱼送回到放生池中，他却总也走不到池边。鱼在他的手上已经不能动了，只有两腮还在艰难地翕动着……道宁倏然醒来，圆规的手在他的手中已经变得冰凉。他再次握紧圆规的手，高声地喊道，圆规，圆规……

圆规像睡着了一样安详地闭着眼睛，他的眼睫是那样的长。

苇航来了，月波住持也来了，全寺院的人也都来了。大家给圆规念了两天道场后，月波住持把苇航叫到自己的方丈中，说，一切都是缘，一切都是命中注定，一切都是前世所修。圆规本不应该成为一个佛徒，却做了佛徒。他的根还在俗世，我们也就只有成全他在俗世中再续尘缘了。就不要按照寺规焚化他了，在寺后的山间找一个安静的所在埋了吧。

苇航是一个虔诚且颇具佛缘的人，三年来，他一直带圆规研习佛理，两人相处得也十分融洽，他本想对月波住持说些自责的话，月波住持却转过身去，进了里边的屋子。

苇航在住持的外屋呆站了一会儿，差点儿流出泪水来。不知道为什么，这一会儿，他突然有一种与他平日里的修练不同的心情——伤感。

圆规被埋在了山后的坡上。

他的左手中握着那块青玉腰牌。

一丘土坟。一块青色的石碑。

没有花圈。没有纸钱。没有飘飘的祭幛。

只有鸟鸣。只有起风时的松涛和竹篁之声。只有不远处山溪跌落时的水声。

只有晴日里或明月夜中松的影和竹的影。只有山的影。

偶尔还有苇航或者道宁坐在坟边默默无语时的身影。

青色的石碑上没有字，只有一幅阴刻的《崖上墨兰图》。没有圆规的生辰和祭日。没有落款。没有时间。

下　　篇

> 我们在时间里走路
>
> 而我们灿烂的躯体
>
> 迈着不可名状的脚步
>
> 在寓言里留下痕迹
>
> ——瓦莱里

米兰是在秋天的傍晚开始寻找通向自己两世姻缘的道路的。

秋天的这一个傍晚，空气中有一种秋水荡漾的爽风吹动着米兰如瀑的黑发。她的背上背着一把雪亮的剑和一把朱红的伞，逼人的锋刃藏在剑鞘中，只有剑柄上红色的璎珞就像奔跑中的马鬃一起一伏；而伞则无形中让米兰增添了一种与秋雨相似的柔情和寂寞。米兰背上的伞不是雨具，是她寻找和等待的象征。

她紧抿着双唇，柳叶般细长弯曲的淡眉下，双眼清澈而又平静，随着她匆匆的步履，路边的风景——在她的双眼中飘向远方。

行走中的米兰的世界，就是一把把雪亮的锋刃藏起来的剑，一把与风雨无关的朱红色的伞，看不见的、被称之为诗歌的红唇间的语词，还有就是维系着她另一世时间之伤的青玉腰牌。

在边城的客栈，当米兰把剑和腰牌放在枕下的时候，它们总是会因碰触而发出叮当的声响。而伞则挂在门后，听屋外的雨声，在昏黄的灯光中翻开古老的诗书，这景象便有了江湖夜雨十年灯的诗情画意。

也就是在这样的情景中，米兰才有了一次次的追寻、一次次的逼近、一次次的回忆。

孙月，你知道我在走向你吗？

有时候，米兰真想写一封这样的信给孙月。每当有这样的想法的时候，米兰的脸上就会有一种少女的妖娆，一种少女的狡黠。

现在那个叫米兰的女人走在一条河边的高堤上，或者说她在沿着一条河流飞翔——她的身姿是那样的轻盈，速度却是那样的快捷。

与其说她在寻找、她在回溯，毋宁说她在漫游。因为她只知道她要去的地方，却不知道如何抵达的道路。但我们对她的漫游却不必担心，我们可以从她容光焕发的脸上看出她对自己脚下的道路既有信心又有耐心。这与她身旁的河流相反，河流永远不会知道自己要去的地方，但它却知道选择自己行走的方向。

在米兰的漫游之梦中，常常有一条鱼的骷髅出现。对此，米兰却无法破解。

风吹乱了米兰的几缕发丝，有一缕正巧被米兰衔在唇间。米兰口含青丝的样子是那样的娇媚，女人不顿生怜意也会顿生妒忌的娇媚。这大约就是一群羽毛五彩斑斓、嗓声婉转的鸟儿跟随在她的身后不肯离去的原因。

米兰停下了自己的行走。已经是夕阳西斜的时候了，河的两岸上散落着的城郭和村落开始升起青色的炊烟。她想告诉跟随着她的这些鸟儿不要再跟着她了。她转过身来，鸟儿们已经停在了树枝上，不再说话，只是用晶亮的眼睛望着她。米兰读懂了鸟儿们眼睛中的话语——鸟儿们想让米兰把它们带到远方去，带到另一种风景中去。

米兰说，你们看，就是我也在寻找回去的道路，我怎么会把你们带到异乡去呢？

一个鸟儿从树枝上跳跃了一下说，我们都向往真正的出走和漫游，哪怕浴火，哪怕穿过闪电。这是生命的再生，更是精神的涅槃。

米兰沉吟了一下说，不。我不能带领你们漫游。我对我生命的回溯才刚刚开始。你们是一群可爱的精灵，你们可能无法让我专心完成我自己的使命，也使我不能顾及你们。请你们理解我！如果你们不飞出我的视线，我也将停止我的行走，陪同你们到永远！

听过米兰的话，鸟儿们沉静片刻之后，就在米兰的头上盘旋了三圈，然后才恋恋不舍地飞走了。

米兰走到河边，用秋天里清凉的水洗了洗自己的脸。一天的行走，使她感到自己的脸被风吹得有些麻木，洗过之后就好多了。她向着前面的村庄走去，她闻见了一种她熟悉的气味，乡村的气味，醇和的柴草燃烧的气味。河中跳腾着金红的夕光，河中是树的倒影，米兰的身影穿过它们，像鸟贴着河面飞翔。

如果我不能选择脚下的道路，那就让道路选择我的梦境，选择我双脚的方向吧。米兰对河流也对自己说道。

秋天黄昏的风吹过米兰蓬乱着的思绪的缝隙，翻动着她像谜团一样页码混乱的记忆。一条鱼骨总是使她无法把自己的记忆按时间的顺序排列整齐。

那个时常站在窗前遥望远方的人就是桂娘，她忧郁的眼眸中常会因为长久的遥望而升起一股水雾般的烟岚。她的美丽是那样的朴实，但她朴实的美丽却成了她父亲的一块心病。她的两个兄弟已经婚配，一个中举之后做了县令，一个中举之后返乡，开办书院，专门向弟子们讲授经学。她是那样的倔强，倔强得忘记了自己的年龄。二十年了，她不知道她拒绝了多少夜里的约会、月光下的琴声和白日上门的求爱者和求婚者。她为她心灵中一个少女的故事保持着永远不变的女儿的美丽。

因为两个哥哥，桂娘早已不再浣纱。桂娘用浣纱、纺纱挣回的银锭供养自己的两个哥哥取得了功名。

有两个儿子供养，老了的秀才每天总是在家里与人纹枰对座、翻读诗书，或者外出与人吟诗作对、对酒高歌。

晚钟响了起来，老秀才从书案上抬起头，正好看见窗外走在后花园、走在晚钟之中的女儿。

在晚钟之中行走的桂娘回了回头。她好像看见了书房中的父亲，也好像没有看见。她的心中有一朵伤花正在开放。她向离村不远处的河边古亭走去。她经常在夜晚来临的时候独自坐在亭中，那样子像是在等待一个早就应该归来而总是没有消息的人。桂娘固执地认为，那个归来的人应该随同夜幕的降临走近古亭，说出和他自己也与桂娘有关的地名、人名和时间。

这个傍晚不同寻常的意义使桂娘加快了脚步，她心中伤花上的泪珠正逐渐变大。

在看见人生的最后结果之前，是桂娘匆匆的步履，是她渴望的心中握住的自戕。

河边古亭。亭上的衰草在晚风中起伏着，正在疾速变浓的夜色在亭的四周回旋弥漫。

米兰坐在亭中，她看见了那个向自己疾走过来的人，看见了不远处村庄中的灯火像是一棵树上的花，一朵一朵地开放了。

还有钟楼上的灯。钟楼上的灯使米兰有一种似曾相识的梦幻感觉——这是今日的梦魇还是前世的旧颜？

桂娘在亭外停下脚步。桂娘看见了亭中的米兰，她有些不相信自己的眼睛，她不是自己等待中的归人，却又有着自己等待中的归人的神韵和引力。恍惚之中，桂娘的脸变得苍白。在桂娘的眼中，夜晚无边无际，夜晚的帐幔即使用利剑也无法划开一个缝隙，不知那串系着的神秘之绳握在了谁的手中。这古老的亭子，毗邻的河水的声音已成为它四季的节奏，除此之外，凄清、空寞是它永世的主人。然后，桂娘来了，现在米兰也来了。它将为这两人出示当年两人藏在梁上的那把青铜的古剑，锋利的古剑。

米兰走出古亭，沿阶而下，走到桂娘身前，说，姐姐，亭外露重，请到亭内稍歇。

两人走入亭中，相对坐在亭边的座上，这时，那柄藏在梁上二十年的古剑挟着一股冷风，垂直地落了下来，直直地插在了木头的地板上。

它仍然有着当年的锋利。

这是时间之剑，谁也不能躲过的宿命般的悲剧之剑。

两人几乎同时躬身去捡拾直插在亭中地板上的剑，但桂娘到达剑叶的食指和中指却比米兰早了那么短短的一瞬。在这一瞬，米兰闻见了桂娘的体香，一种幽远的处女的体香。米兰深信她眼前的人即使白发苍苍了也仍然不会消失这清澈、朴素、忧郁的香味。这种香味好像来自久远的前世。桂娘也闻见了来自米兰身上兰的气息，蓬勃、热情、倔傲的气息，恍如天外的季节之香。

桂娘用食指和中指夹住剑身，只轻轻向上一抬，剑在空中打了个跟斗，落下时，桂娘握了剑的柄。

米兰扶了一下腰间的长剑，说，姐姐好身手！

桂娘用食指轻轻地弹了一下剑叶，剑当的一声发出了古老精铜的声音。她坐回原来的地方，说，二十年前的剑已经生了绿锈，二十年前的故事也已经被人淡忘了，可剑的双刃却还像昨天一样锋利。

米兰说，即使所有的人都忘了这剑的故事，姐姐也不会忘记的，是吗？

桂娘说，二十年前，准确地说是二十三年前，一个十二岁的少年沿着朱红的石柱，攀上这古亭，把剑藏在了梁上。少年问送他剑的姑娘，这剑有什么用呢？姑娘说，这剑可以守护他们两人的平安。其实，姑娘把剑送给少年之后，没有多久，少年的母亲就病逝了，少年遵照他母亲的遗愿上山习禅修行，仅三年就死在庙中，成为山中的孤魂。自从他离开姑娘之后，就再也没有回来过。其实这剑不仅没有守护住两人的平安，它连姑娘的梦境都无法守住。

米兰接过桂娘手中的剑，她看见了剑叶上完整无缺的鱼骨纹，干枯的鱼的眼睛正定定地望着她。她若有所悟，为什么在她漫游般的寻找和回溯中，有一条鱼骨不时被梦境晾晒在阳光中或者悬挂在雨天的屋檐下。

米兰顿坐在亭座上，喃喃地说，这个少年藏好宝剑后，从亭梁上跳了下来，他的头上顶着一张蜘蛛网，姑娘抬手替他揭去了。少年轻轻地近乎嗫嚅地说，谁要是伤害了你，我就用这剑刺穿他的胸膛。

桂娘说，姑娘也对少年说，如果有谁伤害了你，我也用这把利剑削掉他的头颅。但姑娘至今不知道是谁伤害了少年。据山上龙潭寺的师父讲，十五岁的少年是在一个侠士来到之后突然痴疯而死的。姑娘找不到这个侠士，也再也见不到少年，无法知道这个离开了她的少年怎么会因为一个侠士的到来而痴狂。

你说，这个少年会从另一世中来寻找今生，寻找送他古剑的姑娘吗？桂娘像是自言自语也像是在问米兰。

米兰的眼睛在月之影中晃动着闪闪的泪花。桂娘的眼睛却冷冽犹如一弯高空的秋月，波澜尽敛。米兰把剑还给桂娘，她不知道说什么才好，今夜，在冥冥中她突然有了自己是一个负心人的罪恶感。她从未设想过这一幕，她不知道她的回溯中还有这样一个故事在等待着她。这个故事来得太突然了。她暗暗地谴责自己无意识的粗心。她想转身离去，尽快从桂娘的眼前消失，但她无法迈开自己的双脚。

也许是神的力量，也许是米兰内心的力量，她竟走到桂娘眼前，艰难地说，我现在不是那个叫着云的少年，云已经死了，你不要再等他。现在我叫米兰，我在寻找另一个你不知道的故事。忘记云是你唯一的选择，也是我唯一的选择。

说完，米兰就转身走出了古亭。在她听见古亭的木地板轰然响起的时候，她知道她又犯了一个不可饶恕的错误。

桂娘倒在亭中，她的胸口上插着铜剑，血正缓缓地流出来，染红她的衣衫。米兰抱起桂娘，泣不成声地说，我说过谁伤害了你我就把剑插入他的胸膛，该在胸膛上插剑的是我，不是你啊！不是你啊！

桂娘在米兰的哭喊声中睁开了眼睛，她的声音小得只有米兰才听得见。她说，云……我知道你会回来。我第一眼见到你……就知道你是前世的……还没说完桂娘的双手就抓紧了米兰的双臂。

米兰抱着桂娘向河边走去，然后走在高高的河堤上，溯着水流的方向向西走去——这条河的一个源头就在竹荫山，就像这个故事的另一个源头就在竹荫山的龙潭寺一样。

河中的水流被月光照得惨白，就像一匹白纱在风中起伏飞升。桂娘的灵魂也好像有了飞升，她的身体在米兰的双臂间变得轻盈起来，米兰感到她抱着的不是桂娘而是一束秋天的芦花。

米兰的泪滚落在桂娘苍白的脸上，说，我怎么知道你会再次出现在我的生命中。

秋天的夜晚，秋夜的风和月。桂娘和米兰的相会就这样结束了，只有两人梦呓般的对话在今后会不舍昼夜地在天空中缥缈成漫卷的云缕。

米兰离开河边之后，开始行走在山路上。当她行走到那个题有"惜别"和"幸会"两个词的山垭口时，她停下了疾走的步伐，一股像是来自冬天的寒流吹进了她的心中，她的身体开始颤抖起来，颤抖得几乎抱不住桂娘。她不得不紧紧地抱住桂娘，好一会儿，才控制住自己身体的平衡。

在短暂的定神之后，米兰离开了山垭口。她脚下两只绣着花朵的软皮靴沾满了红色的泥土，疾速地行走着，几乎没有踏落在路上，近似于飞翔，没有声音。

今夜的月已经滑落到了西边的山间，山和山的精灵正处在沉睡之中，只有溪中的水声、低低的松之涛声显出山间孤坟的寂寥。

米兰的身上是夜之露，是汗，也是内心的泪。一身几乎湿透的她伫立在墓前，沐浴在黎明到来前月亮最后的冷辉之中，等待自己的身影突然消失的那一刻。

在自己的内心中，米兰听见了月滑落消失的那一声声响。她缓缓地跪在墓前，轻轻地把桂娘放到地上。她拔下了桂娘胸间的剑，转身疾步跪行到孤墓的右侧，双手握着，近乎疯狂地挖掘起来。她要把桂娘安葬在这墓的旁边，她要让那个死了的云和桂娘在另一个天地中重新开始，为云为圆规也为米兰自己改正天地造就的错误。

龙潭寺几乎所有的僧人都听见了寺后山上的声响和在这声响中鸟被惊醒的叫声以及它们的翅膀在夜空中飞翔的声音。

他们听见一种像小小的花锄猛烈挖掘泥土的声音，听见这不知名的金属不时碰撞在岩石上的声音。他们甚至感觉到了挖掘者的臂力——每一次泥土破裂或翻动、岩石和金属碰撞之前，他们都听见了那饱满的力量在空中划过时唰的一声风声。直到黎明，他们再也没有安静地沉入睡乡。他们不明就里，只有苇航和道宁听出了这声音的悲情意味。现在，苇航是龙潭寺的住持，月波住持已在前年圆寂了。

拄着剑跪在像鱼形的红色的墓穴前，米兰回过头来，看见了夜色阑珊中的龙潭寺。然后，她看着手中的剑。她手中的剑已经变得闪闪发亮，亮得可以照见自己的容颜，甚至当米兰的眼睛和剑对视的时候，都会不由自主地眯一下眼睛。剑身上的鱼骨纹更加栩栩如生。

米兰缓缓地把手中的剑送进了她身旁的刻着《崖上墨兰图》的碑石中。

米兰一只手把桂娘揽在怀中，用另一只手细心地梳理桂娘散乱的头发，桂娘的发间隐隐地飘出桂花的香味。

米兰抱起桂娘，风吹动着桂娘飘垂如旗的长发，吹动着桂娘的衣衫，在黎明正在到来的无声中发出若有若无的声音。抱着桂娘的米兰回过头来，不远处那座山间的古寺正在熹微的光线中逐渐清晰起来。

米兰把桂娘放进墓穴之中，小心的样子就像把一个刚入睡的好闹的婴儿放在床榻上。米兰回身把碑上的剑抽了出来，用衣袖拭去上面可能的尘泥，竖着放在了桂娘的胸口上，然后米兰把桂娘的双手交叉着放在剑上，那样子像是护着剑，也像是守护着自己的内心。

一座新坟和旧墓并肩站在山间，新鲜泥土的腥味几乎可以唤醒一个沉睡二十年的人。

米兰已经在山间的溪潭中洗浴过了，洗去了衣上的泥土、汗液、眼泪和血迹。她闭目坐在坟旁的一块突出的石头上，用体温烘烤身上的湿衣，也用脱尘后的内心烘烤和桂娘相遇之后的潮湿情感。米兰的身上袅袅地飘出白色细弱的水雾。

米兰等待太阳爬出东边山间的那一刻，等待山间古寺敲响晨钟的那一刻。她身上兰的芳香在山间飘散。

小沙弥在山门外洒扫。他总是干一会儿活就直起腰来，等待晨风把自己头上的汗粒吹散。在这等待中，他除了细心地倾听各种鸟儿的鸣唱，就是东望在初升的太阳的周围那绚丽的朝霞。

小沙弥看见了从山路上走来的米兰，他觉得有一股犹如来自天外的芳香钻进了他的内心，那一刻，他忘记了其余所有的一切，他感到他从出生到如今还从未见识过的比神和仙更美的光芒照射到了他的身上。他的脸竟在这注视中飞上了如朝霞般红艳的云朵。直到米兰走到了他的面前，他才恍然有所悟。

米兰看见了山门门额上那三个镏金的遒峻的阳刻大字：龙潭寺。她的脸上悄然袭上了一朵笑意。

小沙弥躬身站在山门一侧，眼前直竖着绷直了的右手掌，头低垂着，说不出话来。地上是一只木桶和一个扫把。

米兰说，小师父，苇航禅师和道宁禅师在吗？

小沙弥仍然低着头，说，两位师父都在，苇航师父是我们的住持。

米兰向山门里望去，正看见苇航住持从大雄宝殿走出，疾步向山门口走来。苇航住持的冉冉飘拂的胡须已经有些花白了。

苇航住持的脸上是和蔼安详的气韵，他走下山门口的石阶，稳稳地收了步子，施礼后说，不知侠士光临寒寺有何贵干？

米兰还礼后，说，我知道贵寺有苇航和道宁两位高僧，所以特此前来讨教；另外，还知道，贵寺的墨缘斋中有一幅奇绝好画《崖上墨兰图》，也想一饱眼福。

苇航住持说，贫僧就是苇航，不知侠士要讨教什么？

米兰说，人生在路途，负债累累，如何才能自在呢？

苇航住持说，见性成佛，随处都可自在。

苇航住持把米兰让进了寺中，又回头对站在山门口发呆的小沙弥说，虚云，你还站在那里做什么，还不把木桶和扫把收了，洗洗你身上的灰土，待会儿就该进早斋了。

小沙弥这才提了木桶和扫帚进寺，沿着一条弯曲的红巷，去了寺后。

米兰自言自语地说，他叫虚云呀！

苇航住持和道宁禅师陪着米兰在墨缘斋里说话，虚云站在案前研墨，墨的香味弥漫在屋中，虚云闻见的却是兰的香泽。

刚一进屋，米兰就不经意地环顾了屋中的四壁，她没有看见那幅奇绝的《崖上墨兰图》，也没有看见南窗前那张古琴。

米兰说，真是好墨！人说书家有佳墨，犹如名将之有良马。

道宁禅师说，这是桐油顶烟之墨。书家识墨，看来，侠士定是书家高手了。

米兰说，哪里称得上高手，涂鸦罢了。

苇航住持问道：不知侠士家在何方，又是如何知道我和道宁禅师之薄名、知道敝寺中有一幅好画《崖上墨兰图》的呢？

米兰的脸上、身上散落着窗外的阳光，她的容颜在苇航住持的问询下呈现出一抹幽远的笑意。

米兰说，师父刚才说随处都可自在，我则是随处是家，终日走在通向自我之终极的路上。我记不得我是怎么知道二位师父之大名和贵寺中有《崖上墨兰图》的，也许在路上听人传说的吧；也有可能我曾经到过贵寺，只是二位师父忘记了，可能连我自己也都忘了。

苇航住持和道宁禅师默然相视了片刻。

虚云研好了墨，退在旁边。苇航住持站起来，抬手请米兰赐书。

米兰起身站到书案前，说，请二位师父赐教。

米兰的字虽有些秀气，但秀气中却有一种激厉之气。米兰写的是："萧萧远尘迹，飒飒临秋晓。"

苇航住持和道宁禅师看见米兰落款时写下的"米兰"二字，两人又是一次无言却知意的相视。他们想起了二十年前那个自称是米兰的小僧，两人在心底里都叹了一口气，有好久两人都没有结伴去寺后山上看一看那个因疯癫而死的小僧的墓了。现在，两人都想不起他叫什么僧名，却清楚地记得他在痴狂中自称自己是米兰。

转眼就二十年了。

苇航住持打开墨缘斋中一个高高的木柜，木柜中有一个直径近两尺的青花直樽，里面插放着不少卷着的书画。苇航住持从中抽出一轴画，放在书案上打开。

这画就是《崖上墨兰图》。

米兰又闻见了那一股来自久远年代的兰香。虚云也闻见了。闻见了兰花之香的虚云忍不住一次次轻轻地抽动鼻子。

苇航住持卷起画轴，递给米兰，说，侠士远道而来，给寒寺留下了珍贵的书品，无以为谢，就把这幅画送给你吧。

米兰推辞说，此乃画中极品，我虽喜欢，但实在不敢掠贵寺之美，多谢多谢！

道宁禅师说，我们乃出家之人，身外之物不足惜，大欢喜都来自我们的内心。何况，画即使给了你，它仍在我们心中。请侠士收下吧。

米兰只好接过画轴，俯身致礼说，多谢二位师父！多谢贵寺！

米兰难以忘记那个在她走过他的身边时，他回过头来时那惊悚的眼神。

安静的院落，只有几只鸟在院中的柏树上鸣叫，道宁禅师说，这个院落四周的房间是寺里的僧人们的寝房，他们现在去做经课去了。过去，苇航住持、我，还有一人就住南面那间。现在，我和住持不住在这个院落。

米兰站在院子中间，她看见南面那间屋子的门斜开着，那扇宽大的红漆窗户的漆已经有些斑驳，再也不见了那个紧紧抓住窗棂的少年僧人。米兰在心里说出了"恍若隔世"四个字之后，又迅速地否定了。她在心里说：不！是隔世。

但米兰有了和那个窗前弹琴、月下舞剑的人的联系，现在，她背上的行囊中就放着他留下的那卷画轴。一想到这里，米兰的脸上就有一种虚无的笑意。

他穿着灰色的僧衣在斋堂外劈柴，后背上已经有了一片湿湿的汗印。那把闪亮的斧子在他的手中起落着。每当他扬起斧子，一片明亮的阳光就从飞翔的斧子上反射出去，在幽暗的竹林中上下跃动。他对周围的一切都漠不关心，他只关注于自己手中斧头的起落，关注地上的木柴是不是按照自己的意愿在斧头下分开。

劈柴的声音很响，直到米兰和道宁禅师、虚云三人来到他的身边时，他才发觉。他回过头来，他看见了陌生的米兰，仅仅是一瞬，他就又低下了头，握住斧柄的双手颤抖不已，不能举起。

就那一瞬，米兰看见了他的眼睛中的景象，他惊悚的眼神就像一束剑刃的反光，刺中了米兰的身体。他的额上布满汗珠，他稀疏的胡须已经灰白，他眼睛中就像有旷世惊心的景象。

道宁禅师说，他叫圆规，二十年前突然疯了，然后就变成了哑巴。每见一个寺外的陌生人，他都会被惊吓得颤抖。当时的月波住持为度他出苦海，便把他留在寺中，让他做一些劈柴之类的粗活。

米兰听见劈柴的声音再次响起来的时候，她回头看见他背上的汗印正越来越大。

米兰离开龙潭寺再次路经山垭口时，已是下午。秋天下午的阳光中不时有金黄的树叶从空中飘下来，石上的四个大字在米兰的眼中也有了一种苍黄的感觉。

米兰手里握着青玉腰牌，对自己说，这是孙月走远的道路。

孙月走远了，带走了他展示的劲健和美，留下一个无法填补的空白，却要一个人的一生去回溯，去寻找，去追索。

而时间之流中又有如此之多的歧途亡羊的暗礁。

米兰拉了拉背上的行囊，离开山垭口，行走在秋天的下午之中，她的影子是那样的悠长。

背负雨伞和画轴的米兰现在来到大河岸边的古都之中。

站在汴河拱形的大木桥上，米兰从背囊中拿出了画轴，展开来看。在画之上，米兰看见了孙月，看见孙月躲藏在一瓣兰花的后面。他毫不知晓竟然有一个为他而再生的女子正在寻找他的下落，寻找自己的前世因缘。

米兰知道，这里已经距离那个叫孙花园的地方不远了，距离孙月不远了。

沿河的大街上走着驮运货物的毛驴和骡子，一间连一间的商铺挂着

64

自己商号的旗幡，迎风招展。一艘大船在河中缓缓行来，七八个背纤的人一声声喊着低沉的号子。米兰穿过桥上的集市，穿过行商和车轿，走下拱桥，来到桥头的大柳树下。

在米兰站在桥上眺望古都的繁华街景时，听见了那一声不经意间划拨出的琴声，古琴的声音。米兰在走向孙花园的路上，也从不放过寻找那把在龙潭寺失踪了的名贵古琴。

一个须发皆白、衣衫破旧却仍干净整洁的老人在树下卖琴。老人坐在山草编成的蒲团上，琴放在他盘起的膝上。老人看见了伸展在他面前的身影，当米兰的身影在他面前站定时，老人突然扬手弹起琴来。这琴看起来很旧，但其上的金徽玉轸却明亮耀眼，而且凤沼和龙池也都完好无损。

老人弹的是《广陵散》。

这是嵇康在生命的最后弹奏的曲子，是时间的绝唱。死亡就像这秋天的树叶，那肃杀的风越来越强劲了。

米兰已经肯定，这就是那张来自龙潭寺的古琴。

当老人弹完古曲，眼中已噙着点点的泪花。

老人说，伏羲削桐为琴，面圆而法天，底方象地，龙池八寸通八风，凤沼四寸合四气。琴长三尺六寸象三百六十日，广六寸象六合。前广后狭象尊卑也，上圆下方法天地也。

稍顿，老人问米兰，侠士要买琴吗？

米兰点了点头。

米兰几乎掏出自己行囊中所有的银子，恭敬地放在老人的身边，拿起琴走进了簇拥的人流中。

老人在米兰的身后高声说，侠士，你一身高古之气，你生来就该是这琴的主人。

大船行走在月下的大河之上，行走在星光之中。古铜色的流水在秋天的月夜好像是在时走时停地梦游。

流水之侧是秋天中露出水面的沙渚，远处是河堤，河堤上是树，正在夜色中飘飞着落叶；再远处是村庄，名叫孙花园，闪烁着点点灯火。

听不见狗的吠声。

孙月就居住在这个村庄中，今夜，一个为他而苦旅的人看见了他在夜间点着的灯火。

米兰站在船头，船在岸边停了下来。她取下背上的琴，坐在船头，在她的身下，船舱发出空洞之声。船是大河的琴箱。

月上中天，天空暗而蓝。村庄中的灯火一盏盏灭了，只有两盏孤独地闪亮在这蓝夜之中。米兰抬头看了看天上的月亮，然后垂下头来，双手悬在空中。突然，曲调破琴而出，与河上的星光、河上的月色共舞。

一河的水流，一河的月影，一河的琴声。

米兰的手指时而像秋天狂风中的落叶飘落水流，时而像秋天的雨丝在琴弦上回旋。七根琴弦像七根起伏的波浪，融为一体，分不出彼此。

米兰的指尖却隐隐地感到这琴弦比冬天屋檐上跌下的雪水更寒冷。

米兰在自己的琴声中幻化成了琴声，在内心的烛光中幻化成了在秋夜的月光中游走的灯火。

她看见了那一群曾经在河边跟随她飞翔的鸟，在大河之上颉颃翻飞。她也在这群鸟之中，她是一只飞在前面的白色大鸟，在琴声中飞，在大河的水腥味中飞，在水光和月色中飞，在落英缤纷的秋林中飞。向着眼前的村庄、总也到达不了的村庄飞。

在琴声中飞，她就是惶疑的琴声；在水光中飞，她就是那闪烁的水光；在月色中飞，她就是晃动的月影。她已经羽化，她身上的白色衣衫如大鸟般翩翩起舞。

她是一枚离开了大树的落叶，光洁金黄的落叶，琴声托举着她，她

66

的闪亮的身体反映出星子、月色和水光。

或者说神秘的苍天抽去了她身体的重量，她感到自己轻如纸鸢，冥想是一线丝绳，自己乘在琴声的风中，飘忽，飘忽，飘忽得不知自己身在何处，飘忽得找不到自己的身体。

米兰在这种感觉中向上飞升。

让这幽深和空茫的琴声把这夜晚照亮，让这水中的船升上云端，做那月亮的睡巢；把这追寻的苦旅化成大河的流水，奔腾出时间的音乐。这是米兰面临自己的故事的结局时的心的低吟。

那两盏最后的灯一闪，也寂然地熄灭了。与此同时，米兰的手指一握，琴声骤然停止在这灯火的熄灭中。

这是结局前的前奏，谁也无法阻止结局的到来。也许，琴声永远也剖不开这夜的神秘。

米兰背着琴、剑和雨伞，走在秋日里晴朗的阳光中，走在平坦无垠的原野上，走向眼前的村庄。

村口有一棵巨大的槐树，一群孩子在树下戏耍，看见米兰走近村口，一群孩子一哄而上，把她团团围住。一个孩子看见了米兰腰上的腰牌，说，好漂亮的腰牌。这个青玉腰牌和珠珠家的一模一样。你是去珠珠家吗？

米兰说，珠珠是谁？

小孩说，珠珠是村北孙家的女孩子，平时，她家不让她和我们一起玩耍，要她读书、学剑。

米兰说，我不去珠珠家，我去我要去的人家。

米兰的话让孩子们哄然大笑。

米兰走进村中，村庄中似乎空无一人，没有狗的叫声，也没有鸡鸣。米兰一个人走在村街上，已经转了好几条街，拐过了好几个街角，却连一个人影也没有见到。她好生奇怪，回过头来，却又看见了村口的那棵大槐树，而那群孩子就像一群鸟，不知什么时候已经无影无踪了。

米兰站在街头，阳光下她的影子在发白的土墙上暗得有些让人惊心。米兰不知道自己怎么会又回到了可以看见村口大槐树的这条街上，现在，她甚至搞不清天空中太阳的位置，搞不清东南西北的方位。这真是一个奇怪的村庄。

孙月就住在这个村庄的中间，就像一张蛛网中间的蜘蛛，远近几十里的人都知道。米兰想，她除了继续寻找街道的拐角和出口，继续行走在村庄之中，别无他法。米兰狡黠地笑了一下，在她的这一笑中，她脸上的阳光就轻轻地一闪。

如果这个结局的安排不是神所为，那么隐居在村庄和时间深处的孙月未免就太刻意了、太精心了。米兰认为孙月为她设置了这个最后的迷宫，她沉入自己梦游般的虚幻想象中，行走在模糊的空间和时间中。

另一方面，米兰想，现在的孙月一定是一个无所事事的人，他建设这样的村庄，守护这样的村庄，立志与这个村庄的所有来人开这样滑稽的玩笑，偷窥别人不辨东西地在村庄中绕行，找不到道路的出口和头绪，他自己则躲在暗处哈哈大笑。

还有可能就是，建造这样一座村庄是走过了自己青春年华的孙月的理想，他想建造一座他人永远也不能到达最后目的地的迷宫，他居住的中心别人永远都是可望而不可即，就像一只蚂蚁爬上了一条一端旋转一百八十度之后和另一端又连接起来了的带环。孙月热衷于这样的智力游戏，并乐此不疲。

米兰就这样漫无目的地走到了中午，她的身影在阳光中积聚在自己的脚下。中午的阳光使人疲倦和困乏。那个近在眼前却远在天边的结局既使米兰困惑又使米兰亢奋。这样的结局和现身的米兰仅仅相隔丝毫，就像一层纸，这纸是什么？是空间，更是时间。

弯曲的街道、突然出现拐角的街道，在米兰的脚下延伸。米兰再次左转的时候，她看见了他，他也看见了米兰。两人擦肩而过的时候，似乎都有那么一丝迟疑，互相看了看。米兰甚至闻见了那隐隐的兰花之香在飘荡的气息。人在中年的他穿着几乎及地的丝绸夹袍，面目和善，走路的风度给人沉稳又大方的感觉。米兰的直觉告诉米兰，他就是孙月——一个曾经云游四方的浪子，一个诗人，一个画家，一个酒仙，一个琴师，一个剑侠。

这只是米兰的猜测，仅仅是猜测，事实上至今仍然是猜测。如果这个人真是孙月，他在和米兰擦肩而过并注意地看她的时候心里在想什么，米兰一无所知。米兰回过头来，想再看他一眼的时候，他已经转过街角，不见了。

再向前没有走多远，米兰就看见了这个村庄的中心，一座圆形的庭院，灰色的高墙环绕着它，院中有两座圆柱形的灯塔，一座白，一座黑。米兰几乎绕了一圈，这才找到它的大门。大门的门额上，写着"丝桐兰雪庵"，左下题有一行小字："孙月自题"。

看见"丝桐兰雪"四字，一瞬的惊喜之后，一种意兴阑珊的空茫感笼罩住了米兰的身心。米兰想摆脱这种低落的情绪，结果却越陷越深，不能自已。

米兰感到自己在最后的结局中失语了。

如果两人相见，她不知道她说什么，有什么话要说。

米兰甚至不知道两人相见还有什么意义。

米兰想，那个和自己擦肩而过的人不是孙月。逝者如斯夫，人和河流没有区别，一个人是不会两次和同一个人相遇的；即使是自己，在现在的孙月的眼中，自己是谁，是云？是圆规？是米兰？即使是圆规，自己也可能是一个他根本就不认识的人。

米兰取出行囊中的画和腰间的玉牌，拴在了大门的门环上。透过门的缝隙，米兰看见了孙宅的院落。院落中，一条小径弯曲着飘逸而去，均衡的两爿院落各由青黑和白色的石头铺砌，形成鲜明的对比，望而触目惊心。

两爿院落回旋的中心，是两座与其颜色相反的灯塔，黑中是白，白中是黑。

就像米兰心中被时间刻塑而成的伤花。

我是在一家冷清的客栈中听说那座村庄的主人最后的故事的。听说这个故事的时候，我已经无动于衷。现在，我的身上只有一把能够为自己遮挡小小一片天空的油布雨伞、一把已经不能从剑鞘中抽出的锈蚀的长剑、一本我在路上捡拾的没有写完的书。书的名字叫《江湖夜雨十年灯》，一个人永远在路上行走的老俗的故事。

那张倾我所有而买下的古琴已经在我的一次弹奏中破碎，碎成的无数的木片，在天空中飞远。

那个叫孙月的人已经死去。那天早晨，他的家人打开院门的时候，看见门口有一个黑漆木盒，打开一看，里边是孙月的首级，还有一个青玉腰牌、一把有着精细鱼骨纹的古铜短剑，它们用一张古旧的画包裹着，透过血迹隐约可以看见画上的题款——崖上墨兰图。

这个传说至今未得到证实，可信度存疑，但江湖上有无风不起浪的说法，谁知道呢。

梦里河西

1

我第一次见到丹是在我的第一次西部之旅中，对丹的相识相知则是随着以下的叙述和情节的推移而加深的。

我要说的是，我并不是这个文本的叙述者，我仅仅是参与了这个文本的叙述而已。而作为情节的设置者也就是这个文本的首要叙述者瘦谷，原想做一个传统小说的作家，永远躲在故事的背后"事不关己，高高挂起"。这使得我，一个他的小说的阅读者和在他的小说中听他任意摆布的笔下人物终于不能忍受。在他叙述的进行时态中，我和这个文本中的另一个主要人物丹便时常参与或修正瘦谷的叙述，并让躲在"台后"的瘦谷走到"前台"来，接受我以及你们的诘问和审读。

好吧，让我们来看看故事是怎样开始的。

在敦煌莫高窟晦暗的光线中，丹就像一个来自圣山的仙女，她的手心会长出一束能够穿越时间和空间的光柱。在光柱止步的地方是美妙得让每一双仰视的眼睛惊奇的佛像、壁画；而在光柱之中缓缓浮升回旋的尘影则是佛像、壁画和洞窟开启背后的故事——当时的我想，绘制洞壁上那些飞天的图画的工匠一定受到过在黑暗中独立的火焰的启示，他们一定看见过火焰之中升起的烟缕，看见过火焰的光芒中那些轻如精灵的尘埃袅袅升腾的身姿，如此轻盈，如此婀娜，美妙绝伦。

后来，丹告诉我，如果一个唯美主义者专注于黑暗之中的火焰，你会看到燃烧的火焰会在自己的光芒中像一个婴儿一样熟睡过去，你甚至可以听见它睡眠中的鼾声和梦呓。

丹是在鸣沙山下的月牙泉边说出这段像诗一样的话的。我们并肩坐在一起，在鸣沙山上的鸣沙金属般的鸣声中，是芦苇在夜风中的低吟，我拉过丹的手，握着，我突然有一种害怕，害怕丹在月夜之中向着星空袅袅飞逝，或者悄无声息地回到莫高窟的洞壁上，成为千年前画工们笔下的飞天女神，让我永远也找不着。

我没有说出我的担心，但丹却仿佛猜出了我的心思，我转头看她的时候，她的脸在月光中正望着我狡黠地微笑。

从这个故事开始的叙述中，我们可以轻易地看出，瘦谷是一个有着诗人气质的、浪漫的、唯美的写作者。我在他的笔下成了一个忧伤得有些神经质的爱情至上主义者——极容易沉溺于并不真实的爱情之中，又时时刻刻担心爱情的失去。

丹是一个漂亮的、非常称职的、极具创造性的莫高窟的解说员，她的诉说常和专家们的说法不尽相同，她甚至能够讲述一些任何书上都找不到的小故事。当然，如果是这样，她就会补充一句，说，这只是她的个人见解。譬如说，她会告诉参观者，某些壁画是画工用左手绘制的，为什么那匹青色的马总是正面向着参观者，那是因为青色马没有尾巴，画工就故意把它的屁股藏起来了。一次，一个日本某大学的专家组来到敦煌做实地研究，丹成了他们的专职工作人员和解说员，丹对于敦煌广博的知识让他们十分惊讶，专家组迅速做出决定，聘请丹到日本去做他们敦煌研究的资料收集整理的助理研究员，但他们被丹婉言推谢了。

其实丹的手中根本不会长出什么光柱。她的手中总是拿着一个聚光极好的长手电。莫高窟是不允许参观者带着任何强光源进入洞窟的，连照相机的闪光灯也不允许闪亮，莫高窟自身当然也没有任何照明的灯具——因为任何强光光线都会影响洞窟中的壁画的线条和色泽。丹手中的手电其实是用来引领参观者的视线并为参观者的视线服务的工具。

其实你们已经可以看出，喜欢解构主义的瘦谷是一个远离现实的人，他的目光根本不愿关注现实人生，而总是一味沉浸在自我的虚构和自我智力的卖弄中。诗人和小说家韩东在他的名篇《有关大雁塔》一开始时说："有关大雁塔／我们又能知道些什么……"我要说的是，关于敦煌，关于莫高窟，瘦谷又能知道些什么？为了践诺，他居然开始写这篇有关敦煌和莫高窟的小说，且看他如何翻些不可能离开我们手掌心的跟斗来。

当我见到丹的时候，当我在月光之下和丹坐在鸣沙山下、月牙泉边的时候，我是那样地庆幸自己今生今世能够见到丹。我甚至有些感激瘦谷——是他安排了我的西部之旅，又是他让我和丹相识于神奇的莫高窟。在我的下意识之中，我甚至觉得我和丹的奇遇只是瘦谷为我设置的梦幻而已，这使得我更加担心丹会突然地消失了。所以，我是那样想尽快知道丹的身世和历史，也就是时间在丹的心灵世界所留下的痕迹。如果一个只有"此时"的人，也就是说只处在一个时间的点上的人，他的身份总是让人可疑。

我可以肯定地告诉你们，丹是一个聪明的女孩，她的才华你们会逐渐看到。丹一下就看透了我的心思，说，你想知道我过去的故事，是吗？

我点点头，说，我爱现在，现在你在我的身边；我爱你所有的一切，包括你的过去和你的未来。你的过去的故事，是我爱的背景。

丹说，其实你应该知道，我并没有固定的过去的故事，过去的时间对我而言是可变的、随机的，完全操纵在故事的虚构者瘦谷的脑子中，就像你的过去一样，而且我们的未来也是不可知的。

我说，我们至少可以追问可恶的瘦谷我们的过去和我们从哪里来，他有责任告诉读者；至于还将向何处去，我们只好听从命运，不，可恶的瘦谷的安排了。

　　我和丹手拉着手走进了瘦谷的家。这时候，已经接近灯火阑珊的午夜了，从河西走廊来到中原，我看见了城市的繁华和热闹，看见了浓绿植物组成的风景，看见了街边那么多艳俗的姑娘和那么多拿着大哥大、打着恶臭饱嗝的真假大款。当我的目光过多地注视那些街边女郎的时候，丹会警觉地挽紧我的胳膊。走在这样的街市风景中，我觉得我和丹的身份是那样的不真实，我们就像一部中国三四十年代老电影中的人物，矫情，布尔乔亚。我想，也许这没有什么值得怀疑的，穿行在语言的时空中和穿行在电影的时空中没有什么不同——下一个镜头出现的时候，也许几十上百上千年已经过去了。

　　而我对于真实的时空，既渴望又惧怕。

　　瘦谷住在五楼，从一楼到五楼的楼梯却没有一盏可以打开的灯，可见住在这个单元的人的懒惰。

　　瘦谷的家中空无一人。在书房，我看见他的电脑还开着，我和丹在敦煌的故事悬而未绝，蓝色的屏幕上，光标像是天空的星星向我和丹眨着神经质的眼睛。我和丹下意识地相视了一眼，我们相互发现我们的脸上有着一层淡淡的蓝色荧光——我们从敦煌来到中原，其实就是从瘦谷的电脑中来到可以相互感受体温的现实人间。喜欢蓝色海洋的瘦谷为自己的电脑在进行文字处理时选择了蓝色的屏幕。

　　我通过瘦谷的电脑查到了他的传呼机号码，4819996 呼 86822，打了传呼电话之后，他很快回了电话。我说，我和丹就在你的家中，我们想知道在你愚蠢的脑子中，我们有着怎样的过去。如果你不尽快回来，我将 Format（格式化）你电脑的硬盘，让你机子里的文件全部消失。我已经设计好了一个程序，一个我和丹可以远走高飞、可以脱离你的虚构的程序。你别忘了，在你的小说中，我曾经是一个优秀的电脑软件工程高手。

瘦谷很快就回来了，进门的时候，我看见他满脑门儿的汗，我在电话中的警告，把他吓得不轻。

瘦谷坐在电脑前的皮转椅上，转过身来，望着我和丹，半天没说话，待他喘匀了气，才首先对我说，好吧，你的身份是一个美术史的研究者。你和丹的过去你们自己会逐渐看到的，你和丹的过去将是这篇小说的主体，你和丹或许还有我一起来编织这个有着爱情主题的今古传奇。

2

上帝在河西走廊的戈壁上遗留下了一面不仅可以反映空间而且可以叙述时间的镜子，它现在的名字叫南湖，在许久以前，它叫渥洼水。它的存在改变了戈壁风的质地，当我面对它探看自己的身影，探看自己被风吹得干燥、粗粝的面孔时，我看到了天空游走的白云，看到了水湄边的绿草，看见了岸上的柳树；除此之外，我还看见了丹，看见了历史深处梦幻般的喧闹。

我看见了我自己。

丹站在高高的烽火台上，双眼饱含热泪。一条散漫的灰白色的驿道穿过浮动着蜃气的大戈壁消失在蓝天白云之下，在路的尽头，那个被丹的父亲虚构成来自渥洼水飞上天空然后又从月亮上下来的天马以及簇拥着它的人群正在走出丹的视线，走向一个阴谋，走向皇苑的寂寞，从而换来丹的父亲流放的结束，换来丹的父亲光宗耀祖的官爵。在那些年，每当夜深人静的时候，丹都听见父亲站在月光中的庭院，一遍遍咬牙切齿地呼唤着"长安""长安"……

77

我不想提起丹的父亲，丹的父亲是一个心地丑陋的人，虽然他饱读诗书，虽然他是我的老师。在长安，丹的父亲在获得功名之后，很快成为一个管理盐铁业的官人。这是他人生的错误，他不应该做这样的官吏，如果他只是一个舞文弄墨的小官，像东方朔那样的话，他就不会被流放了。俗话说，常在河边走，哪有不湿鞋的，自古皆然。丹的父亲因为鲸吞官帑败露，暗杀知情人，最后吃了官司，被流放到了河西的渥洼，做起了放牧马群的牧人。在官场厮混多年、曾享尽荣华富贵的他当然不会安心在这远离京都的荒凉之地终老天年的。在他的精心策划下，一匹伴随丹长大、成为丹成长的朋友的白色马被丹的父亲说成是在一个雷鸣的雨夜中飞出渥洼水的"天马"。

在写给皇帝的奏章中，丹的父亲虔敬之至，用词华丽又不失典雅，大有司马相如赋之风。丹的父亲说，为什么古人有"白驹过隙"之说呢？那是他们看见了像天空的闪电一样的白色马。飞自渥洼水、飞到月亮的"天马"其实就是一道闪电，它以闪电般的速度降临人间，即使是漆黑的风雨之夜，天马的光芒也会穿过任何缝隙，照亮熟睡的人的眼睛。天马选择了在风雨之夜从月亮重返人间，因为风雨会洗去它身上的征尘——天空的征尘。

丹的父亲还说，如此天赐的良驹宝马，自己即使被流放在地老天荒的河西，也不敢据它为己有，它应该属于皇上，它本来就是为了成为皇上的坐骑才来到人间的。我能与这天赐之马相遇是我的福缘，如果皇上诏令贱民护送天马进京，贱民将万死不辞。

丹知道这匹白色马的身世被父亲虚构了，却只能像一个哑巴一样把自己和白色马的故事深埋在心底。其实，这匹白色马只是一匹有着纯正大宛汗血马血统的健壮之马。它确实漂亮之极，即使在它被送走之后的许多日子里，丹仍然不断地梦见它，梦见它像绸缎一样雪白的身影，梦见它像宝石般晶亮的眼睛。这两三年，丹几乎天天都和白色马在一起，天天都要骑上白色马在渥洼水边奔跑或者悠闲地漫步。

丹的母亲是丹的父亲用从长安带到河西的丝绸换来的，丹的母亲是一个波斯女子，她在波斯是一个巨大的浴室中为客人们跳舞的舞女，波斯客商带着明珠和瓷器踏上通往中国的漫漫长途时，为了排解旅途的寂寞，带上了美貌的她。波斯商队到了长安之后，在返回波斯走到渥洼水边时，与牧马的丹的父亲相遇，在孤独中经受欲望折磨的丹的父亲被丹的母亲迷倒，几乎倾其所有买下了丹的母亲。那时候，丹的父亲被流放到河西渥洼水边已经三年，他的前妻在对故乡和儿女的痛苦思念中也已经死去了一年多。

我是阳关都尉的儿子，在丹的父亲被流放之前，我的父亲就知道丹的父亲名声在外的诗文了。我的父亲总是忙于打仗，忙于安抚那些地头蛇——汉族豪强地主和少数民族上层。我的父亲也是读过诗书的人，但他首先是一个驰骋疆场为国尽忠的人，他没有时间教我读书，在这里也极难找到一个称职的老师。当我五岁的时候，父亲想起了在渥洼水边流放牧马的丹的父亲，他便把我送到了渥洼水边，让我跟着丹的父亲读书、学习书画。那时候，丹两岁。从此之后，丹的父亲不再牧马，我父亲另派了一个戍卒代替丹的父亲牧马。但我父亲只允许丹的父亲待在渥洼水边，不能随意走动，要知道，一个都尉请一个有罪在身的流放之人做自己儿子的老师，可是大逆不道、违犯国法的事情。

我对我母亲几乎没有印象，我才一岁多的时候，我的母亲就生病去世了。母亲死后不久，父亲就又娶了一个手下官弁的女儿，这年轻的女子是接到她父亲的书信后从张掖来到阳关的。来到阳关后的第三天，她嫁给了父亲。之后，父亲就很少提起我的母亲了。我长大后，曾经问过父亲母亲的坟茔在哪里，父亲却说，找不到了，那年戈壁上的大沙暴掩埋了阳关城外所有的坟茔。

我这一生见过两个终生难忘的绝世丽人，一个是丹的母亲，一个是丹。在丹长大之前，我有很长时间都深深地陷在对丹的母亲的眷恋之中。这大约是我的母亲早逝的缘故。在我的内心深处，丹的母亲就是我的母亲，那时候，就连我自己都无法预料自己的恋母情结何时才能解开。后来我开始长大，丹也慢慢成长起来，我对丹的母亲的思念和爱恋转移到了丹的身上，丹代替了她的母亲，伴随我生命的成长。

风吹动着丹白色的裙衫，发出噗噗噗的声响，她的脸上留着被风吹干的泪痕。我站在她的身边，在心底里指责着自己的粗心——平日里，我只知道丹喜欢白色马，我们曾一同骑在白色马上，在水边的草甸子上飞奔，她坐在我胸前，她的头发被风吹起飘荡在我的脸上，我抓着缰绳的手在她的腋下穿过，可以感知她跳动着的心脏。但我不知道，白色马已经成为她生命的一部分、感情的一部分、爱的一部分。我怎么会知道，她的生活因为随着白色马的远去而已经无法找到意义。我是一个多么没用的人啊，我无法使丹忘掉白色马，我的任何努力都无法弥补丹没有白色马后破损的感情世界。

白色马和就像簇拥着皇上一样的护送者已经消失在了地平线之后，就连那一道阳光下的白灰也已经淡薄得快看不见的时候，我拉住了丹的手，对丹说，我们回去吧，我们俩可以在渥洼水边再饲养出一匹天下无双的白色马来。

丹摇了摇头，低声说，只有不再属于自己的白色马才是天下无双的马……难道你忘了"白马非马"的故事了吗，在我心中，白色马已经不是一匹马了，它和爱情一样重要。

我无言以对。我理解丹这时候紊乱的心情。我想，在这个人世上，如果我都不能使丹享受幸福，那就再也没有人可以使丹展颜一笑了。那时候，我对我和丹的未来充满了憧憬，充满了信心。丹失去了白色马，她的心情很糟，我想，过几天，我会使丹安静下来的。要知道，美丽的渥洼水，这个戈壁上的绿洲，这个世外桃源，这个人间仙境，身处其中，有什么样的人间伤痛不能被它治愈的呢？

丹的父亲当然地成为白色马进京的护送人。除了他，谁可以睁着眼睛说出"天马"的故事呢，谁可以想象这个世上有一匹生于水中的"天马"呢。皇帝在圣旨中明确诏令，丹的父亲须亲自护送"天马"进京，一路小心，如有闪失丹的父亲将罪加一等，永不得回到长安或中原。此外，护送"天马"之途中，丹的父亲不得携带家眷。如护送到京的"天马"真如丹的父亲说的那么神奇，皇上会考虑同意丹的父亲从河西的荒凉之地把家人接回长安或中原的。

我扶着忧伤的丹向渥洼水畔走去，走向丹的家。丹失去了白色马，就连她的父亲也为了自己心中的欲望离开了丹，不知能不能再见。我感到我的双肩开始变得沉重起来。

我说，丹，还有我呢。

那一年，我十九岁，丹十六岁，我们已经订婚。我隐隐地预感到，随着白色马被丹的父亲送往长安的皇宫，我和丹的爱情将经受艰难的考验。我们将不再有那种常人享受的安静快乐的婚姻，我将在爱情的道路上疲于奔命，早早地失去丹，留下自己伤心的岁月，独自啜饮孤独和思念的苦酒。

3

我在瘦谷的写作中成为一个符号，我被瘦谷描述成你们现在看到的样子，而且，我和你们仍然不知道在我的身上还会发生什么样的故事，我和丹的爱情有什么样的结果。

还有，我、丹，两个两千年前生活在河西渥洼水边的人怎么会在今天再次相会在一起，有了一个看似爱情故事的开头。对此，我没有话说，我只有听凭瘦谷发热的大脑，跟随他坐在电脑前一个个敲出来的汉字扮演自己的角色，在时间的长河中疲于奔命，在不真实的爱情故事中尽量真实地表达自己的内心。

作为瘦谷小说中的人物，我丝毫不能左右自己的命运。有时候，已经成为我记忆中的生命历程在我一梦醒来之后，会无影无踪。瘦谷对此的解释是，他觉得这段生活不适合我的身份，不适合故事需要，所以他便毫不考虑我的时间之伤地把我曾经的生活删去了。此外，瘦谷居住的生活小区常常停电，而他常常在写作的时候不随时存盘。一停电，我刚刚说过的话、做过的事、内心的沉思就会转瞬即逝，而当瘦谷重写这一段的时候，我便会成为另外一种样子，说另外的话，做另外的事，想另外的事情。如果你是我，你会接受瘦谷这样的安排吗？所以，我正在努力（虽然这种努力与没有努力没有什么根本的不同），因为我知道，一个沉溺于文字游戏的人会被文字游戏，换一句莫测高深的话来说，就是：在文本的创造中，文本的创造者亦会随着文本的延伸被文本指引。也就是说，文字是有生命的，故事中的人物也是有生命的，在写作者的不经意间，他们会有一些自由生成的机会。

我，一个阳关都尉的儿子，一个在自我内心中长大的人，一个恋母者，一个多情种子，一个爱情至上主义者，一个还有些忧世伤生之意绪的人。你们希望有什么样的故事在我身上发生呢？

在一个开放的文本中，可知是有限的。瘦谷跟我说，他写完这篇小说后，他准备找一个朋友让它上网，如果那时候你们读到了它，你们觉得不满意，你们可以随意增删。瞧，那时候，我只是一团橡皮泥，你们爱怎么捏就怎么捏，想捏成什么样就捏成什么样。

1

我的故乡在远方。

在我跟随丹的父亲学习诗文、书法和绘画的第二年，我六岁的时候，我听见了丹的母亲这么一个人自言自语地轻声说。

我的故乡在波斯，我的故乡在卡隆河的岸边，河上的航船风帆高挂，就像云朵在天空行走，就像一只只巨人的鞋子在水上行走。我在卡隆河边长大，在我一生的梦中都是河上的白帆和航船在水中破波前进的声音。我不知道我为什么要去城市呢，那个鬼地方使我失去了自由，失去了对人世的美好憧憬。它还使我离开我的故乡，离开我的祖国，来到中国，来到河西，成为一个流放者的妻子。

起初，我还以为来到我耳畔的声音来自梦中呢，其实不是。我不知道，在那一刻，我怎么会听懂丹的母亲用波斯语说出的话，即使我长大之后，我也不能理解。现在的我想，丹的母亲和我在神灵的安排中，在那一刻一定有着我们不能理解的语言沟通。

我在睡榻上睁开眼睛，我看见了丹的母亲，一个善良美丽的波斯女人，她一边用拂尘赶着我和丹身边的飞虫，一边一个人自言自语着。她并没有看见我醒来，我就那样静静地躺着，倾听她沉入怀乡深情中的轻诉。我用我眼睛的余光看了看丹，丹还在酣睡之中，她红红的小嘴唇和两腮上的小酒窝随着她的呼吸在轻轻地翕动着，闭着眼睛的时候，她长长的眼睫几乎遮住了眼睑。那个夏天的午眠，我和丹是在丹的母亲的照看中安静下来的，在睡下之前，我总是喜欢和不肯立即躺下睡觉的丹打闹一阵，直到丹累了，她才肯老实地躺下。丹三岁，正是调皮的时候。我和丹在睡榻上打闹的时候，丹的母亲从不呵斥我们，她看着调皮的我们微笑，然后说，好了，该午睡了，下午小哥哥还要读书写字呢。

如果天气太热，丹的母亲便会用丹的父亲从长安带到河西的纨扇为我和丹扇风。丹的母亲喜欢在屋中点一种来自她的故乡的熏香。这种香的气味好闻极了，随着丹的母亲轻摇着手中的纨扇，香赶走了讨厌的飞虫，安静了我们嬉闹的情绪，我和丹沉入童年岁月最难忘的午梦时光中。

中午的时候，丹的父亲一个人睡在他的书房，谁也不能打扰他。有一次，我远远地从他的书房外走过，我听见他没有睡着时的长吁短叹——也许他在自悔，也许不是。也许关于"天马"生于渥洼水的传奇故事就是在他午睡的辗转反侧中想出来的自救的办法。他知道这是一个冒险的尝试，危险来自他无形中藐视了皇帝和宫中臣子们的智力，如果他们看穿了丹的父亲的假话的话，他们会恼羞成怒，丹的父亲的命运就可想而知了；使丹的父亲有些坦然的是，他进献给皇上的马真可以说是天下无双，长安和中原的人连见也没有见过这样漂亮、健硕的骏马。即使他们不相信丹的父亲编造的假话，他们也不会不喜欢站在他们面前这匹全身白如祁连雪峰的骏马的。丹的父亲想。

三岁的丹还在吃她母亲的奶，睡醒之后，她就会睁着蒙蒙眬眬的眼睛，翻身坐在床上，伸出白白胖胖的小手，说，妈妈，我要吃奶。丹的母亲就会把丹抱在怀里，解开自己的上衣，喂丹奶。丹呷着小嘴吃得是那样香甜。丹的母亲在夏天穿着白色和淡绿色的轻纱，硕大饱满的乳房若隐若现。六岁的我时常会注意丹的母亲的乳房，有时甚至会目不转睛地长久注视，这时候，我的思绪不知飞到了什么地方，也许我在想我的母亲，想我在哺乳期吃我母亲的奶的样子，也许我在嫉妒和羡慕丹有着这样美丽的母亲、这样幸福的时光，也许我什么也没想，我只是被丹的母亲美丽的乳房所吸引而已。我不知道，在看见丹的母亲的乳房的时候，我是那样的神不守舍，恍惚如梦。

丹的母亲发现了我的走神，她对我说，人睡了午觉会口渴，是吧？你看丹口渴的样子，她都吮疼了我。你也口渴了吧，瓦罐里有凉凉的泉水，你喝一些就不口渴了。

我点点头，跳下睡榻，向瓦罐跑去。在瓦罐如镜的水中，我看见我红了的小脸，回头的时候，我也看见丹的母亲脸上飞起的晚霞一样绚丽的云朵。

我曾经在丹的母亲的怀中沉睡过，我的小脸就偎着丹的母亲的乳房，我曾经吮吸过丹的母亲甘甜的乳汁，这些都成为我生命中的记忆，再也不会忘记。

我六岁的夏天很快就过去了，丹也在夏天的尾声中哭着断了奶。天气渐渐凉了起来，随着雪线的下降，祁连山上的雪峰越来越壮观，丹的母亲和我和丹一样都穿上了夹衣，我有许久没有看见过丹的母亲的乳房了。有时候，我抬头看见祁连山的雪峰，看见天空中秋天盈盈的满月，我就会想起丹的母亲的乳房。我现在才终于有所理解，每一个吃母亲的乳汁长大的孩子，母亲的乳房是一个人生命终结时最愿意安葬自己灵魂的地方，那是圣洁之地，它们本身就是生命和母亲的象征。

我六岁那年仲秋的一个晚上，我坐在书案前翻读写在竹简上的书，月光照在我的身上，在轻轻摇动的烛光中，我的身影在身后幽暗的土墙上摇晃。一个个字依次呈现在我的眼睛中，我却视若无睹，大脑中空空如也，不知书简所云。我就那样坐着，泪水无声地流过我的脸颊，我竟然无法说出我流泪的理由。后来，丹的母亲走了进来，她每天晚上都会到我的屋里来，帮助我洗漱，然后安顿我安静地睡下，吹灭床头几案上的烛火，她才会轻轻地掩上门离去。

丹的母亲看见了我脸上的泪水，我脸上的泪水在烛光中闪闪发亮，就像两条粗壮的蜒虫爬过的道路。

她捧着我的脸，用手中的丝巾擦去了我脸上的泪水，可我眼眶中的泪水却更加汹涌澎湃起来。

她问我，孩子，你怎么啦？

透过泪光，我看见她焦急的神情，我却不知道我哭泣的理由。她一遍一遍地问我，孩子你怎么啦？那时候，我想喊她母亲，喊她妈妈，却喊不出来，我的喉咙哽咽着，就像堵住了一个党河中的鹅卵石。随后，丹的父亲也来了，丹没有来，丹已经睡着了，我只好撒谎说，我头痛，我想回家。

丹的父亲说，那就回家吧。这里没有医生，你家有好的医生。

我家就住在渥洼水西边的阳关，阳关是一座城堡，住着好几万戍卒，作为阳关都尉的父亲统率着这些一年一轮换的戍卒屯田戍边，也就是说，这些戍卒平时耕田种地、兴修水利，战时荷戈打仗、保家卫国。父亲和他的戍卒们统辖着龙勒南境，控制着阳关，镇守着北边通往西域的丝绸大道。玉门都尉则统辖着龙勒北境，控制着玉门关，镇守着另一条也就是南边那条通往西域的丝绸之路，东来西往的人非经过玉门关和阳关不能通过，敦煌郡下设的这两个都尉的责任非常重大。

因为从祁连山流下来的党河水，这里的戈壁大漠才有了渥洼这样神奇的绿洲。

丹的父亲套好了大轮马车，驾着马，丹的母亲把我抱在怀里，坐在摇摇晃晃的车座上，送我回家。我的头枕在丹的母亲温暖的怀中，丹的母亲的怀中散发着迷人的芳香。我安静下来，不再流泪。路边杨树的叶子几乎掉光了，道路上全是金黄的落叶，在转动的木轮下发出窸窸窣窣的声音。我知道，走出渥洼这片有水的地方，就很少见到树了。

我在丹的母亲的怀中睡了过去，醒来的时候，大轮马车正行驶在戈壁上，四周一片寂静，只有拉着车的马的铁蹄敲打在石头上的清脆响声和木头车轮碾在道路上的轧轧声，还有马们偶尔打出的响鼻。

我看见了祁连山上大如玉盘般的月亮和月亮下肃穆矗立的雪峰，但当我再睁开眼睛的时候，我看见雪峰在无声地坍塌，看见月亮上的桂树慢慢倒下来，看见月亮上的仙女惊飞在天空中，风吹动着她们飘飘的衣袂。我感到我头痛欲裂，口干舌燥，我知道这是我撒谎的报应，我没有头痛的时候不该对丹的母亲撒谎。如果我不是躺在丹的母亲的怀中，我会为我的撒谎更加后悔的，我的撒谎换来了头痛但也换来了丹的母亲的怀抱，为此我的内心有了平衡和安慰。

我无法忍受我的头痛的时候轻轻地呻吟了一声，丹的母亲听到了，她细腻温润的手抚在我的头上，她感到了我发烫的热度。她焦急地对丹的父亲说，走快点儿吧，孩子烧得都烫手了。

我感到马车跑了起来，风也呼呼地响了。

丹的母亲低下头来问我，你难受吗？

我点点头，说，我想喝水。

丹的母亲问丹的父亲，带水了吗？

丹的父亲回头说，上路的时候太匆忙，忘了。又用手指了指远方——快到了，到了就有水喝了。

远处的阳关城堡露出了隐隐约约的轮廓，稀疏的灯火在月光中就像是快跌到地平线下的星辰。丹的母亲把目光从远方的城堡处收回来，开始解自己的衣裳。那一刻我几乎不敢睁开自己的眼睛，丹的母亲硕大饱满的乳房有着惊人的美丽。丹的母亲把乳头放到我的嘴里，我喝到了我一生中最甘甜的乳汁。我的泪水静静地流出来，打湿了丹的母亲温暖的胸怀。

后来，到家的时候，我发现不知什么时候我的头痛和高烧已经跑得无影无踪了。

5

现在的渥洼也就是南湖已经成了敦煌人休闲娱乐的地方，在双休日，敦煌人坐几十里地的车来到这里，让自己看惯了戈壁的眼睛接受碧蓝的湖水的洗礼，站在一片大水的岸上，呼吸着因水而变得湿润的空气，在河西走廊这个生命单调的地方，会顿然有一种人生美好的诗意。从这一点我们可以看出上帝的公平，上帝让这里生长戈壁，让这里气候干燥的同时，却又赐给这里一片美丽的水、水边的绿树和因水而丰茂的庄稼。

在这里，游人可以划船、坐快艇、骑马、射击，等等，等等。我和丹从敦煌来到这里，再也找不到两千年前我们生活的遗迹了。我们坐在水边，想找回故地重游的感觉，却无论如何也找不到了。

水中倒映着岸边的绿树和蓝天中悠然舒卷的白云，水湄边有一大群羊和一些马在吃草，几只牧羊犬躺在它们中间，无所事事地望着天空出神，那样子就像是在构思有关边塞的诗句。远处是头顶着云朵的褐黄的沙丘，我们知道，在这片绿洲之外，四处都是千年不变的荒漠和戈壁。

我对丹说，这眼前的风景给我一种不真实的感觉。

丹说，这不奇怪。我们眼中的风景其实就是瘦谷眼中的风景，你忘了，瘦谷的电脑旁边放着许多张南湖的照片，他来南湖的时候拍了不少这里的照片，看着眼前的照片和回想着他自己游玩南湖的感觉，他才可以虚构我和你前世今生的传奇故事。

就在这时候，我们看见马群里有一匹白色的马抬起头来长鸣了一声，然后固执地望着丹，再也不埋头吃草了。白马处于逆光之中，风吹着它长长的鬃毛，它的全身笼罩在透明的轮廓中，这样的苍凉之美震撼了我和丹。我和丹不由自主地站了起来，向白马走去。

白马并不像其他马那样看到我和丹的到来，便高傲地躲开，它的样子甚至像是在等我们。丹抚摸着白马的脖子，说不出话来，这时候，白马低下了它的头，咴咴地低鸣着，像是在诉说和丹离别的思念。那天，我和丹和白马在一起待了很久，我们甚至骑上了没有马鞍的白马，丹坐在我怀中，悠然地在湖边漫步。在湖边漫步的白马充满活力，就像一个孩子一样调皮，惹得丹哈哈大笑。后来，在太阳即将坠下远处的沙丘的时候，丹仍然不肯离开白马，我就说，我们赶快把白马送回去吧，要不牧马人该着急了。

我们把白马送回马群中，丹和白马依依不舍，眼中含着泪水。我们踏着夕阳向湖边的旅舍走去，白马竟然在我们的身后尾随了十几米，才无可奈何地收住了脚，看着我们走远。我们听见它向天长啸，便站住了，回转身，我们看见白马突然转身就像一道闪电一样狂奔起来，转眼就跑出了我们的视线。

太阳坠下了沙丘，湖上笼罩着朦胧的暮色，除了风穿过树叶的声音，天地一片寂静。湖边吃草的马群不知道什么时候被牧马人赶回了马厩。丹站在湖边在风中飞扬着长发，等待白马的归来。直到月亮升起来，白马仍然没有出现。

第二天，我和丹再次来到湖边寻找白马。昨天我们看见的马群仍然在那片草甸上吃草，其中却没有白马。我们走过去，看见了牧马人，我问他，你马群中的白马昨天没有回家吗？

他本来是坐在一个草墩上的，我问他话，他就站了起来。他用一口地道的敦煌口音说，白马，什么白马啊，我就养了这十几匹马，都在的。我的马中没有白马。

丹想给牧马人说我们昨天和白马在一起的事，被我打断了。当我和丹大惑不解地离开牧马人的时候，牧马人问我们，你们要买马吗？价钱好说。

我们说，我们不买马。

我们在那天下午回到了敦煌，因为丹第二天还要上班。丹是莫高窟的解说员，是一个非常认真的人，在莫高窟听过她解说莫高窟艺术的人几乎没有一个不称赞她的。对了，我说过，我就是在听她解说敦煌艺术之后爱上她的。

在车上，我对丹说，在我们的生活中，在我们的爱情之旅中，又奔跑过了一匹白色的马。它白色的影子就像一道飞掠而逝的闪电，刺进了我们的记忆中，就像两千年前的那匹白色马一样，我们至今仍然听得见它的嘶鸣和蹄声。

6

陪着丹回到家中，丹的母亲正坐在屋里独自垂泪。看见我们回来了，她才站起来擦去脸上的泪痕。她有些强作欢颜地说，你们俩回来了。

我说，老师护送白色马走远了，我们就回来了。

丹见着自己的母亲再一次流下泪来，她哭着说，母亲，我什么时候才能见到我的白色马呀？

丹的母亲说，如果你父亲过些天把我们接回长安，你就可以见到白色马了。丹的母亲不知道，在中国，即使是一匹马进了皇宫，一般人也是不能随便就可以见到的。

丹的母亲对丹说，我年轻的时候到过长安，长安有青山绿水，有美丽的亭台楼阁，有动听的丝竹管弦，有漂亮的丝绸，有遍地的菽麦。长安那边的中原还是你父亲的故乡，他应该回到故乡去，你也应该回到你父亲的故乡去。

丹说，中原太远了，也许我们走不到中原就会死在路上，也许我们走到中原却再也见不到我的白色马了。

丹的母亲说，丹，你不要再思念你的白色马了，好吗？你的父亲把它送给皇上，皇上喜欢白色马，你的父亲才可以回到长安，回到中原，我们才可以回到长安，回到中原。我们可以再喂养一匹和你的白色马一样漂亮的白马来嘛。到时候，你就可以骑着白马回中原了。

丹这才安静下来。

我对丹的母亲说，师母，我的父亲说，老师走了，就让我回到阳关去自学，同时也让我熟悉熟悉一些军中的事务。

丹的母亲说，既然你的父亲这么说了，你回阳关去自学也好。你如果需要什么书，你就到丹的父亲的书房去挑一些，什么时候需要，什么时候来拿就是了，丹的父亲也用不着了。你别忘了来看丹。

我说，我不会忘了的，我会常来看望师母和丹的。

其实我一点儿也不想离开渥洼回阳关，我对阳关毫无感情，就是对我的父亲也难以亲近起来，而我的后母几乎从来就不和我说话，可想而知，阳关对我来说是个多么无趣的地方。我想和丹、和丹的母亲在一起，我们三人在一起总是充满了快乐的歌声，充满了欢笑。我知道，白色马走了，丹的父亲走了，我再离去，这个家会多么冷清。丹和她的母亲一定不能适应这突然的变化，但我却不能违抗父亲的旨意。

丹见我要离去，眼睛里又盈满了泪水，我却不知说什么好，丹便哭着跑出了屋，跑到了渥洼水边，我便只好撵了出去。

丹站在水边，风吹乱了她的长发，我走到她的身边，对丹说，丹，你还记得小时候，我给你编辫子的事吗？

丹点点头。

我十来岁的时候，丹的母亲给丹编辫子，我看着好玩，也要给丹编辫子。刚开始的时候，我不会编，总是会不小心把丹的头发扯疼或者编得乱七八糟的，把丹惹哭。丹不让我编，我就使劲缠着丹，丹的母亲也笑着对丹说，你就让他编，多编几回不就会编了。丹没有办法，就只好让我替她编辫子，慢慢地我给丹编的辫子就和丹的母亲编的一样了。后来，我长大了，丹也长大了，丹可以自己编辫子了，我就再也没有给丹编过辫子。

我说，丹，让我给你编辫子好吗？

丹点点头，把身子转了过去。

我一边细心地给丹编着辫子一边说，丹，嫁给我好吗？你嫁给我之后，我们就可以天天在一起了。

丹不能摇头，只好低声说，我现在还不能嫁给你。我嫁给你之后，我的父亲不在，我的母亲怎么办？我想多陪陪母亲，这么多年，她时时刻刻都在思念着她的波斯故国。现在，白色马离开了我，就像我的灵魂离开了我一样，我的心乱糟糟的，我不知道做什么好。

我说，丹，不要再想白色马了好吗？我也很喜欢白色马，可我们不能决定白色马的命运，白色马的命运有可能掌握在你父亲的手中，也可能就掌握在白色马自己的手中。如果一定要把白色马留在渥洼水边陪伴着你，也许这对白色马是不公平的，到了长安，也许白色马会有更幸运的生活。

丹又哭出了声，她使劲地摇头，差点儿把我给她快编好的辫子摇散。她说，我不知道！我不知道！

我为丹编好了辫子，把丹抱在了怀里，说，我也不知道，我们就听从天命的安排吧，好吗？

丹在我的怀里安静下来，在那突然到来的瞬间，我和丹都同时感知到了对方青春的魅力和身体的神奇，我们的急促的呼吸烧红我们的脸、我们的身体，我们都被对方的火热熔化了。不知道为什么，在我和丹相拥的时间中，我的眼前就像梦一样升起了那个我撒谎的月夜，看见了丹的母亲，我的嘴唇饥渴地吮吸着，如同吮吸着丹的母亲甘甜的乳汁。

后来，渥洼水底的雷声惊醒了我和丹对于对方的依恋和沉醉。雷声从水底传来，沉闷而又遥远，在升起雷声的地方，掀起了一股滔天的白浪，但转瞬雷声和大浪就都消失了，除了扩散到岸边的涟漪，我和丹都再也见不到雷声和大浪的踪迹。我在这里生活了十几年，还是第一次见到这样闻所未闻的奇观。

渥洼水又恢复了往日的平静，我和丹整理好了各自不整的衣衫，沿着水边散步。我在心里想，这也许是一个不祥的预兆，但我没有说出来，我怕让好不容易才安静下来的丹不安。

7

　　我回到了阳关，成了父亲手下一个负责撰写公文、奏章，描绘军事防御地理地形图的军中文职小官，而吟诗、作画、写赋则成了我繁忙的工作之余的业余爱好。在这期间，我写了不少爱情诗，都是写给丹的。我也几乎一两个月就到渥洼去看望丹和丹的母亲一次。还好，丹和丹的母亲在等待丹的父亲的消息中已经学会平静地生活了。而我，每一次的探望，也都会使丹和丹的母亲高兴起来，丹的母亲对我和丹的婚事已经提了好几次，但丹却推说等到她父亲有消息传来时再说。

　　转眼一个冬天已经过去了，春天来了，河西的春天总是姗姗来迟，已经是四月了，冰雪才开始消融，树才开始返绿抽芽，渥洼的草才开始像婴儿长出乳牙一样艰难地吐出一些白嫩的芽。但总是春天了，我松了一口气，我无时不在担心着丹和她的母亲，冰天雪地的河西冬天谁知道会发生什么难以预料的事呢？

　　丹的父亲仍然没有消息。通常说来，从上边传来的消息在到达最下边的过程中是会通过阳关都尉这一级的，不会直接传至候官或者个人中。作为阳关都尉的文职官，我清楚这些，所以也就更加盼望着从敦煌郡传来丹的父亲的消息。

　　就在四月，一个来自渥洼的消息飞马送到了阳关。这其实是一封私人书信，信是丹写给我的，是由我的父亲派在渥洼牧马的戍卒送来的。我过去在渥洼跟着丹的父亲学习诗文、绘画和书法时就认识他，他也知道我是阳关都尉的儿子。他接过丹写给我的书信，在马厩中牵出一匹健壮的大宛汗血马就赶到了阳关。

　　读完丹的信，我的泪水顿时就流了下来——丹的母亲死在了渥洼水中。我翻身跃上我拴在屋外的大青马，向渥洼奔去，我的心中千万遍地狂喊着，母亲，母亲，却怎么也无法喊出声来。我的马一路狂奔着，戈壁上的碎石不断地被奔驰的马蹄踏飞，疾如夏日冰雹的蹄声让路边许多的戍卒惊慌地抬起头来，以为是匈奴来侵，有人飞马向敦煌郡报信呢。

当我看见渥洼的那一片大水，我才像一匹马一样嘶喊出了心中回荡的话——妈妈……

直到我的大青马跑到了水边，我才收住缰绳，跳下马来。我跪倒在水边，泪流满面，我的心中坠着一块充满悲哀的大石，堵得我一身冰凉，几乎不能动弹。丹听见马蹄声，知道是我来了，她从她母亲的灵屋中跑出来，抱着我失声痛哭，我却像痴呆了一样哭不出声，说不出话来。我的样子把丹吓住了，她止住了自己的哭泣，不断地擦去我脸上涌泉般的泪水，连声喊着我的名字，问我怎么了。

后来，牧马的戍卒和几个我父亲的部下赶来了，他们把我抬进了屋中。这时候，丹却表现出了少有的坚毅，她让所有的人都到别的屋中坐一会儿，她要一个人陪着我。所有的人都退到别的屋中去了，屋里像夜晚一样安静，只有火盆中的牛粪、马粪不时跳动着温暖的火苗，不时发出哔剥的声响。丹把我抱在她的怀中，揉着我的胸部，渐渐地，我闻见了丹的体香，她的体香和她母亲的体香一模一样；我听见了丹的心跳，随着丹怦怦怦的心跳，我靠在她怀中的头轻轻地起伏。我又想起了那个我撒谎的月夜，大木轮马车走在戈壁上，我从梦中醒来，我看见了月光下的祁连山雪峰，看见了雪峰上大如马车之轮的圆月，看见了丹的母亲洁白如玉的怀抱。

我这才哭出声。我的哭声就像祁连山一只狼失去了自己的母亲的啸叫，响遏行云。

我让父亲的部下回阳关去了，我说处理完丹的母亲的丧事，我就回阳关去。我和丹，就我们两人把丹的母亲埋在了渥洼水边的一个高高的沙丘上，她的头向着渥洼水，也向着她的故国波斯。她在渥洼水边生活了快二十年了，这里是她的第二故乡；而波斯则是她的祖国，生她养她的地方。我背诵过屈子的《哀郢》，我记得屈子在诗中说："鸟飞反故乡兮，狐死必首丘！"

丹告诉我，她的母亲是下午头顶水罐独自一人走上渥洼水的，虽然河西地区四月间大地上的冰雪已经开始消融，但渥洼水上的冰层却无法看出变薄的迹象，为了便于在冬季汲水，牧马的戍卒帮助她们母女俩在离岸边不远的冰面上打了一个窟窿。谁知道，在四月，冰窟边上的冰在阳光晴好的下午已经开始变薄。在丹的母亲弯腰汲水，刚把水罐放到身边，准备站起身来时，冰层突然坍塌了。丹的母亲掉进了冰冷的水中，溺水而逝。

我向水上望去，阳光在冰层上反射出五彩的耀眼光环。我想起那个丹的父亲护送白色马进京的那天，我和丹在水边听见和看见的水底传出的雷声和在响雷之处突然而起的巨大白浪，我当时就想，那是一个不祥的预兆，谁知竟然一想成谶。

8

瘦谷对于我和丹的故事讲述得实在有些缓慢，我们对于我们未知的未来感到忐忑不安，我和丹想更快地知道我们的结局，想知道在我们的身上还会发生什么样的故事，我们还要替瘦谷承受怎样的痛苦。于是，我们再次从静无声息的电脑硬件中活动出我们软件的身体，从数码之中来到秋雨绵绵、天凉好个秋的人世。我从瘦谷电脑中调出了关于我和丹的文本，偷看起我们自己的故事来。也就是在这一次的偷看中，我们知道了丹的母亲的死亡还有着我们不可知的一面。我和丹都被我们的粗心震动了。

我和丹在瘦谷的电脑中找到了丹的母亲在渥洼水中溺水死亡的另一个版本。在这个版本中，丹的母亲不是失足落水死亡的，丹的母亲是因为失望和内心的矛盾而选择了自杀。在这个版本的后面的注释中，也就是括号中的一段，我和丹知道了瘦谷修改这一段的原因。

（善良的）瘦谷说，他不愿让丹和我经受丹的母亲自杀这个残酷的事实，因为任何非人为的死亡都会使活着的人自责自悔，把本不属于自己的责任臆想成自己的粗心，想如果自己怎么怎么样，也许死亡事件就不会发生了。瘦谷最后说，尤其是丹的母亲，一个如此完美的女性，一个来自异国的人，丹和我是那样依恋她、爱她，如果让她在绝望中自杀，对丹和我实在是太残忍了。丹和我将会为她的自杀而痛不欲生。

从此一点，我和丹看见了瘦谷的多情和情感的脆弱，首先是他不能面对更加残忍的死亡，他才会对自己的文本进行修改，修改得温和一些。他赋予了我和丹多情善感和柔弱的心灵，他就没有道理让我们承受我们不能承受的痛苦和悲哀。

即使瘦谷把丹的母亲处理成意外的死亡，他也被自己的叙述感动了。那个晚上，在我和丹偷看瘦谷的小说的时候，瘦谷接到了他朋友的一个电话，他告诉朋友，他正在写一部名叫《梦里河西》的小说，朋友就问他，是三十年河东三十年河西的意思吗？瘦谷说，不是，是河西走廊的意思。

瘦谷对朋友说起了他的小说，他说，当他叙述到我听见丹的母亲死亡的消息，策马狂奔，以致后来跪在渥洼水边说不出话来、昏厥在丹的怀中时，他自己一边打着电脑一边也忍不住流下了眼泪。

听到瘦谷如此说，我和丹相互看了一眼，这个瘦谷，他居然没出息到会为自己的叙述流泪的地步。后来，丹对我说，我们被瘦谷叙述算是不幸中的万幸吧，至少瘦谷这个人还有同情心，懂得善良和怜悯。

9

瘦谷在丹的母亲选择自杀来结束自己带有望乡故事的版本中，这样写道：

空荡荡的屋子，几乎听不到丹的笑声，也听不到我读书吟诗的声音。秋天过去了，冬天也过去了，又是四月，河西的春天正在来到，远去长安的丹的父亲仍然没有消息。丹的母亲不知道丹的父亲这次远去长安结局如何，她甚至不知道，丹的父亲会不会抛弃她，她今生还能不能见到丹的父亲。和丹的父亲生活了十几年，当她现在回想起来，她对丹的父亲的了解却少得可怜，几乎就是一片空白，丹的父亲这种神秘的陌生把她吓住了。这不禁又使她开始思念远方的故乡，思念故国波斯，思念伴随自己长大的卡隆河。

她想，如果丹的父亲一去不回，她是不是要带着丹回波斯生活。但她知道我是不会去波斯的，这无疑会把我和丹分开，把痛苦留给两个相爱着的年轻人。她爱丹，也爱我，她早已经把我当成她的儿子看待了。如果她把丹留下，自己独自一人回波斯，那她也会忍受不了思念丹的痛苦。她不敢想象自己一个人在卡隆河边渐渐老去，鹤发鸡皮的自己每天一边望着太阳下山一边思念女儿是怎样一种寂寞和伤心——那无疑比下地狱都更可怕。

只有自己死去，丹才会更快地回到她的父亲身边，丹的父亲可以不要他的妻子，但他不会不要自己漂亮的亲生女儿的；即使丹暂时不能回到自己的父亲的身边，她还可以成为我的妻子，和我在一起开始她自己圆满的婚姻生活。想到这里，丹的母亲为自己有这样的想法害怕了，她甚至有些慌乱，她的脑子里忙乱地闪动着她曾经经历过的生命时空，她看见了远离自己的那个女人，也看见了影响自己生命历程的那些人和事；但她很快就镇静下来。她开始为自己的想法准备自己的行动，这时候她是那样的绝望又是那样的充满希望——在面对死亡的绝望的同时，又充满了期待丹和我未来幸福的希望。

午后，温暖的阳光斜进了窗户，地上是窗棂的影子，丹的母亲没有看见丹，不知丹去了哪里，她想，也许丹又去马厩照看那一匹刚从别人手中买回来的白色小牡马了吧。丹的母亲拿起双耳水罐，顶在头上，向水上开掘的冰窟走去。为了掩饰自己面对死亡慌乱的心情，丹的母亲还唱起了她已许久没有唱的波斯民歌。

丹的母亲虽然已经三十多岁了，但她的身影仍然是那样的美丽。她的手臂是那样的长，她右手扶着头上的陶罐，左手轻轻地随着歌声前后摆动着，体态和身姿是那样的婀娜多姿。她的影子在反射着阳光的冰面上走动，逐渐走向她自己选择的结局。走到冰窟边上，她从头上放下水罐，弯腰放在身边，她蹲在冰窟边，她的眼泪从脸上流了下来，滴到水中，溅起小小的涟漪。一条鱼听见了她的眼泪滴落到水中的声音，这滴眼泪的温度和气味在水中弥漫，惊醒了午眠的鱼。它从冰窟中跃出水面，白色的鳞一闪，就像一面铜镜突然在阳光中睁开眼睛；但片刻之后，水面又恢复了平静。在青幽如镜的水中，丹的母亲看见了自己，看见了自己苍白的容颜，看见了自己像水中泥团一样散失的内心。她把水罐沉入水中，盛满水，放到了离冰窟边两步远的地方，然后把自己的身体缓缓地放进冰窟中，毫无声息地向着水底沉去。

冰上的水罐中的水还在微微地荡漾着，里面倒映着四月春天的天空、天空中的白云和一片斜射进罐中的抛物线形态的阳光，薄薄的阳光。

瘦谷在关于丹的母亲的死亡叙述中还有一段注释，他说，他之所以选择在四月结束丹的母亲的故事，是因为他深受在现代英美诗歌中开一代诗风的先驱、现代派诗人托马斯·斯特尔那斯·艾略特的影响。艾略特出生于美国的密苏里州，1927 年他加入英国国教，改入英国籍。艾略特在他的著名诗篇《荒原》中一开始写的就是"死者的葬仪"，开篇写道：

四月是最残忍的月份，哺育着

丁香，在死去的土地里，混合着

记忆和欲望，拨动着

沉闷的根芽，在一阵阵春雨里

　　我和丹在瘦谷的书架上找到了漓江出版社 1985 年出版的艾略特的《四个四重奏》，翻到了《荒原》，瘦谷在如下的诗句间画下了着重号：

风儿吹得轻快，

将我吹回家园，

我的爱尔兰小孩，

你为什么还留恋？

"一年前你赠给我风信子；

他们叫我风信子女郎。"

——可是当我们回来晚了，从风信子花园而归，

你的臂膊抱得满满，你的头发湿透，我不能

说话，我的眼睛也不行，我

神魂颠倒，一无所知，

注视着光明的中心，一片寂静。

　　当我和丹看完译者裘小龙对这段诗歌的注释时，我们理解了瘦谷在写作我们的故事时读到这些诗句的感受。注释说，与华格纳（现译作瓦格纳）的诗剧歌词相对应，诗中说话者回忆在荒原上虽死犹生的生活中仍珍惜自己青年时代的经历，艾略特用一瞬即逝的美的形象与缥缈的城中堕落进行对比，暗示了美好回忆只能是过去的、失败了的经验。

　　我和丹的故事，丹的母亲和我们的故事的调子不是隐隐约约有着这

样的影子吗?

我们还在瘦谷电脑中的家庭档案中看到，瘦谷的父亲因为胃癌也死于四月。

10

我和丹安葬了丹的母亲，丹的母亲的身边是那个她从波斯带到中国来的双耳红陶水罐——那个可以在风中口唇发出像中国的埙的声音的陶罐，它将是丹的母亲在另一个寂寞时空中的安慰。

丹的母亲死了，丹决意要去长安找白色马，找自己的父亲。她对我说，她要告诉父亲，自己的母亲——那个陪伴他近二十年的波斯女人死了，死因不明，不知是失脚落水还是自溺身亡（她不知道瘦谷的两种说法哪一个是真实的）。她要质问自己的父亲，作为一个男人，在离开自己的妻女远行时，为什么一句承诺也没有。

其实我知道，丹想见到白色马比想见到自己父亲的心情更加迫切——白色马就像一扇小小的窗户，照亮着丹的内心，看不见白色马，她的内心总是一片茫然、一片混沌，没有着落。

我知道丹已经决绝地踏上了寻找白色马和父亲的长安之路，她只身一人，甚至没有等待我和她同行。在渥洼，我和她分手的时候，她答应我她在渥洼等我四天，然后我们一起去长安。我回到阳关，对父亲讲，我决定陪同丹去长安寻找白色马和她的父亲。父亲勃然大怒，说我妇人之心，书生之见——总之是愚蠢之极。我无法说服在金戈铁马中驰骋沙场的父亲，他根本无法理解一个人对另一个人会有无法割舍的似水柔情。我几乎被父亲软禁起来，无法脱身。时间一天天过去了，心急如焚的我在十天之后才千方百计地找到脱身的机会。我和父亲不辞而别，在夜色中，当我跨上我的大青马时，我的心中突然有一种无法说清的情绪，难道我就这样离开父亲，离开我生长的地方阳关，离开渥洼，离开河西，向着丹离去的方向，奔向不可知的长安、不可知的未来吗？我甚至怀疑我是否能够在去长安的路上找到丹，也许，我和丹已经永别了。人生倏忽，天道难违，转眼之间就生死两茫茫之事每时每刻都在发生，就像丹的母亲和丹、和我、和她远去了的丈夫。

但我义无反顾，我的大青马已经扬起双蹄，我必须听从命运的安排。在茫茫的夜色中，我伏身在马上，马蹄之声，厉风之声，背向灯火阑珊的阳关，越跑越远。

我现在到达一个山坳中的集市，我手牵着汗光闪闪的大青马行走在人流中。已经是夕阳西斜的黄昏时分，这个集市中仍然人来车往的，一片热闹繁忙的景象。我大感不解，想找到一家客栈住下来，打听丹的下落。我实在无法计算，我什么时候才能赶上丹，或者走岔了路，错过相遇的机会。还好，一路上，我打听到了丹，沿路上总有一些细心的人说数天前看见过丹，说丹骑着一匹还未长大的白色牡马，一个人向前走了。

看见前边一家客栈，我牵马走了过去，店主见我走近，急忙走上前来，问我是不是要住店。我点了点头，他便叫了店中一个少年，让他把我的马牵到店后的马厩中去。

我对牵马的少年说，多喂它一些水和草料，好生伺候它，我明天还要赶远路呢。

少年点头称是，去了后院。

现在已经是夏天，掐指算来，我离开阳关已经快一个月了，按说，我的大青马无论如何是比丹的小白马能跑、跑得更快，为什么我总是追不上丹呢，真是奇怪了。

洗漱完毕，天已向晚，客栈的另一进院子中传来女人的笑骂声和她们悠长的哈欠，好像她们刚从睡梦中醒来，刚开始一天的生活一样。这时候，店中侍者敲响了我的门，他说，客官，请下楼用膳。

他把我带到楼下临街大门一侧的酒厅。我挑了酒厅中间的一张桌子坐下，想趁机打听一些有关丹的下落。我知道，在这个乱世中，一个孤身的女子风尘仆仆地行走在漫长的驿道上，总是会让人注意的。这家客栈是这个山中集镇唯一的一家客栈，这里是东来西往的必经要道，丹不会不从这里经过的。经过这里，来来往往的客人都会住在这个店中，因为再向前走，就是一大段林木森森的山道，差不多要走一天，山中虎狼出没，一般人都要在这个店中歇一夜，在天明时再上路，在第二天白天走完这段山道。

我旁边的一张桌子上，围坐着四个波斯人：一个年龄略大的人，一个像是喝醉了酒还没有醒的人，两个三四十岁的壮汉，看样子他们像一个自由组合在一起的来中国做生意的商队。桌上除了一些我大汉民族的家常菜肴外，还有一些干酪、漉酪和酥等食品。

年龄较大的波斯人，一副忧心忡忡的样子，很少吃东西，他对自己对面睡眼惺忪的伙伴说，本来今天早上就该动身往长安去的，结果你一夜与汉女饮酒作乐，早间不能起床，睡了一天，耽误了行程，你要再如此放滥，我们就扔下你不管了。

被训斥的家伙却背靠在椅子上傻笑，趁别人不注意，他还拿起桌上的酒罐往自己的碗里倒酒，但被他右边的壮汉阻止了。壮汉说，再喝，你明天还走不走了？

我闻见了罐中的酒香，这不是我们汉人饮用的米酒，是葡萄酒。龟兹、大宛的葡萄酒酿制技术传到长安和中原后，汉人很快就学会了这种酿酒技术。现在长安和中原正在流行这种美酒。

坐在醉汉左边的波斯人说，今天一早，本来说好要和我们一起过山的姑娘一个人已经走了。

醉汉问道，你是说那个骑着一匹白色小牡马、会说波斯话的那个姑娘？

年龄略老的波斯人说，不是她是谁呢？你看，我们男人赶路还没有一个女人快呢。她说她是从河西往长安来的，从河西的阳关到这里才用了二十来天，我们可用了快一个月了。

醉汉已经有些清醒了，说，可不能这么比，虽然我们主要是去长安做生意，但我们沿途也要做一些小生意，只能这样走走停停的。再说，人家的马可以骑着跑，我们的马和骆驼带着东西，只能慢慢走嘛。

年龄略大的波斯人反问醉汉道，那也不能醉在客栈中不走啊！

醉汉又嘿嘿地笑了。他金黄的胡须上沾着一些食物的碎渣，随着他的笑在灯光中直抖。他一边笑一边说道，她长得跟仙女一样漂亮，她还有我们波斯女人的风韵呢，也不知道她是怎么学会说波斯话的。我要能把她带回我们波斯，我愿意奉献出我们家族所有的财富。

年龄略大的波斯人训斥道，醉鬼，闭上你的臭嘴，不要胡说八道，我们到中国来不是带走他们的女人的，我们是来做生意的。停了停，他又说道，看她的样子，她肯定有着我们波斯人的血统，她长得有些像我的女儿呢。

我被四个波斯人的讲话吸引住了。我抑制住自己内心的喜悦和激动，我仿佛已经看见了骑在白色小牡马上的丹的身影，我甚至闻到了丹赶路时尘土腾起的呛味。我坐在桌边，一只手支着头，装出一副酒鬼的样子，不断地端起碗喝酒，却很少动筷子吃菜。我喝的是米酒，我不喜欢葡萄酒，太酸、太甜。我坐在酒厅中听四个波斯人说话，他们在讲述丹，讲述我一路餐风宿露追寻的恋人。

酒厅中的灯火在初夏的夜风中闪跃摇摆。四个波斯人离开酒厅上楼睡觉去了，在他们的讲述中，我不知不觉喝了不少酒。我感到我身上的血是那样热，不停地回旋奔流，我站起来又坐回了椅子上，我从腰间的行囊中掏出一大把五铢钱来，一松手，铜钱就哗啦啦地流到了桌上的空酒碗中。

我说，店家，给你钱，把马给我牵来。

店家走了过来，谦恭地站在我的旁边，说道，客官，你看天色已晚，还是歇一宿再走不迟。

我说，不，我要上路，我要往长安赶。

店家说道，那可万万不行，往长安去前面就是要走一天的森林山道，山中虎狼出没，夜里进山，九死一生。客官，性命要紧啊！

我站起身来的时候，差点儿把身旁的店家撞倒在地上，我感到我的身体就像风一样轻盈。我保持着身体的平衡，向酒厅外走去，头也不回地说，你休要废话，我又不欠你一枚钱，你如何不让我走，牵马来！

店家无法，只好差人把我的大青马从后院马厩中牵了来。

我跃上马去，向着长安的方向策马而驰。我已经不能等待，我只有连夜兼程，才能够在明天或者后天追上丹。山坳上的月亮，天空中的星星，我向着你们飞奔。丹，今晚，你是不是倚靠在客栈的窗前，看天上的月亮，看天上的星星，想起我，想象我在月夜中飞奔，奔向你。

我在心中苦苦地说，丹，你等等我！

11

丹不是在客栈的窗前想象我在月夜中向她飞奔的。我和她已经分开了二十多天，分别使她更加深入地理解了她自己的心灵世界，理解了她心灵世界中那些潜伏着的精灵。她甚至为她自己独自仓忙离开我、离开河西感到隐隐的悔意。我，一个立志要和她相依为命的人在她的独旅中，成为她牵挂的人，成为她少女之心夜晚的梦、梦中的景象——我骑在白色马上，她在我的怀中获得人生的温暖。

白色马成为我们爱情不老的见证。

丹难以忍受苦旅的孤独，她牵挂着我的命运，她想更快地知道我是被我的父亲留在了阳关呢，还是已经踏上了奔向她、奔向长安的追寻之路。

丹考虑到现在是初夏，要到初秋的时空去，便多穿了一件外衣。她走下自己旅居的客栈，绕到马厩中，拍了拍白色小牡马的脖子，说，你走了一天的山道，一定很累了，你好好休息，天亮的时候我会回来的。我要去看他，我不知道他现在怎样了。

小白马轻轻地打了一个响鼻，温驯地点点头。

正当丹要从瘦谷的电脑中抽身而出的时候，丹听见一声轻微的声响像是从遥远的另一个世界传来，顿时她就有一种脑子被抽空的感觉，眼前的月色和星光不见了，丹沉入无边的虚无之中。

一身月氏女子装束的丹这时候只是一些毫无生命的 1 或 0，因为电脑中的所有软体描述都是用二进位制这种特殊的语言体现的。平时，即使瘦谷不写作的时候，即使他不在家的时候，他书房中的电脑大多也是开着的，这样也就不会妨碍他的电脑接受朋友们发给他的电子邮件了。瘦谷是一个电脑发烧友，对电脑的依赖使他有时候像一个弱智的人。出乎丹的意料的是，今晚瘦谷的电脑并没有开着，他的书房静无声息，漆黑一片。如果瘦谷的电脑是关着的，丹和我的故事就是一些存储在硬盘中的无法解读的 0 或 1，是一些没有生命的语言，丹自己也就找不到自己的灵魂和形体。在刚才那轻微的声音响起的一瞬间，丹下意识地意识到自己和我的故事被终止了，也就是说我的危险也被终止了。而让丹担心的是，我已经被危险吞嚼了，这样的终止只是推迟她知道不幸的消息而已，那么她的等待也就毫无意义了；但丹除了等待，却没有任何办法。

其实瘦谷并没有关掉电脑，是因为突然停电，他才关掉机器的，为此，他还有些沮丧。瘦谷来到阳台上，坐在一把木椅子上无聊地看天，看天上的星星、月亮和云缕。无所事事的夜晚，瘦谷常常会一个人到阳台上坐一会儿，什么也不想，只是有一口没一口地喝一两瓶啤酒而已。一瓶啤酒还没有喝完的时候，电来了。瘦谷仰着脖子把剩下的啤酒全倒进了肚子里，然后把空瓶子塞进纸箱中，回了屋。瘦谷重新打开电脑，蓝色的屏幕把他的脸映照得像一张鬼脸。

在电脑中复活了的丹毫不犹豫地抽身而立电脑之外，她站在瘦谷的身旁，望着电脑屏幕，连看也不看瘦谷，说，我和他已经分别二十多天了，我想知道他的下落，知道他的命运。

如果不是瘦谷而是别的人的话，一定会被丹一身古怪的装束吓得晕死过去，没有人能理解一个两千年前的、有着波斯人血统、来自河西的女子就像从天而降一样来到自己的家中，并开口对自己说话，如果这不是遇见了鬼，便是自己在做梦。

当然，瘦谷不会被吓晕也不会这么认为的。他知道他正在叙述的故事是一个有太多离奇色彩的故事，就像一部今古传奇，他已经接待过自己叙述中的人物的来访了。如果说，瘦谷希望自己在小说写作中有好的创造力的话，他同样希望自己创造的人物也同样具有好的想象力。

瘦谷对丹说，你很想念他，是吗？你放心，我不会让他爱上别的女子的。当然，有时候他会自作主张的，就像你现在，突然跑出你旅居的客栈一样，我也没有什么办法。

丹说，我不喜欢玩笑，你们现代人总是油嘴滑舌。你知道孔老夫子怎么说你们这类油嘴滑舌的人吗？他说，是故恶夫佞者。好，我们还是不要说什么废话了，你还是让我看看他在什么地方、在干什么吧。

12

我不知道丹是不是听见了我在内心里的呼喊，我说，丹，等等我！

在最初的晕眩之后，我清醒了许多，我把马缰拴在右手的手腕上，两只手死死地抓住马鞍，我害怕我会被马不小心摔到路上。我的大青马一定明白我的处境，我有些醉了，我想赶上丹，可这近百里的山道虎狼出没，夜里经过，九死一生。它必须小心翼翼地保护好我，不能把我摔下马背，所以它很自然地控制了自己奔跑的速度，只是平稳地小跑着。山道坎坷崎岖，一不小心就会马失前蹄。

天上的星星有些没入了夜空之中，有的坠落了，也有的从天幕中正在一闪一闪地跳跃出来。月亮有时明亮，有时处于云层中黯淡无光，有时候一些云缕飘过月亮，就像一张儿童的脸倒映在行走的溪流中。但月亮总是在我的右前那个方向，没有变化。我不知道现在是夜里什么时辰，也不知道大青马走了多少路了，我们仍然还在山中行走，我和大青马已经听到好多次虎啸和狼吟了。每次听见虎狼的叫声，大青马都会用自己的嘶鸣对虎狼还以颜色。大青马响遏行云、气冲霄汉的嘶鸣使山中的虎狼不敢贸然近前，它们远远地跟着我们，越来越多，就像是我们的身后跟了一个虎狼的队伍。

在山道的岔口，大青马在选择前行的路时，我听见了大青马的一声叹息，它的内心里有着不解的疑问。它说，既然你要追上丹，要夜过百余里的山道，你为什么还要喝酒呢？

我对大青马说，我不知道为什么。我只是想追上丹，我是一个懦弱胆小的人，也许我不喝醉还不敢夜里上路呢。现在，我们知道了丹就在今天白天走过了这条山道，所以我们必须星夜兼程追上丹，也许我们明天早晨就可以见到丹了。我们走吧，现在我们已经来到了山里，已经没有退路了。我们会闯过去的，虎算什么，狼算什么，虎狼也无法阻止我们前行。

大青马有着普通的马不能企及的异秉，今晚它更是神奇之极，在我因醉酒而不能辨别道路的今晚，它竟可以凭着本能和经验准确地选择追寻丹的正确道路。

这时候，我几乎已经完全清醒了。初夏的夜晚仍然使人感到寒凉。这是一个少有的骚动之夜，在虎狼声中，在马蹄声中，山鸟不断被惊飞，它们的叫声更增加了山中之夜的幽深和恐怖。我骑在马上，已经把右手腕上的缰绳解下来放到左手中，我的右手紧紧地握着一把长剑。这把剑是我的父亲送给我的，他说这是一把龙泉宝剑。如果有虎狼近前，我的大青马将马踏虎狼，而我则会挥剑血刃这些嗜血吃人的野兽。我已经别无选择。我的双腿紧紧地夹着马的肚子，它的汗水在星光中抖动着细小的亮光，就像是河沙中的云母。我感到大青马的体温在不断地向我输送勇气和信心。

抬头的时候，我看见了东方预示天将黎明的太白金星，我知道天快亮了，我和大青马就要走出山林了。就在这个时候，大青马突然收住了自己的步伐。在距离我们不远的地方，黎明前的黑暗中晃动着绿荧荧的狼眼，看上去有二三十只。我回头向身后望去，追随了我们一路的虎狼却没有停下来，它们在无声地向我们逼近。山是那样静，除了叮咚作响的山泉和哗哗流淌的山溪，连一声松涛也没有，刚才那些惊叫着的山鸟也无影无踪了。

大青马扬起了身体，我知道它是在提醒我快做决定。在大青马的前蹄落地的那一瞬间，我抖动缰绳，命令它向前冲去。

我挥舞着龙泉长剑，像勇士冲进敌阵，嗒嗒嗒的蹄声是我和大青马杀敌的战鼓。狼嚎叫起来，虎狂啸起来，整个黎明前的山谷处于地动山摇的狂乱之中。也许在虎狼冷血的身体中似乎也过多地积聚了饮血的渴望，它们渴望鲜血的腥味，它们渴望愤怒的撕咬。我策马冲进挡道的狼阵之中，至少有三只来不及躲闪的饿狼被飞奔的大青马踩断了脊梁，一些狡猾的狼和虎则在闪躲之后，勇猛地向我和大青马飞扑过来，它们拔地而起的跳跃的高度甚至超过了我站在马鞍上的身高。大青马知道，我和它是在为我们的生命而战；而我则还知道，我是在为丹而战，为我和丹的爱情而战，我要为我的爱情砍杀出一条血路。

我挥舞着龙泉长剑，左右砍杀，虎狼之血迸溅而出的声音和它们的骨头碎裂的声音一路不绝。一只虎跳起来，我的长剑向后一划，寒光起处，它的头飞离身体，两只凶恶的眼睛像两颗流星黯淡着坠落到山谷中。一只黑灰的大狼拼命咬住大青马的尾巴不放，大青马一边奔跑一边甩起后蹄踢它，它仍然毫不松口，疼痛和烦躁使大青马大为恼火，它抖动的身体几乎把我从它身上摔下，它奔跑的速度也明显减缓，这使得已经有所退却的虎狼又变得勇猛起来。我看清了这只黑灰大狼的险恶用心，除了舍去大青马标志它俊美、英武的尾巴，我没有别的办法，我仰身一剑，砍去了大青马的尾巴，咬着大青马尾巴的黑灰大狼猝不及防，滚进了路旁的荆棘丛中。疼痛袭击了大青马的全身，它一声长啸，飞跃起来，终于冲出了虎狼的围困，向着黎明的山头飞奔而去。

到了山头，就走完了山林中虎狼出没的险恶道路了。山下一马平川，散落着一些村寨，它们的主人还没有醒来，一片平静，只有几盏稀疏的灯火在晨雾中闪亮着。

大青马的尾巴还在滴着血，我和大青马的身上披挂着虎狼斑斑的血迹，在清新的晨风中散发出阵阵腥臭的味道。我们的身后隐隐传来虎狼受伤的哀鸣和残喘。太阳就要出来了，东方的天际已经有了一抹美丽的朝暾。

13

下山，再行十来里地，就到了丹旅居的客栈。丹在路上等我和大青马的到来，就像迎接凯旋的英雄。她已经了解我和大青马在山中黎明前的生命奔突，她甚至想骑上她的小白马前来助援，结果被瘦谷劝住了。

瘦谷对丹说，你去不但不能帮任何忙，还会增加他的担心，到时候，他不仅要为了自己而搏杀凶恶的虎狼，还要为保护你而处处与虎狼周旋。

身临其境般的观看使丹心惊胆战，冷汗迭出，要不是瘦谷的提醒和指引，被惊吓得神不守舍的丹几乎不能找回自己的客栈，准时地迎接我的到来。丹见到我才恍然明白，瘦谷是个喜欢恶作剧的家伙，他故意把我和大青马在山中与虎狼的冲杀写得那样险恶，以此来惊吓丹。这样的结果是，我的大青马失去了一条漂亮的尾巴。

三天之后，我和丹走进了长安，为了避人眼目，丹的装束已经换成汉中和秦川女子的打扮，所以我们可以不引人注目地出入长安的酒肆、集市和大大小小的客栈中打听丹的父亲的消息。

我们没有见到丹的父亲，丹的父亲因为向皇上进献天马，已经被皇上赦去原罪，免去了流放河西的惩罚，安排到中原的富饶之地做郡守去了。据说丹的父亲已经派人去河西的渥洼接丹和丹的母亲了。

皇上非常喜欢丹的父亲进献的白色天马，为此，皇上还作了一首郊祀之歌——《天马之歌》：

> 天马徕，从西极，涉流沙，九夷服。
> 天马徕，出泉水，虎脊两，化若鬼。
> 天马徕，历无草，径千里，循东道。
> 天马徕，执徐时，将摇举，谁与期？
> 天马徕，开远门，竦予身，逝昆仑。
> 天马徕，龙之媒，游阊阖，观玉台。

现在，皇上出游、打猎时甚至不坐华焕辉煌的马车，而改为骑马了。

丹听到这个消息，眼泪暗暗地流在了心中。到了客栈，她才泣不成声。夜里，面对昏黄的孤灯久久不能入睡。我敲了好几次门，她都不开。我想，让她一个人伤心一会儿，也许她会好受些。

当丹寻找到父亲和白色马的结局的时候，她除了我，已经不再有什么东西需要探求的了，她感到意气阑珊，她感到人生的意义是那样的轻薄，这时候她又怎么会不想起自己埋葬在渥洼水边的母亲呢？不思念在生命的盛年突然就香消玉殒的母亲呢？

我在丹隔壁的屋中，燃了香，跪在地上，向着河西的方向，向着丹的母亲重重地磕了三个头。

我抬起头来的时候，我看见在香炷飘出的烟缕之上，丹的母亲盘腿坐着，她的神情是那样慈祥，她有着长长手指的双手交叉着自然地放在胸前，她身上丝绸之衣的衣褶自然地下垂着，随着烟缕的飘浮微微起伏。透过她身上云裳般的丝绸之衣，她如玉的身体闪射着熠熠的光环。

丹对我说，她想最后见一眼白色马，然后再去中原见她的父亲。我想这样也好，也许丹和我都再也见不到我们爱情的见证——白色马了。住在长安一段时间，皇上又那么喜欢白色马，我们总会有机会见到白色马的。

那段日子，我成了一个挥金如土的纨绔子弟——出入烟花柳巷、酒楼茶肆、舞榭歌台、赌场客栈，和那些看似来自皇宫的文武官人、皇亲国戚及其子弟们在一起逢场作戏，吟诗作赋，盼望从他们的言谈中得知皇上出游打猎的时间。我虽和这些酒肉烟花场中的烂人终日厮混在一起，但我身处酒色之中却心如止水，守身如玉，保持着一片冰雪的内心世界。不多日，我从宫中的一个内侍的口中得到皇上第二天就要到终南山皇苑去打猎的消息，我回到客栈把这个消息告诉了丹。第二天一早，我和丹就悄悄地潜藏在终南山皇苑打猎场边上，一个不被人注意但视线开阔、容易撤退的山岗树丛中，我和丹并不想惊动至高无上的皇帝，我们只是想看一眼已经离开我们数月之久的白色马而已。我和丹都无法想象白色马成为宫中的御骑之后，它的外表和内心有了什么样的变化。它是不是在富贵乡中忘了丹和我，忘了渥洼水边和我们在一起玩耍的日子；现在，它是不是真的以为它和别的马天生不同，它是生于渥洼水的天马，而别的马只是吃草长大的牲畜。如果这样，反倒好了，丹虽然会伤心一阵，但也会很快忘掉白色马的，因为这样，丹也就不再会相信白色马的灵性，而只把它当作一般的马而已，从而从内心里把它遗忘。

日上三竿的时候，被羽林军及其随从前呼后拥的皇上才来到皇苑。一到皇苑，跟随皇上的人都噤了声。在皇苑，皇上不喜欢吵闹，他喜欢一个人骑着俊美漂亮的白色马在皇苑中无声无息地转悠，那样子就像骑着马散步。皇上有着出神入化的箭术，还有着一双敏锐的眼睛和一双机警的耳朵，加上白色马对猎物无可匹敌的敏感，它总是会神奇地把皇上带到猎物的附近，使得猎物在白色马和皇上的威仪中忘记了奔逃。皇上喜欢骑在白色马上，不慌不忙地靠近猎物，然后张弓搭箭，于无声处夺取猎物的性命，唤来众随从的喝彩。多年来在这个皇苑中，几乎没有猎物能逃过他的神箭的。

但今天，我和丹都不约而同地发现，皇上似乎有些神不守舍，他在皇苑中转悠了一圈，也没有发现什么猎物，连兔子也没有发现一只。突然，白色马向我和丹隐藏的山岗奔来，这使得皇上有些惊慌，因为这几个月中白色马从来没有对皇上这么无礼过，它从不会在皇上没有任何指令的情况下突然奔跑起来。这使得皇上有些手忙脚乱，他不知道是白色马奔向一只大猎物，让他赶快搭箭准备射击呢，还是白色马兴之所至的哗众取宠。白色马越跑越快，远处站在一旁观看皇上打猎的随从和羽林军都发现了今天白色马的异样，他们慌忙地向这边跑来，马上的皇上也无法顾及是否要射击猎物了，他死死地抓住马鞍，紧张得不知所措，一身汗水。

我和丹都突然明白了白色马的意图，它是在奔向丹和我。这几个月来，它也许忘记了丹和我，但现在它在无意识中闻见了丹和我的气息，唤醒了它对渥洼水的记忆，唤醒了它对丹和我的记忆。它已经无法控制自己，就像一个久离母亲的孩子无法控制自己的脚步一样无法控制自己向着母亲的奔跑。白色马在向丹和我跑来，那些在马上持枪握剑的随从策马向我们奔来。我们明白了我们身处的危险境地，我们很快就会没有藏身之地，那一刻我已经绝望到了极点，我已经做好了和丹一同死去的决心。

女人常常会在男人的内心最忙乱的时刻冷静得像水罐中的水，丹拉住我的手向山岗的另一面跑去，皇上和他的随从及羽林军发现了我们的逃跑，山草和树丛在我们的奔跑中摇晃起来，射杀我和丹的箭纷纷落在我们的身旁。我和丹奔逃到山崖边上，丹说，让我一个人去死吧，然后她就一把把我推下了山崖。我抓住了悬崖边的一块石头，看见丹疯了一般向回奔跑。我想翻上悬崖，和丹一起迎着乱箭死去，但我抓住的石头却松落了，我滚落在悬崖边的一棵树上，山上的流泉哗啦啦地在我的身边跳跃而下。我的右胳膊摔断了，疼痛得无法拿住一根草。我心急如焚，眼前一片金星之后，渐渐地变成为一片黑暗，松开左手之后，我就像一颗松果，跌跌撞撞地向着山崖下滚去……

14

我掉在了一片水帘的后面，黄昏时才醒来。听着哗啦啦的水声，我一时不知身在何处。我挪了挪身子，把头伸进瀑布之中冲刷，这才清醒过来，我的身边没有丹，我不知道丹现在怎样了，丹，丹……你听得见我的呼喊吗？

我记得丹一把把我从山上推了下来，丹说，让我一个人去死吧。

我被丹已经死去这样的猜想吓住了，我浑身发抖，好不容易才冷静下来，控制住自己。我想我应该尽快回到长安去打听到丹的下落，我必须证实丹是死了还是活着。我不再怜惜自己的生命了，我再也没有在山林中和虎狼搏杀的毅力和勇气了。我把我的生命置之度外，一步一步地从瀑布边的陡峭崖壁上爬到了山下。

我的右胳膊青紫肿胀得不能动弹，在山下山潭中我用一只手把自己清洗了一番，这才迈着散乱的脚步向长安城里走去。我并没有走到长安城中，我在长安城中的故事已经结束了，我只好转身走进初秋的中原，走出瘦谷的电脑，去寻找丹的下落。因为我知道，这个故事中所有人的结局，所有人的下落都被瘦谷这个主体控制着，作为被瘦谷叙述的人物，我对于自身命运的改变所起的作用是有限的。我已经尽了自己最大的努力，我没有办法。

你们猜猜看，在瘦谷的书房中，我见到了谁？我见到了丹，我在追寻为我而死的丹的下落，而丹则想在瘦谷的帮助下破解我和她的神秘的爱情故事。

这是一个有趣场面，我，一个两千年前从死亡中逃脱的阳关都尉的儿子，破衣烂衫，断了右臂；丹，一个现代的敬业的莫高窟的解说员，正与一个来自内地的艺术史研究员热恋的好女孩；瘦谷，一个喜欢空想和梦幻的小说写作者，刚从敦煌所在的河西回到中原，正在初秋凉爽的天气中编造我和丹今古传奇的人，三人相聚一处，一步一步把这个故事说圆，说完。

在瘦谷的电脑中，也就是在瘦谷的叙述中，我看到了两千年前那个把我推下悬崖从而救了我一命的丹的结局。

丹沿着我和她奔逃的路又疯狂地跑了回去，在她故意让皇上和羽林军发现之后，又向着山顶奔跑，她要把皇上和羽林军引开，使我有时间安全地逃脱或者让皇上和羽林军相信，刚才在山林中躲藏着的只有她一个人。骑着白色马的皇上一马当先，根本不听他手下人的大声劝阻，让他停下来，离逃跑的危险之人远一些，皇上在对丹的追逐中一直跑在前面。在发现了山林中有人埋伏之后，皇上便把对埋伏之人的追逐当成对猎物的追逐了，他一点儿也不想让自己今天的出游打猎一无所获，过去他也从来没有这么两手空空地回到宫中过。皇上的白色马快捷善跑、机敏灵活，所以皇上能够一马当先。

皇上和骁勇的羽林军很快就追近了丹，他们发现被追逐的人是一个令人惊艳的女子的时候，都更加疯狂起来，狂喊高呼的声音惊飞了山上所有的鸟儿。丹出现在没有林木的山岗时，不再逃跑，她站住，回过头来，白色马认出了丹，它惊愕地站住了，那样子像是不相信自己的眼睛，在它离开丹数月之后，在远离河西数千里地的长安城外，它又见到了丹。继而白色马也明白了丹危险的处境，它不愿充当伤害丹的杀手，在皇上一再的鞭策下仍然停止不前。通晓皇上心思的羽林军勇士在这个时候也都老实地站在皇上的后面，成全皇上猎场擒捉奔逃美女的英雄故事，不再奋勇向前。

打猎场一片死寂，只听得羽林军的旌旗在风中猎猎地响。皇上从箭囊中从容地掏出了箭，搭在弓上，慢慢地抬起了手臂。丹毫无惧色，一动不动，等待着即将飞驰而来的穿心锐箭。丹想，在白色马的注目中无声地死去于她而言毫无遗憾。

飞驰的箭在空气中发出一声刺耳的啸声，丹踉跄了一下，然后就直直地倒在了山岗上。就在丹倒下的那一瞬，白色马在一声裂帛般的嘶鸣中向着丹奔了过去，白色马突然的奔跑，差点儿把皇上从马上摔下来。

丹安静地躺在山岗的页岩上，风吹动着她的衫裙，页岩中有无数的云母，在夏日浓烈的阳光中闪耀着迷幻的星星点点的光芒，那样子就像丹躲在星光中。丹的胸前鲜血漫漶，洇出一大片烂漫的花朵，和丹苍白的脸形成鲜明的对照。

白色马垂下头，用鼻和唇轻轻地抚触丹胸前的鲜血，白色马不相信这鲜血是真的，不相信躺在它面前和丹有着同样姿容的女子是真的丹。看见丹在阳光中如雪一般的脸和胸前灿如桃花的血痕，皇上突然有了一丝丝恻隐般的伤感。

我不想在瘦谷和丹的面前伤心流泪，我甚至没有心情和他俩打一声离去的招呼。我走了，在人去山空的打猎场，我寻找到了丹死去的地方，我坐在丹曾经躺过的页岩上，垂着伤心的头，眼泪滴落在被太阳晒得滚烫的石头上，很快就又无影无踪了。

15

在敦煌，丹为我联系了一家她熟悉的宾馆。这样，我住在宾馆中便可以得到一些额外的照顾，譬如，一个人住两人间的屋子，只交一个人的钱，而且永远也不会担心宾馆会在某天晚上再安排一个人进来。我在敦煌的实地研究已经完成了，如果没有丹我不会这么快就完成这项课题的，也不会有这么大的收获的；而且在这里我还有人生更难得的收获——爱情。

为此，我从内心里感谢敦煌，感谢河西这片有灵的大地，感谢丹，感谢瘦谷，是他使我有了这样一次河西之行的机会。

最后，我要说的是，感谢佛祖，他赐给了这一切。

我已经收拾好了我的行李，我得回我所在的大学和大多枯燥无味的和极少有趣的人在一起各自做自己的事情。我坐在床沿上，等着丹来送我，心中空落落的。我就要和丹离别了，即使是短暂的，我也不好受，我无法改变自己几生几世的这种多情善感的温情主义。

随后，丹来了，我看看手表，我知道我们还有足够的时间坐在一起说话、拥抱、吻别。丹拉了一把椅子，坐在我的对面，拉着我的手，对我说，瘦谷说，我之所以和她能够在敦煌一见钟情，也就是说她和我的爱情之地被圈定在敦煌，是因为我曾是佛家弟子，是莫高窟一个一边修行一边在墙上作画的僧人。

我在离开丹死去的山岗许多年之后，再次来到敦煌，来到人世。那时候的我天生就是一个遭受过过多亲人亡故、对人世红尘灰心失望的人。我生来就是一个左撇子，生下来我就是一个没有右手的畸形儿。我用左手写字和画画，技艺超群，成为众僧中的佼佼者。

我在墙上画白色马，画没有尾巴的大青马，画丹，画丹的母亲，它们和她们成为我描绘的佛教故事中的形象和人物。在作壁画之前，我总是会把我要画的形象细心地画在绵帛上，打下草稿。我画下丹、丹的母亲、白色马、大青马，就好像我又回到从前，和她们（它们）一起，和她们（它们）说话，倾听她们（它们）的细语和轻柔的呼吸。我用手抚摸她们（它们）的时候，我甚至可以感知到她们（它们）的体温和心跳。我在烛火中，一个人在洞窟中描绘丹和丹的母亲的身体的时候，我甚至会偷偷地脸红。

我细心地观察过烛火的火焰和从火焰之巅飘出的烟缕，火焰和烟缕的形象成为丹和丹的母亲的身姿及她们飘飘的衣袂和衣饰。

丹对我说，瘦谷说，她之所以能够说出别人不知道的莫高窟的故事和神奇的细节，是因为她来自洞中的壁画。她从壁画上走下来，或者说像飞天的仙女一样降临人间，那是因为她要在莫高窟等待我的到来，一起回溯前世生活，一起构筑逾千年而成今朝的爱情传奇。

丹的脸红了，她的呼吸让我心颤，我和丹拥抱在一起久久不愿分开。在我们拥抱的时候，不小心把枕头撞到了地上，我和丹都看见了枕头下一大叠发黄陈旧的绵帛旧画。我和丹各自松开对方的身体，顾不得整理我们凌乱的头发和衣服，我们小心地把画拿起来，放到桌上，一张张地翻看起来。画上画着白色马、没有尾巴的大青马，画着丹和丹的母亲。

丹说，我敢肯定这些画是真正的古画，我学过古绵帛画的鉴定方法。我还知道这些画像和莫高窟墙上、顶上的画形象构图一样，只不过这些画小一些而已。

我急忙从我的箱子中翻出一本莫高窟壁画画册来对照，画册证明丹的说法完全正确。

丹问我，你是怎么拿到这些壁画古旧稿本的呢？

我说，我不知道，我不知道它怎么就来到枕头下边了。昨天，服务员还为我换了床单和枕头，那时候，枕头下边还空空如也，今天却钻出这么一大叠无价之宝来。

我和丹面面相觑，一脸的疑惑不解，就像是在做梦。

少年情怀

1

十四年前的夜晚，

温暖渐渐从阿妈的身上飘散。

夏天已经来到草原的深处。

罗桑把羊群赶进院子，听话的羊便一只只挤进窄窄的羊栏门，或站或跪，待在各自的角落，交头接耳地说着话。罗桑把羊鞭挂在屋檐下，走进土屋，拿起闪亮的铜瓢从水袋中接了一瓢水，仰起头来咕咚咕咚地吞咽着，从窗户口射进来、带条状的夕阳恰巧照在罗桑手中的铜瓢瓢底上。随着罗桑喝水时胸膛的起伏，铜瓢晃动着，从铜瓢边沿滴下来的水珠浸透了铜瓢黄亮的色彩，一滴一滴滴到罗桑敞开藏袍红红的胸膛上。当罗桑喝完最后一口水，放下铜瓢的时候，夕阳的光芒被闪亮的铜瓢碰开，在幽暗的土屋中一闪。罗桑把铜瓢当的一声放在炕桌上，随之被铜瓢碰散的夕阳便消失了。

罗桑走出土屋，走出围着矮矮土墙的院子，走下山岗，坐在了山岗下的草地上。羊栏中羊咩咩的叫声此起彼伏。姐姐玛琼还没有回来，夕阳的光辉细心地把草原上的每一株草叶都涂饰上金色的光边。西边的落日像牛车的车轮一样庞大，正无声地落在地平线上。在那落日停留的地方，地平线向下凹了一个浅浅的圆弧，使得硕圆的落日得以安稳地在那里停留，不致因晚风的吹拂而滚走。几乎每天罗桑都这样坐在屋前山岗下的草地上，一边遥望着西边的落日，一边等待玛琼姐姐回家。

低头的时候，罗桑看见有一朵黄色的小花在自己的右脚前边盛开。这花看起来像是开得最为开放的时候，在习习的晚风中，它轻轻地摇曳着。罗桑闻见了那因风的吹拂，那花蕊中腾起的极微小的、黄色芬芳的粉雾，这粉雾的香味是那样的清香宜人。

为什么只是一朵花呢？罗桑想。草原的夏天有无数五彩缤纷的花朵。在草原牧羊漫游的罗桑总是要小心翼翼，才不会将盛开的花朵踩在脚下。但在这个傍晚，罗桑却只看见了一朵黄色的花儿在自己的身旁盛开。

夏天的晚风中，草原初夏时嫩绿的颜色开始逐渐深起来，深成黛绿的颜色，起伏的草浪发出草的清香和风沙沙的脚音。如果阿妈回来，如果阿妈坐着吉祥的云朵来看罗桑，罗桑就一定能够裁下起伏如丝绸、绿色的、缀着鲜花的草原，为阿妈做一件镶着真正金边的袍子。那样的藏袍，该是怎样美丽的袍子啊！罗桑常常在心里为阿妈想象着这用草原做成的袍子的模样。

啊，云朵，白色的云朵，在湛蓝的天空中总是远离着太阳，在天空中飘游。现在那东边越来越薄、越来越淡的白云快和蓝色的天空混同起来了。而西斜的太阳只在西边的地平线上露出了一小条弯曲的弧边。

每一次姐姐玛琼生罗桑的气时，总会睁着泪水盈盈的黑眼珠，骂罗桑：

“你是一个可恶的狼崽！你一来我们家，阿妈就走了，再也不回来！”

这时的罗桑却说不出话，忍着眼中就要夺眶而出的泪水，一动不动地站在玛琼的面前，使劲咬着牙齿，脸上的咬肌一棱一棱地涌动，瘦弱的胸膛一起一伏，脚趾狠狠地抠着鞋底，呼吸越来越重。直到最后，玛琼把罗桑搂进怀中，用手指捋着罗桑卷曲的头发，罗桑冤屈激动的心情才会逐渐平息下来。当平静下来的罗桑看见自己的眼泪把姐姐的衣裳弄湿的印迹，总有些不好意思，他闪着白亮的牙齿的微笑也就显得尤其腼腆。

罗桑在这个夕阳落入地平线下的时刻，想起阿妈，一根根草茎在罗桑牙齿的咀嚼下，染绿了他厚大粗糙的双唇，他的一双眼睛飘起了像雾一样迷茫的光泽。

玛琼姐姐说，那晚有月亮呢。

身怀六甲的阿妈坐在马上，罗桑坐在阿妈的怀中，所以阿妈就腆着个大大的肚子。天空中的月亮跟随着阿妈的身影缓缓而行。因为天空中那团浓重的乌云，辽阔的草原上也就只有一片月光。这片月光就照耀着阿妈。远方的草原，远方终年积雪的山峰都黑黝黝的，笼罩在无边的夜色中。罗桑的眼前也是一片黑暗，他在阿妈的怀中待了已经八个月了，虽说他早已习惯了这温柔的母腹之夜，但他还是有些心急。调皮罗桑的脚丫和小拳头在阿妈的肚皮上毫无章法地乱踢乱打，弄得阿妈的肚子东一鼓西一凸的。月亮照着阿妈黑红慈祥的笑脸，阿妈想，这一定是一个调皮的小子。她拍了拍腹中的罗桑，说：

"乖孩子，别动，你就快看见月光、星星和太阳了。"

但罗桑对阿妈的话置若罔闻，仍然在阿妈的腹中拳打脚踢。阿妈突然想起了似的，从怀中掏出一把漂亮精巧的小藏刀。这把小刀真正精美之极，刀鞘和刀把都是纯银的。纯银的刀鞘上有淡淡的一朵朵莲花的花纹，刀把顶端镶着一颗硕大的蓝色玛瑙。阿妈的眼睛笑起来像天上的弯月一样。阿妈就这样笑着把刀子从刀鞘中抽出来，看了一眼，那目光就像是看见她未来的儿子罗桑。随着阿妈重新把刀子插进刀鞘，一缕月光从刀尖走钢丝般耀眼地走过锋利的刀刃，然后在刀把上消失。这一缕月光使罗桑以为是黑夜中的一道闪电，这一道"耀眼的闪电"使罗桑惊慌起来。他在阿妈的怀中一怔之后，更加猛烈地拳打脚踢起来。罗桑的那一下打击确实太猛了，差一点儿打破阿妈的肚皮。罗桑的这一拳头是擦着阿妈的心脏打出的，在阿妈感到钻心的疼痛的同时，她的身体下意识地向上一挣，腰挺直起来，双腿不由自主地夹紧了马背，马刺也就刺着了马装着青草的肚子。

黑色的小马在草原上奔跑起来，急促的马蹄声中，阿妈听见月光像冰一样发出碎裂的声响……月光仍然紧随着阿妈，照着阿妈苍白汗湿的脸。阿妈的身体紧紧地伏在马背上，马缰不知什么时候已从阿妈的手中滑落了，阿妈的手却本能地紧抓着手中那把精美的刀子和马的鞍子。血从阿妈的身上流了下来，染红了马鞍，又顺着马的肚腹和马的毛滴下来，滴到草原的草叶和小小的花朵上。

起伏的马的眼睛中，月亮时隐时现……

血的腥味和小黑马的汗臊味在夜风中的草原上转眼就飘散得无影无踪了……

阿妈的双手终于无力地松开了马鞍，身体一歪，从马背上栽了下来。小黑马却仍然没有停下来，它拖着阿妈至少又跑出了一箭远，才渐渐停下它矫健的四蹄。它弯过头来，鼻孔中喷出白色的雾气，看见阿妈躺在地上，像是一个犯了错误的小孩，怯怯的，闭着嘴，眼中闪烁着惊恐的光芒。

阿妈躺在草丛中，躺在草原的花朵中，气息细若游丝，头上的汗粒和她身边的露珠一样冰凉。整个草原都安静极了，就连那些喜欢在夜间吵闹的牧羊犬也都只只缄口不言。罗桑在阿妈的腹中感到这静谧的不安和奇怪，便缓缓地爬出了阿妈的身体。这时，天空的乌云宛若洗脸的毛巾从月亮的脸上揉动几下之后，飘掠过去。这是一个满月呢，清盈如水的月光洒满了整个草原和草原那边积着皑皑白雪的山峰。

罗桑看见了阿妈脸腮上的泪珠、头上的汗珠和草叶尖上晶亮的露珠。这些晶亮易散的露珠中，月光凝结其中，闪闪烁烁，随着夜风摇来晃去。

罗桑的小手碰着了阿妈的手，阿妈的手中是那把漂亮的小刀。当罗桑的手去抚摸那有着浅浅莲花花饰的银亮刀鞘时，阿妈的眼睛如大梦初醒一般睁开了。这时阿妈的目光和露珠中的月光一样清澈和明亮，她看见了月光中身上还披着血迹的罗桑正抚摸着她将要送给儿子的小藏刀，于是，她心满意足地闭上了眼睛，握着小刀的手便疲倦之极地缓缓松开了。

罗桑看见闭上双眼的阿妈长长的眼睫上，挑着两粒像星星样的泪珠，久久都没有落下来……

阿妈是因为在贡布的刀铺前，等待她为儿子罗桑准备的小藏刀才耽误了时间回家的。阿妈太挑剔了，这使得打刀、做鞘、做刀把、镶玛瑙的技术炉火纯青，在整个草原牧区都名气极响的胖子贡布大为不满。贡布一边认真细致地按照阿妈对刀子指出的缺点进行修正，一边嘟嘟囔囔地不高兴。天色逐渐暗了下来，但等待的阿妈却一点儿也不着急，她看着小藏刀在贡布的手中越来越完美无缺，不时用手抚摸自己浑圆的腹部，心想，好小子，阿妈给你配上藏刀，你可得像一个男子汉。阿妈想要一个儿子，她已有了一个九岁的漂亮女儿玛琼。她多想要一个儿子呀。可现在，月光照着她苍白的脸，照着她眼睫上的泪珠，去了天堂，也带走了她最后想说的话：

"儿子，当你长大了，长成一个男子汉的时候，你要割一块月光的奶酪给阿妈尝一尝。"

阿爸记不得是第几次走出土屋去盼望阿妈归来了。九岁的玛琼平静地睡了过去，梦中的呼吸使得她盖着的羊皮袍在酥油灯昏黄的光线中微微起伏。有时，她翻一下身体，咂着嘴巴，喃喃地说着什么，然后又沉沉睡去。玛琼怎么会知道，在这个安静的夜晚，阿妈会永远地离开了她呢。

月光一下子就把辽阔的草原照得如同白昼。远方那瓦蓝如玉的雪峰上圆月走出乌云，如出水姑娘的脸庞一样明亮照人。阿爸站在院门前翘望，在月光来临的同时，他闻见了一股淡淡的血的腥味，这使他心中顿时有了一种不祥的预感。转瞬之间，他紧皱的眉间就沁出了一层细密的汗水。

阿爸甚至来不及把屋门关好，就跳下山岗，像一支脱弦的箭向着那血腥味的中心狂奔起来。玛琼在炕上被阿爸奔跑的皮靴声惊醒，她坐了起来，揉着两只蒙眬的眼睛，醒来的第一声哭喊隐隐约约地追上了阿爸奔跑的步伐。

"阿妈——"

但阿爸没有停下脚步，几乎连头都没有回一下。他已经看见那匹犯了错误的小黑马在月光中的轮廓。他熟悉小黑马的身架，就像熟悉自己的身体一样。

阿妈就躺在小黑马低垂着头的唇下。在阿妈身边，罗桑已安静地枕着小藏刀熟睡过去。阿爸扑通一声就跪在了阿妈的身旁。他一手撑在地上，前倾着身体，用另一只手去抚摸阿妈苍白如月光一样的面孔。阿妈的脸颊已经像雪一样冰凉刺骨。这一股刺骨的寒冷沿着阿爸的手指传导到了阿爸的心里，使得阿爸忍不住瑟缩了一下。

阿爸抱起阿妈，向家里走去。小黑马跟在阿爸的身后，垂着头，一声不吭地走着。阿妈的红绸袍和氆氇裙在风中垂荡着，发出呼啦啦的声音。赤裸的罗桑被阿爸放到了阿妈的衣襟中。阿妈身体的余温温暖着罗桑幼小如夜露的身体。

在回家的路上，罗桑在阿爸靴子沉重的声响和小黑马恍惚的蹄声中醒来了。透过阿妈的红绸袍，罗桑看见他出生之夜的月亮红如一团凝固的浑圆的火焰。

待阿爸和小黑马走近家门时，衣衫单薄、忘记了寒冷的玛琼已固执地站在院子的门口等待他们归来。风吹乱了玛琼的头发，她再次发出一声凄冽的呼喊：

"阿妈——"

玛琼扑在阿妈的身上，看见了阿妈平静甚至还留有些微微笑意的脸庞。但她抬起头来，透过阿爸含着星星点点泪光的眼睛和由于深深自责、眼中已是一片迷蒙的小黑马，看见了泪水涟涟的自己。

听见口琴声的罗桑长长地叹了一口气，从草地上坐了起来。月亮已经升起来了，但罗桑十四岁的月亮已照耀不到他曾经的泪水。十四岁夏天的波涛只是在他心中回荡，没有声音，那独自流淌的泪水早已深入到草原上草的根中。

玛琼回来了，牦牛慢吞吞的步伐在月光中像是一大团云影在绿草如茵的草原上移动，在簇拥的脚步声中，只有那坚硬的弯弯的犄角上挑着一片片晃动闪烁的月光。琴声就是玛琼带来的。那温情脉脉、细述衷肠的琴声总是尾随着美丽的玛琼，直到她羞涩地沉入梦境，那琴声才随风而去。

穿着紫色藏袍的玛琼赶着牦牛回来了。她随着琴声轻声地哼唱着歌儿，看见罗桑在院门前等自己，她高兴地在空中打了一个清脆响亮的鞭花，喊：

"嘿，罗桑！"

玛琼不知道，在这个傍晚，在尾随着自己的琴声中，罗桑躲在十四年前那阴晴不定的夜晚，听凭阿妈身体的温暖渐渐地在风中飘散而去，

127

使十四年后的罗桑感到自己的身体也有了一丝寒意。

2

有风从双肩掠过，

带来你头上花朵的芳香。

昨天晚上，当姐姐玛琼从衣袋中掏出一个红红的苹果塞到罗桑的双手中时，罗桑的心情才终于阴转晴天，轻松快乐起来。和以往任何一个晴朗的夜晚一样，罗桑家的土屋因玛琼姐姐明亮俏丽如新月的脸庞和她善良的心灵，总是有经久不息的琴声环绕往复，以至最后被琴声轻轻地举在了抒情的空中，玛琼和罗桑姐弟俩才会吹灭飘着芳香的酥油灯上炕入睡。

土屋外是情深意长的琴声，许许多多的琴声。但琴声再多，玛琼也能分辨出哪一种琴声是顿珠吹奏的。土屋中是玛琼坐在酥油灯前为罗桑缝缀衣裳时巨大失真的身影。那架织氆氇的木机也把影子投映在墙上，要知道，这笨重的木机在织氆氇时的声响是很大的，老远就能听见。红苹果就放在罗桑枕边，散发着芳香宜人的味道。因罗桑的抚摸，红苹果的表皮已变得如细腻的釉瓷一样光洁明亮。当罗桑把头转向红苹果时，他就能看见红苹果上自己脸庞模糊的影子以及红苹果腰间最高处的那个亮点。

玛琼看见罗桑把红苹果拿在手中抛来抛去的舍不得吃，临睡时又放在了枕边，玛琼向罗桑挤了一下眼睛，脸上是意味深长的笑意。罗桑看见了玛琼这个笑意，但他却装着没看见。他装着不经意的样子，转过了脸去。但他在转过脸去时，脸却微微地红了，心里还不禁热了一下。

在草原上跑来跑去放了一天羊的罗桑终于感到眼皮沉重起来。罗桑在真正进入睡眠前坚持着在心里清楚地说完了这句话。每天在临睡前，罗桑在心中都要说这句话：

"阿妈，请您来到我的梦中。在我的梦中，把您吉祥如意的手掌放上娜珍的额头……"

然后，罗桑打起低微的鼾声。玛琼抬头看了看罗桑，抓紧缝完最后几针，噗的一声吹灭了炕桌上的灯。土屋中一片黑暗，只有从窗外射进来的月光和琴的尾声幽幽地照着玛琼缓缓地脱衣睡去。今晚，玛琼没有和平时一样在忙完别的活之后，再在琴声中织一会儿氆氇。

草原的夜安静极了，嘎藏曲河在草原的边沿，在山岗下飘荡着月光像银子一样闪烁的光斑，向东哗哗地流淌，流向那条全藏著名的江——雅鲁藏布江。偶尔一声遥远的狗吠，都把天空中走神的星星惊得一愣怔。远方的山峰上，月亮正在下滑，缓缓地接近在白昼中下降而在夜间却停止不动的山那边的雪线。从雪被中爬出来的雪莲在月亮的光辉中挂着晶亮的冰凌。

惦记着枕边红苹果的罗桑很早就醒来了，但他却没有立即就起床。他睁眼看了一眼红苹果。红苹果仍以昨夜他临睡时那个不变的姿势坐在最初的位置，他便把目光投向屋顶。他静静地躺着，什么也不想，享受着清晨这难得的安静。这是罗桑独自一个人的时间。梅朵阿妈、朗嘎阿爸、玛琼姐姐、娜珍……所有他认识的人都远远地融入天空的云朵之中。高大峻峭的山峰上，辽阔的草原空无一人，只有透明的空气和清纯的晨风静静地从草尖上走过。草原上的早晨总是这样安静，使罗桑不忍破坏。他更愿意在这宁静的时候，睁着双眼，望着土屋的屋顶，让太阳慢慢地爬上山岗。

享受过这珍贵如金子一样的宁静之后，罗桑开始起床穿衣，然后，他打开门让阳光进来，打开羊圈的栅栏，将醒了或还在睡懒觉的羊轰赶到山岗下的草原上去吮吸草叶上凝聚了一夜的露水，以解它们一夜的干渴。

羊群自由散漫地散落在草地上吮露吃草，有两只调皮好斗的羊在相互打着最终不会太伤和气亲情的架，还有一些公羊骑在一些母羊身上，发出咩咩咩快乐无比的二重唱。它们的背上无一例外地都被初升的朝阳喷涂了一道毛茸茸的金色光边。这被太阳涂饰的美丽光边，常常使罗桑情不自禁地伸手在羊们柔软的长毛中去胡乱地抚摸几下，那温暖充满亲情的感觉使罗桑和他的羊群显得像是友好信赖的朋友，而不像是一个牧羊人和一群羊的关系。

罗桑让他的羊在草地上撒着欢，回到土屋中。这时，姐姐玛琼已经做好了早饭。玛琼把热气腾腾的酥油茶端到炕桌上，被玛琼擦得像金子一样闪亮的铜盘中是喷香的糌粑。挂在门边的羊皮袋中也已盛好罗桑的午饭——一些牛肉干（玛琼总是把牛肉干多让给罗桑一些）、一些糌粑、一块酥油和一小袋粗盐。

"娜珍在东边岗下的河湾中放羊呢。"玛琼嚼着糌粑，好像是无意地这么说。

"哦……"罗桑从酥油茶的碗中抬起头来，以一副心不在焉的样子应了一声。

罗桑临出门时，把枕边的红苹果揣进了姐姐为他准备好了的羊皮袋中。玛琼看见了罗桑揣苹果时不自然的样子，她却没有对罗桑说什么，只是微微地笑了一下。

太阳已经升起，在云霄间的山峰之上，被太阳映照着的洁白的雪冠闪射着耀眼的光芒，而山峰上的天空却是那样湛蓝。这时候，山下那片草地还处在阴影之中。

嘎藏曲河河水在阳光中流淌着，清浅却湍急，一块块石头被雪山之

130

水抚摸得光滑圆润。河水时常在河中的大石上溅起浪花和水沫。一些鱼儿就在河中的石间优哉游哉地漫游着。它们悠闲的样子好像丝毫也没听见河水哗啦啦奔流的声音。

在嘎藏曲河转弯的地方，河北边有一片绿草丰美的草地，现在娜珍就在河那边的草地中放羊。罗桑在河的南边，河上的波光流光溢彩，晃着罗桑的眼睛，使罗桑不能真切地看见娜珍的眼睛和她总是忧戚的容颜。再说，乱石滚滚的河滩也确实太宽了。

罗桑想涉河过去，走到娜珍的身边。但他踌躇着，害怕自己行为的唐突使得娜珍看轻自己；也害怕他走过夏天早晨沁凉的河，和娜珍说话被别人看见笑话。

太阳在罗桑的犹豫不决中一点一点地升高了，草上那些露珠也不见了踪影。罗桑羊皮袋中的红苹果被他的手心抚摸得像一个烧得发烫的石头。羊儿毫不在意忧心忡忡的罗桑，四散在河边的草地上撒欢或啃草。

一股不知来自哪个山谷的风从娜珍的双肩掠过，跨过河来，到达罗桑站立的地方。罗桑闻见了娜珍身体的气味中夹杂着一朵野花的芳香。但罗桑看不见这朵花的模样，他也猜不出这是什么花的气味，这么芳香的花朵罗桑好像从来没有见过。

这朵花的芳香最终使罗桑下定了过河的决心。即使夏天，这来自雪山早晨的河水仍然很凉，浸人肌骨。但罗桑却一无所知，他心中哗哗地流着湍急的河水，表面上却平静如初。有好些在河中石头上碰溅起来的浪花打湿了罗桑挽起的裤腿，河中有了青苔的石头使罗桑涉水过河的样子一歪一扭的。

娜珍看见罗桑一步一步地走来，却站着一动不动。她咬着手指，睁着又大又黑又亮的眼睛，静静地等待着罗桑的到来。娜珍比罗桑小一岁，今年十三。

那风一直从娜珍的双肩掠过，走近了的罗桑看见娜珍脑后的小辫子在风中摆动，一朵紫色的云英花就插在娜珍许多小辫子中的一条上，有一只嗡嗡嗡的岩蜂大惑不解地在娜珍的身旁回旋。罗桑想，这只岩蜂一定和自己不一样，岩蜂只是因了这朵紫云英的吸引，而自己除了紫云英，却还有娜珍。

娜珍微微低下头来，她在心底早就盼着罗桑的到来了，除了罗桑，她没有别的朋友。她一只脚的脚指头使劲地踩搓着脚下的草，右手上的牧鞭低垂着，悠悠地微晃。在罗桑就要站在她面前的时候，她才恍然大悟地把指头从嘴唇边拿开。她的手臂垂下的时候，宽大的藏袍袖子也顺势垂了下来，遮住了她手腕上青紫的伤痕。娜珍不愿意让罗桑知道她的身上又有了新的伤痕。

罗桑从羊皮袋中拿出了昨晚姐姐送给他自己的红苹果，递给娜珍。低着头的娜珍看见罗桑在凉水中浸得发红的双脚，看见了罗桑被河中的浪花打湿了的裤腿，也看见了罗桑无言地伸向自己的手和手上鲜艳的红苹果。

两个人都不说话，两个人就这么面对面地站着。罗桑固执地把托着红苹果的手一动不动地伸在娜珍面前，娜珍舅舅家的羊簇拥着罗桑和娜珍，羊们是闻见了红苹果的芳香自然地围在他俩四周的。抬着头不吃草的羊们只只都发出咩咩咩渴望的叫声，红苹果的芳香对它们来说，几乎就是一生的奇遇。

娜珍的阿爸和罗桑的阿爸是被同一场雪崩推下悬崖摔死的，她的阿妈在今年春天又改嫁到了山外，娜珍由苛刻吝啬的舅舅巴桑抚养。娜珍的舅舅总是让娜珍成年累月地牧羊干活，还不让娜珍吃饱。娜珍总穿舅母穿旧了的衣裳和氆氇裙。

娜珍抬起了头，看着罗桑的眼睛。罗桑微微的笑让娜珍终于伸手从罗桑手中接过了红苹果。娜珍的指尖碰着了罗桑的手心，罗桑感到娜珍的指尖像河中的水一样充满凉意。娜珍的衣裳很单薄，难怪她的指尖那样冰凉。

娜珍咬着嘴唇，仍然没有说话。当罗桑要她吃时，她才知道这是一个可以吃的水果。她把红苹果放到唇边，一股甜意和芳香流进娜珍孤独寂寞的心田。她小小地咬了一口，红苹果上留下了娜珍整齐清晰的牙印。红苹果白幽幽的果肉使娜珍好生奇怪，在娜珍生活的地方不产苹果。她在心中说："呀，红苹果的肉是白色的呢！"

罗桑又从自己的羊皮袋中抓了两三把牛肉干和糌粑放到娜珍的羊皮袋中，然后就快乐地走了，回到嘎藏曲河南岸去照顾自己的羊群。罗桑试了几次，想吹口哨，却没有吹出来。罗桑心想，下次见着顿珠，就让他教自己吹口哨，然后自己再吹给娜珍听。

娜珍不知道，回到河那边的罗桑至少在心中已发了九十九次誓。罗桑喜欢娜珍，罗桑要使娜珍厚厚的嘴唇永远保留欢乐的歌声和红苹果的清香。罗桑要和娜珍一起在梦的指引下，共同去寻找幸福的圣地和自己的宫殿。

罗桑从不自言自语。罗桑是一个不善言语的人，他的话语只在脑海中像蓝天中的一片片白云漫卷飘动。罗桑想，总有一天他要亲口对娜珍说：

"即使我像一个真正的藏族小伙子一样流浪，也只在你的眼睛中流浪。你的眼睛是草原夏天的夜晚，每朵花都是一颗星星，走不出黑夜的我，在黎明时又将回到你的身边，和你一起仰望东方的天空闪射出的第一道亮剑般的光辉，迎接第一缕晨曦中，我们亲爱的泪水在雪亮的刀锋上散开。"

8

雪粉在山谷弥漫，
凄厉的马嘶声久久回荡。

133

吃过晚饭，罗桑并没有像平时一样就上床躺下休息。玛琼看见罗桑在门口站了一会儿，望着夜色中的草原和远山，然后就坐在炕桌前，过一会儿便用一截铁丝去拨酥油灯上红色的灯花，拨了好几次，炕桌上落了无数黑色的灯蕾。玛琼停下正在织着的氆氇织机，土屋中一时静无声息。罗桑看见姐姐已经注意到自己的神情，只好脱衣躺到炕上，拉开已经有许多年历史的、差不多只剩下整张光秃秃经纬的羊毛毯盖在身上。

玛琼站起来，来到罗桑的炕前，弯腰问：

"罗桑，有事吗？"

罗桑睁开刚闭上的眼睛，他知道他的心事总也瞒不过姐姐。现在，玛琼是罗桑唯一的亲人。玛琼温柔的眼睛可以看穿他的心扉。如果娜珍是少年罗桑心中彩色的梦幻的话，姐姐则是罗桑每日憩息的温暖土屋。

"阿爸和娜珍的阿爸次丹大叔是在哪里撞上雪崩的呢？"罗桑问玛琼。

玛琼说："是南面朗诺山最窄的那段山道。"

玛琼坐在罗桑身边的炕上，灯光照着她一下沉入回忆和往事的面孔。九年前的雪崩把她红润的脸色掩埋起来，只留下苍白和忧伤的故事。

玛琼送了阿爸好远，站在穿过山岗、在冬天里已经干枯了的嘎藏曲河桥头，看着阿爸和次丹大叔赶着十匹马的马队像一队蚂蚁一样最后走出视线。但阿爸和次丹大叔的马队的铜铃声一直响在玛琼的耳畔，直到那个不幸的噩耗突然来临。

玛琼说：

"阿爸走的那天，我看见那匹摔死过阿妈的黑马烦躁不安地用前蹄刨着地上的土，马厩被黑马刨出了一个深深的坑。阿爸临走时去给它套鞍，它差点儿用后蹄踢断阿爸的腿。阿爸气极了，阿爸本来就不喜欢这匹摔死过阿妈的黑马。阿爸顺手拔起旁边羊栏的一根松木木桩，狠狠地抽打黑马的屁股，直到打得黑马血肉模糊，被次丹大叔拉住才住了手。我看见黑马惊恐的眼睛中含着一层雾岚一样的泪翳。我走过去抚摸它因疼痛而汗湿了的脖子，它就弯过头来用它的嘴唇亲吻我的手背。

"其余的九匹马在雪崩中连尸骨都没有找到，只有黑马幸免于难，跑了回来，我们才知道阿爸和次丹大叔也被雪崩推下山道摔到悬崖下死了。"

玛琼吹熄了灯，回到自己的炕上躺下。呼啸的风在土屋外怪叫着，把在乌云中穿行的月亮刮得头晕眼花的，所以月光就稀薄朦胧得使人不易感觉得到。

今晚有风，但仍然有琴声。即使罗桑家的灯已熄了很久，那若有若无的琴声仍如泣如诉地在风声中迎风飘扬。

阿妈和阿爸再次来到罗桑的梦中。

在纷纷扬扬的雪花中，阿妈的红色藏袍像是一把火炬，照亮了雪中的山道、悬崖和山峰。在这把火炬的照耀下，阿爸抬头看了看阿妈，然后又低下头来继续赶路。

朗诺山上那条绕过最高峰的山道是阿爸和次丹大叔回家的最后一段险恶的山道。这条山道永远挡住了阿爸和次丹大叔回家的双脚，成为阿爸和次丹大叔的鬼门关，使罗桑、玛琼和娜珍永远失去了自己至亲的阿爸。只要走过这段山道，阿爸和次丹大叔就可以看见自家的土屋和山下一望无边的草原了。

阿爸抬头的那一刻就像是进入了梦幻之中，他看见了阿妈站在那座高高的平顶的山头。阿妈就是在那个平顶的山头上升天的。阿妈的肉身在那个罗桑来到人世的夏天的黎明，在雾气缭绕的山岗上被天葬师送上了升天的路。那些鹰们，英雄的鹰们带着阿妈的肉身和灵魂在天空中飞升。

　　阿爸对于阿妈天葬的回忆使得他的心神有些迷惘不定，这可能给了灾难降临的机会。马队的铜铃声在呼啸的风雪中显得轻若被风雪刮来刮去的鸿毛，一会儿飘进耳朵，一会儿又在耳畔消失。阿爸走在头马黑马的后面，虽然两眼紧紧地盯着黑马在悬崖边的山道上的脚蹄，而思维却沉入了冥想，沉入了对阿妈的回忆之中。阿爸只注意到了脚下的山道，而没有注意到头上悬崖上那越积越多正逐渐不堪重负的雪峰。

　　这段山道有三四里长，每一尺的上边都披悬着厚厚的积雪。阿爸和次丹大叔特意选择上午过这段山道，是想经过一夜的严寒，会将雪层紧紧地冻在山石上，而不会崩溃下来。但昨夜的那场风雪太大了，狂劲的风把雪堆积到了一些可以避风的地方厚积起来，等待下滑的机会。

　　最不可思议的是，今年风雪过早地来临超过了阿爸和次丹大叔的估计，所以当从天而降的雪重重地把他们扑倒的时候，他们便猝不及防了。

　　如果风雪迟两天到来，如果没有那像猛兽一样扑下山的雪崩，阿爸和次丹大叔就可以无忧无虑地翻过朗诺山，然后回到家中和孩子们一起高兴地唱歌、喝酥油茶了。

　　然而，这过早来到的风雪没有如果。在雪崩把阿爸推下山崖的最后一刻，阿爸心想，一定是自己的妻子梅朵在天堂太孤独了，她要召我上天，在遥遥路过她升天的天葬台的山道上，我无法不拐上那上天的路。她在升天的路上迎接我呢！

　　阿爸再次把目光投向妻子梅朵升天的天葬台。而在那小小的平台上，阿妈的身影不见了，只见那风雪弥漫的山岗上，一道阳光照亮了金色的、狂乱飞舞的雪花。整个天葬台都被照亮了，台边的三棵松树挂着晶亮垂直的冰凌在天葬台上投下晃动的阴影。空寂的天葬台像是藏历六月底七月初的雪顿节之后还没有来得及拆除的舞台——演员已经散尽，台上也没有了多余的道具。

"明年的雪顿节，一定把玛琼和罗桑带到城里去看藏戏。"阿爸在心里说。

阿爸顺着天葬台上那束明亮的阳光找到了太阳的所在。太阳正在挣扎和搏斗，几缕金色的光芒已刺穿了云层。到达天葬台的那一束阳光就是这其中的一缕。

风雪似乎在逐渐小下来，阳光中翻飞的雪花在几乎没有热度的光线中仍然感到了一种亢奋和刺激，从而跳跃飞翔得更加狂乱了。在雪花的碰撞中，那几道垂天的阳光中升腾着雾尘一类的东西，这绕腾的氤氲使阿爸对于自己美丽的妻子和许多的往事有了一种伤感和悲凉的心情。

但还没等到阿爸这悲伤的心情弥漫开来，那云层中的太阳终于一跃而出，把所有的阳光都洒在了高高的雪峰上。那山峰上厚厚的积雪被这阳光一掀，顿时崩溃而下，滚滚的雪尘一路追随着雪崩，像是奔腾下山的战车卷起了千年的尘埃。那些在阳光中飞溅起来的雪末看起来就像是一只只金色的蝴蝶。

"雪崩了！"阿爸的目光从奔来的雪崩的第一个浪涛中惊恐地收回来，大喊。

回头的阿爸看见了他的马队和同样是临死却无力挣脱死亡而恐惧地等待埋葬的次丹大叔。马们妄想逃过这命定的劫难，它们慌着择路奔逃，但小小的山道限制了它们的愿望，一些奔逃的马匹在惊慌失措中坠下了悬崖。

凄厉、高亢的马嘶声在山谷中回荡。马背上用筐篓、口袋装着的盐柱在阳光中晶亮闪烁，随着马们的蹦跳、拥挤，阳光在盐柱上不安地闪来闪去。

坠下悬崖的马撞翻了背上的盐，在急速的坠落中盐柱一次次被摔得粉碎，直至碎成最小的晶粒。雪雾后的阳光明亮又耀眼，紧随着盐粒奔向谷底，然后安静地停留在每一粒盐晶上，最后被马的热乎乎的血淹没起来。

玛琼和旺姆大妈，和许多的村里人都走出土屋、石头屋子和毡包，在阿爸和次丹大叔他们回来的嘎藏曲河桥头翘首等待。阿爸临走时说，就在这两天就给全村人带回来过冬所需的盐。玛琼和旺姆大妈以及全村的人都听见了马们凄厉的嘶鸣，看见了盐柱在阳光中晃动时折射到天空的光芒。但他们不知所措，只感觉上天的灾难正一步一步走近他们。

阿爸松开了手中拉着的黑马的缰绳，但黑马却不跑。它回过头来，睁大着眼睛望着阿爸，直到雪崩快接近阿爸和它的头顶时，它才向前敏捷地奔蹿了几步。

整个山谷中的雪粉久久地弥漫着，使得照到山谷中的阳光中像是飞翔着一些细小的虫子一样，不免有些昏暗的影子。黑马呆立在山道上，望着眼前奇异的景象，身上忍不住有些颤抖。

山道上堆满了雪，已经无路可寻，而人和马都被雪崩推到了悬崖之下。转眼之间，它的伙伴、它的主人都消失得干干净净，似乎他们根本就没有存在过一样。

满含着热泪的黑马待漫天的雪粉落定之后，它便孤独地拖着被惊恐和悲伤袭击得软弱无力的四蹄向家中走去，直到走过山道，走到平坦的大道上，看见玛琼他们伫立在嘎藏曲河桥头等待着，它才奔跑起来。急促的蹄声混合着它颈下的铜铃声把等待它的人们的心情弄得更加慌乱无章。

4

在嘎藏曲河中，
两条青鱼相依偎着缓缓漫游。

138

那个冬天，马队没有回来，阿爸没有回来，次丹大叔没有回来，整个村子里的人被风雪包围着，望着朗诺山山峰上皑皑的白雪，挨着无言和无盐的、漫长的冬日。

那一年，罗桑五岁，娜珍四岁，初冬的阳光昨天还温暖地把罗桑和娜珍的羊皮袍晒得又蓬松又柔软，而今天，那严寒的冻土带就系上了罗桑和娜珍幼小岁月的腰间。

罗桑给娜珍讲那个发生在他五岁那年冬天里的故事。这个九年前的残酷故事使得罗桑和娜珍同时失去了至亲的阿爸，同时也为罗桑和娜珍少年的情怀中添进了同病相怜的感觉。罗桑想成为哥哥，娜珍想成为妹妹，朦胧的情怀使得他俩相互盼望着时时都能见到对方的身影。

罗桑把羊赶到嘎藏曲河的河滩上，去找娜珍。娜珍远远地就看见罗桑把羊向着自己赶过来，却故意用着心劲强制着自己不去看罗桑。娜珍用舌头舔了舔粗裂的嘴唇，娜珍的唇上永远留下了罗桑送给她的红苹果的芳香。

娜珍和娜珍的羊群不知从什么时候起，已从河的北边来到了河的南边。

罗桑的羊群和娜珍的羊群混合在了一起。罗桑看见阳光在低着头的娜珍光亮的额头上明亮一片，想对娜珍说话的罗桑一时感到口干舌燥起来。罗桑的头羊似乎有些替罗桑着急，用头顶了顶娜珍的膝盖后，仰起头来对着娜珍咩咩咩地叫了几声。看见羊儿这样望着自己，娜珍想笑，但刚一笑，又用牙齿咬住了下唇。但笑意还是在脸上停留了下来。

娜珍不说话，转去了河边。河滩上浑圆光滑的石头一些大如牛身，一些小如犬羊，更小的则如鸟卵一般。娜珍挑了一个可以坐下两人的石头坐了下来，罗桑也跟了过去，迟疑了一下，也坐在了和娜珍同一个石头上，但两人中间相距很远。罗桑想看出两人之间的石头花纹和什么相像，结果越看越像一团乱麻。坐在被太阳照射得暄热的石头上，罗桑的心情不免有些激动。

嘎藏曲河的河水一年四季都清澈见底。有一片片白色的沙平铺在河底的石头之间，大的石头就从沙中露出上半身浑圆的身体。阳光穿过了清澈的河水，照在河底的白沙和石头上，湍急的河水使得河底的阳光摇曳不定。有两条青色的鱼远离了鱼群，相依偎着在水中漫游着，有时阳光照着了它们的眼睛，它们就惊慌地急游开去，表现出怕羞的样子。但当它们在石头之类的阴影中时，两条鱼就恋恋不舍地紧靠在一起。

在这与朗诺山相连接的一片草原中，嘎藏曲河中的鱼是藏民们的好朋友、藏民们的神，和岩洞中的鸳鹰一样受到藏民的保护和尊敬。这是因为藏民除了天葬外还有水葬的习惯，而鱼则是引导死者肉身和灵魂升天的动物。所以嘎藏曲河中的鱼们许多年都生活得无忧无虑。看着河中的鱼在阳光中游来游去，罗桑说：

"我想去看我阿爸和次丹大叔死去的地方。"

娜珍的脚悬在空中，够不着地。娜珍看着自己不停地晃悠着的双脚，说：

"巴桑舅舅天天都要我放羊。"

"我们可以把羊交给我姐姐玛琼，让她帮我们看管一天。只要我和你在一起，玛琼姐姐会愿意的。"

娜珍的头抬了起来，望了好一会儿阳光闪烁的水面，直到水光缩小了她的瞳孔，使她的眼睛感到了温热，她才转向罗桑。罗桑和娜珍两人的头上都爬有了细小的汗珠。两人撑开在石头上的手无意识地抠来挠去的，指甲在石头上发出吱吱吱的声音。两只手无意识中已经相距很近。

罗桑说：

"那个冬天，我五岁，你才四岁，初冬的阳光昨天还温暖地把我们的羊皮袍晒得又蓬松又柔软，可第二天那严冬的冻土带就系上了我和你

140

幼小岁月的腰间……

"后来，后来旺姆大妈一个人把你带着长大。在每一个冬天，你和旺姆大妈都要站在嘎藏曲河的桥头，站在风中的路口，站在积雪的山岗上，盼望次丹大叔归来。但次丹大叔和我的阿爸一起再也没有赶着背驮盐柱的马队归来。

"你问所有来自远方或去远方的路人打听其实永远也不会再有了的消息，你问人家，你的阿爸什么时候回来，山坡上的青稞什么时候开花，冻土带之外，远方的果园和茶林是不是在冬天也找不到一片失落的叶子。"

罗桑和娜珍并肩坐在石头上，嘎藏曲河喧腾的河水在今天的罗桑和娜珍听来就像唱着一首没有开始也没有结束的无词的歌。他俩的身边是阳光的影子。望着河水，望着河中两条相依偎的青鱼，望着朗诺山，望着朗诺山外的罗桑像是对娜珍，又像是自言自语，就这么毫无头绪、絮絮叨叨地说着。总是哑口无言的罗桑已经被自己吐出的话语、话语发出的声音所感动。他感到了自己的嗓子在这样不断的叙说中开始变得粗哑起来。

最后，罗桑把脸转向娜珍，逆光之中，娜珍的头上、身上都被勾涂上了一圈金色的光环。娜珍挺直的鼻翼上的阳光随着娜珍的呼吸不免有些晃动。望着娜珍出神的罗桑是被娜珍转脸向他羞涩地一笑惊醒过来的。罗桑的厚嘴唇完全暴露在阳光中，轻轻地翕动着，但娜珍却没有听清罗桑在说什么。

"就是去年冬天，你站在嘎藏曲河的桥头，我走到你身边，我在心里对你说，娜珍，你的歌声什么时候才会在冬天的冰凌中熠熠生辉呢？"

说话的时候，娜珍的眼睛总是要躲开罗桑的眼睛。娜珍重新低下头来，说：

"今年春天，我阿妈也走了，跟着那个牛皮、羊毛贩子翻过朗诺山，经过那条阿爸被雪崩推到崖下的山道，去了远方。在阿爸被雪崩推到崖下的地方，阿妈跪下来，向着埋葬阿爸的山谷叩了三个头。那时候，朗诺山的山上雪还没有融化干净。"

"巴桑舅舅还打你吗？"

娜珍点了点头，然后说：

"有时打，有时不打。"

5

顿珠是一个敏捷的套马手，

却套不住玛琼姐姐一首柔弱的歌。

罗桑赶着羊回家的时候，看见了吹口琴的顿珠靠在他家门前的土墙上吹奏着那首罗桑早已十分熟悉的曲子。罗桑和姐姐放牧回家必得从顿珠的家门前过。夕阳之中，顿珠脸部的坚毅轮廓越发刀劈斧凿般分明。顿珠的琴声总是缭绕在罗桑家的土屋四周和之上，像是鸟儿在头上永久地盘旋。

罗桑想起那个夜晚，顿珠红着脸走进罗桑的家门，玛琼不停地织着氆氇，织机的声音单调而又巨大。顿珠手脚无措，罗桑在屋中走来走去，总是在顿珠想说话的时候就走到顿珠和姐姐中间，装作一副好奇的样子，看看顿珠又看看姐姐玛琼。罗桑只有玛琼姐姐一个亲人了，罗桑不愿姐姐和这个老实、固执而又诚挚的男人在一起，而忘了自己，让自己孤单地一个人独自守在家门口加长等待姐姐的时间。

顿珠红着脸进来，又红着脸走了。玛琼站起来，把顿珠送到门外。顿珠回头的时候，正看见罗桑的双眼比平时鼓大了许多，恨恨地看着自己。顿珠赶忙回过头去，惊慌之中，迈出去的脚被门前的一块来历不明

142

的石头绊了一下。这突如其来的石头差点儿使顿珠摔倒，顿珠很狼狈地走了。罗桑关上门，走到姐姐面前，玛琼抬起手来抚摸着罗桑卷曲的头发的时候，轻轻地叹了一口气。罗桑听见了姐姐这一声轻轻的叹息，这一声叹息让罗桑的心中禁不住一颤。十四岁的罗桑已经开始懂得了姐姐的爱情和自己的心事。

狼狈地走出罗桑家的顿珠又吹起了口琴，顿珠总是随身揣着被他的嘴唇和双手磨得闪亮的口琴。对于玛琼，顿珠除了用琴声表达他的爱情，好像他就再也不会其他的什么方式了。顿珠吹出的琴声在一段不谐和的旋律之后，终于又找准了音调，从而流利起来，渐渐地在月光中远去。

罗桑突然有些替老实的顿珠难过。罗桑想到了自己和娜珍的关系，想到了自己和娜珍在一起时和分开时的心情，想到了自己走向娜珍时鼓起的勇气是那样的捉摸不定，时聚时散。

罗桑知道姐姐喜欢朴实勤劳的顿珠，但玛琼为了罗桑不得不压抑和抗拒自己的愿望。其实，玛琼是多么盼望顿珠亲口用话语，而不是用琴声说：

"我爱你！"

但羞怯的顿珠却始终没有这么明确地说过。顿珠的目光和琴声热烈地追求着玛琼，却无力向玛琼表达。

罗桑走过顿珠身边，他甚至想向顿珠道歉，但笨嘴拙舌的罗桑却在心里就开始结巴起来，终于没有说出口。罗桑只是向顿珠笑了一下，顿珠洁白的牙齿一闪，也向罗桑报以憨厚的笑容。两人诚挚的笑容使双方的心中都变得温热起来了。

不知道什么时候，顿珠家土夯的院墙已被顿珠磨成了光洁的石头。顿珠的身体前倾在土墙上，双手握着口琴，缓缓地吹奏着，琴声温婉而又忧伤。靠在门前的土墙上，顿珠可以看见草原上放牧牦牛和马群的玛琼。

顿珠的院中有一汪水洼，大约是今天中午那小小的阵雨留下的。院中的角落中有几丛似乎刚从雨后才长出来的草。顿珠高大、健壮、英俊的红鬃马拴在马厩中，挂在松木柱上的马鞭在夕阳中悠然地垂荡着。红鬃马看见了院中那丛又白又嫩，像是小孩露出的细小牙齿的草，但它即使把脖子从马厩中伸出来，伸长到最大限度，也仍然不能够着，所以红鬃马看起来有些焦躁，不时从鼻孔中喷出白色的水沫或者低低地叫两声。

玛琼每一次从顿珠的门前走过，都唱着同一首老歌。那意思似乎是对顿珠为她总是吹奏同一首曲子的回报。憨厚的顿珠，难道你至今还不知道玛琼的心思，不知道玛琼唱出的那首老歌的名字？每天，每次，玛琼从你的门前走过，都踩着灼烫的爱情的火焰，几乎举不起手中小小的牧鞭。玛琼一边唱歌，一边频频地回过头来，装着看顿珠屋后那高耸的山峰，山峰上早晨仍然不落的月亮，山峰上的积雪，山峰上飞旋的雄鹰。其实，玛琼是在看顿珠是不是会跃身翻过那矮矮的土墙，或者跃上那快如闪电的红鬃马，赶到她身边，像一座朗诺山站在她的面前，用那双有力的大手紧握着她的胳膊，勇敢地望着她的眼睛，大声说：

"玛琼，你是我的夜莺！"

可顿珠，诚实的顿珠，却至今仍依旧斜依在土墙上，忧郁地吹奏他的口琴，腰间的腰刀毫无意义地荡来荡去，把土墙上一些松散的土块碰落下来。

罗桑从顿珠的身边已经走过很远了，仍然不断地回过头来看顿珠，一群羊在罗桑的身边，在山岗的石头间翻上跳下地撒着欢，享受着这少有的黄昏来临前的自由。

这时草原上的牧民已经很少，朗诺山脚下，嘎藏曲河两岸的山岗上，一顶顶毡包、一座座土屋和石头屋子上都升起了一缕缕白色的炊

144

烟。玛琼赶着牛和马回家，远远看去，夕阳中的玛琼似乎就像盘腿坐在牛或者马的背上，坐在她自己的歌声和顿珠的琴声中，像一朵云一样，徐徐地飘来。

远方的天空已经开始迷蒙着灰色的雾气。玛琼和她的牛群身上那微弱的、夏天金色的夕阳使得顿珠眼前的景色是那样的柔和和美丽动人。

顿珠的红鬃马在马厩中发出咴咴的鸣叫，前蹄刨动着地上的土，木栏也发出了咔咔咔的声音。

顿珠仍然斜依在土墙上，忧郁的琴声显得尤其神不守舍。唉，草原上的雄鹰，勇敢矫健的赛马手顿珠，他敏捷的身手这时却笨拙之极，连一首柔弱的歌都不能套住。

罗桑看了看姐姐和仍然依在土墙上的顿珠，叹了一口气。

6

天葬台上烟雾中的人影，
看上去就像天上的神仙。

那天，罗桑和娜珍早早地就起来了，两人一道踏上了去朗诺山的那条弯曲的山道，玛琼站在嘎藏曲河的桥头送娜珍和罗桑上路。走了很远，罗桑和娜珍回过头来都还看见玛琼姐姐站在那里目送着他俩。罗桑和娜珍使劲向玛琼挥手，玛琼也抬起手来向他俩挥着，高喊着要他俩路上小心。

太阳这时跳出了草原的东边天际，在太阳周围的朝霞一动不动，无数从梦幻中醒来的鸟儿向着朝霞飞去，草原和山岗上的雾岚已散发得很稀薄缥缈了。

十四年前的那个夏天的黎明，九岁的玛琼跟在父亲的身后第一次踏上这条山道。但玛琼不是去山外，而是去那个山中的天葬台护送阿妈升天。阿妈的尸体在屋中停放了三天，阿爸他们特意去山顶的雪峰上取了许多圣洁的雪和冰块，放在阿妈身体的四周。阿妈身体的四周摆满了供果，日夜点着酥油灯。那三个来为阿妈的灵魂超度的喇嘛在家中念了三天经，那个年龄大的喇嘛为阿妈升天选择了一个吉日之后，三人便退走了。他们身上黄色的丝绸袈裟在玛琼的记忆中永远散发出檀香淡淡的香味。

九岁的玛琼和父亲亲友一起站在阿妈尸体的两侧，天葬师走进屋中，阿爸上前向他们致意后，再次退回到玛琼的身边。玛琼的手紧紧地拉着阿爸的手不放。

那一晚，天上只有稀疏的星星，但月亮却很明亮，整个草原和山岗在月影中十分静穆，偶有一两只在夜里惊醒的鸟从山岗上的树林中扑棱棱地飞起来，在空中盘旋几圈后，再次回到自己的窝巢。玛琼和阿爸他们一起退出屋来，站在院子中，但隔着门和拆去了木条的窗户使得院中的人们仍然可以清楚地看见，屋中天葬师在有条不紊地忙碌着。

那几天，玛琼家的院子同时竖起了四根木柱，木柱上挂着经幡，木柱顶上点着四盏被玛琼擦得雪亮的酥油玻璃风灯。玛琼就是在仰望木柱上的风灯时看见天上明亮的月亮的。木柱上的经幡在习习的夜风中发出砰砰砰的声响。

那个年老的天葬师和他年轻的助手一起细心地为阿妈裹着崭新雪白的绸布，细碎的裹布的声音在酥油灯昏黄的光线中轻轻地响着。有时，撩动的绸布带起了风，旁边的酥油灯就会急促地飘摇一阵，然后又慢慢地安静下来。雪白的绸布把蜷着四肢的阿妈包裹得像一个酣睡的婴儿。

裹完白色的绸布，年轻的天葬师就从屋中出来，站在打开的窗口旁，准备接过老天葬师从窗口递出来的阿妈。年老的天葬师一弯腰，把裹着白绸布的阿妈抱了起来，举到窗口，递给在窗外等待着的年轻天葬师。年轻天葬师接过阿妈，背在背上，大步走出院子，然后就小跑起来。年轻天葬师在路上不能回头，更不能休息，否则就有碍于阿妈升天。而他跑得越快，阿妈的灵魂升天也就越快。藏区中的第一个天葬师都是如此尽职尽责地为死者超度的。故此天葬师还是藏区著名的医生呢。

年老的天葬师也大步走出院子，迈上了去天葬台的崎岖山道。月光之中，身背阿妈的年轻天葬师健步如飞，像是一只白色的鸟在山岗上沿着弯曲的小路飞翔着。那白色的影子和因月光的照射而在山道上投下的暗影在玛琼的眼睛深处越来越轻盈，轻盈得像一团白雾而听不见任何声音。

亲戚、友人、邻居十余人组成了阿妈的送葬队伍。阿爸走在最前边，其次是玛琼。那晚，罗桑没有参加阿妈的送葬，他躺在旺姆大妈的怀中久久不能睡去，他睁着眼睛奇怪地看着旺姆大妈一遍遍地抹眼泪。

这时候，送葬的队伍正无声地向着天葬台移动着。

看见天葬台的时候，东方的天色已经有了矇眬的、白色的光晕。年老和年轻的天葬师站在高高的天葬台上，在一块平坦的青色大石头上停放着阿妈的肉身。因为天色尚早的缘故，离天葬台越来越近的玛琼还看不见阿妈身下的石头。玛琼只看见阿妈裹着白绸的身体像是一团浓重的雾，飘浮在天葬台的空中，临风不动。天葬台的身后和空中是逐渐明亮起来了的蓝色。

玛琼和阿爸他们走上天葬台的时候，天葬师已在天葬台的四周准备好了松枝。阿爸、玛琼和亲友们一起一一点燃松枝，把随身带在羊皮袋中的糌粑压在松枝上，点燃的松枝冒出一缕缕芳香的青烟。香雾缭绕的天葬台渐渐上升到天空的云絮中，烟雾中的幢幢人影看上去就像是天上的神仙。这青烟，藏语中有一个专门的名词，他们把它叫作"桑"。

天这时几乎完全明亮起来了，松枝的烟雾引来了岩穴山洞中的鹫鹰。鹫鹰从四面八方向天葬台飞来，它们高叫着的声音在这黎明的山谷中回荡不息。

阿爸和玛琼他们从天葬台上退了下来，早已等待在四周的神鹰张开翅膀向着天葬台飞来，扑扑扑翅膀张合的声音中是神鹰欢快的叫声。

阿妈的灵魂和肉身冉冉地升上了天空，玛琼的两行泪水挂在她冰凉的脸颊上。

阿爸、玛琼和其他为阿妈送葬的亲友们从四处搬来一块块石头，堆在天葬台的入口处。这样的石头叫"玛尼"，代表着天国中的宫殿，死后的人们因了生前所堆砌的"玛尼"，他们将在拥挤的天国有自己留住的宫殿。玛琼知道阿妈堆过许多"玛尼"，但她仍然为阿妈抱来了一块大大的石头，她想，她死后，在天国之中，她仍然愿意和阿妈、阿爸做邻居。

7

死者的灵魂已经升天，
夏天的阳光抚摸着他们留下的白骨。

罗桑和娜珍在中午才到达阿爸和次丹大叔遭到雪崩坠下悬崖的地方。两个人手拉着手站在悬崖边沿向下看去，悬崖深不可测，看得两人心惊肉跳，头晕眼花，只好退回去。罗桑仰头望着陡峭的山峰，在那原来堆积着雪的地方，在现在的季节正零零星星地开着各色的野花，一些蜜蜂在野花丛中此起彼伏地飞翔着。

天葬阿妈的天葬台就在对面的山头，朗诺山区夏天的阳光明亮极了，一条灰白的崎岖小道一端系在高高的天葬台上，一端如一条布带一样弯曲着飘到山足。

两个人走了整整一个上午的山路，才走到这处险峻的山道，两人都有些饿了。罗桑和娜珍坐了下来，背靠着里侧的山岩歇下来吃糌粑和喝水。

"玛琼姐姐炒的糌粑真香！"娜珍说。

娜珍喝水的时候，水袋中的水打湿了她前胸的衣裳，使得她圆而结实的乳房紧紧贴在了因水而透明的衬衣上，小小的乳头鼓鼓的，罗桑侧头看见了，一时发了呆。娜珍低头的时候，似乎也注意到了自己的不小心，赶忙用手拉了拉外边的无袖藏袍。罗桑急忙把目光移到别处，脸红得什么似的。其实，看见罗桑惊惶躲避的目光，娜珍的脸也很快飞上了两朵红色的晕影。

坐在山道上吃过糌粑，罗桑和娜珍站起来又精神饱满地上路了。向前没走多远，罗桑就找到了一条通向崖下若隐若现的小道。小道陡峭曲折，看上去已经很久没有人行走过了。罗桑和娜珍不知道是不是还有一条更好的通向崖下的路，更不知道这条路离阿爸和次丹大叔坠崖的地方有多远，所以罗桑看见这条若隐若现的山道，便毫不犹豫地选择了它。

山道太陡了，罗桑和娜珍几乎是手脚并用地爬着下去的。山道上一些松动的石头不时在罗桑和娜珍的蹬爬中滚下山谷，在谷底中发出很响的声音。

罗桑在前，娜珍在后，为了不使娜珍蹬下的石头砸着罗桑，娜珍和罗桑故意拉开了一段距离。每爬过一段山道，罗桑都要停下来，高声地对娜珍说，要小心啊！

一块石头从一家鹫鹰的门前滚了过去，鹫鹰被惊起，一只只从岩洞中飞出来，在山谷中盘旋，俯视着在山道上攀爬的这两个胆大的孩子。在鹫鹰俯瞰的眼睛中，罗桑和娜珍小小的身体就像两只蚂蚁缓缓地向山下爬行着。

鹫鹰盘旋几个回合后，又成群结队地飞向了天葬台。天葬台上有三棵松树，鹫鹰有的停在树上，有的停在天葬台上。平坦的天葬台上，一些鹫鹰悠闲自在地缓缓散步，而另一些老成持重的鹫鹰则似乎有些讨厌这夏天明亮的阳光，站在石头上或松枝上闭着一只眼睛养精蓄锐。

罗桑看见离山道旁不远处有一丛迟开的杜鹃花在这夏天中开得花团锦簇，他便小心翼翼地爬了过去，挑了几枝最好的折了，拔了几根山茅草把花束住，爬回山道，放在了山道的旁边。当娜珍从后面爬到这里时，她看见竟有一只蝴蝶和两只岩蜂在花朵间飞起飞落着。娜珍把花枝拿起来，插进胸前的藏袍中，不知是因为太累太热还是因为心里为罗桑的善爱感动的缘故，娜珍的双颊红得胜过了红杜鹃的花瓣。罗桑已经到达谷底，站在那里等待娜珍从山上下来。当娜珍气喘吁吁、汗涔涔地站在罗桑面前，从怀中拿出杜鹃花时，几枝杜鹃的枝头只剩下了几朵残花。

山峰没有阴影，正午阳光充沛的光线抵达了山中每一棵草、每一株树、每一块石头、每一只鸟儿的眼睛，整个狭长的山谷都洒满了明亮耀眼的阳光。

从陡峭的山上滚下来的人，还没有一个重返人间的记录。他们像一只只受伤的鸟，从山上急速落到这漫长的、乱石滚滚的谷底，也就永远留在了这里。谷底中是无数的人的、马的、牦牛的、羊的骨头。这些累累的骨头在阳光中发出惨淡的白色来，使得这山间深谷比别处更加明亮。这山谷的石头丛中，无数的灵魂已经升天，只留下白骨的人们在这夏天的中午正逐渐感到这阳光的温暖抚摸，感到怀着善良之心的罗桑和娜珍的真诚谒拜。

那一串腰间的银铃一定是一个孔武英俊、爱美的青年人留下的。五个银铃中有三个在它们的主人从山上掉下来时被石头碰撞扁了，所以山谷强劲的风吹动它们时，它们就因形状的不同而发出了大小、高低、音质不同的音响来。

罗桑和娜珍分辨不出哪两具骨骸是他们的阿爸的。他俩在这累积着无数白骨的山谷中脚步轻轻地行走，不愿碰到他们，不愿惊醒这些过早安息了的人们和动物。有的地方，一具骨骸紧挨着一具骨骸，拦住了他俩的去路，又不能绕开的话，他俩就弯下腰，轻轻地把他们安放到一边，然后从近处的山脚处采摘些野花，放在他们旁边，在心里默默地祈祷这些不幸人们在天国之中永享安宁，在轮回的来世幸福长寿。

　　罗桑和娜珍不知不觉就走到了去天葬台的山脚下。也许是曾经有人行走的缘故，这条去天葬台的路曲折细小，但却并不坎坷。罗桑和娜珍回头看了看他们走过的、白骨累累的山谷，静静地站了一会儿，山谷的风吹乱了他们的头发，他们的头上沾着山草的碎叶，娜珍的胸前还留着一枝几乎快落尽花瓣的杜鹃，两人额上的汗水泛着细小的光点。然后，他俩就踏上了去天葬台的小路。

　　一些从岩洞中飞出来玩耍的鹰拥挤在天葬台的入口处迎接罗桑和娜珍的到来，而另一些调皮的鹰则在他俩的头上飞来飞去的。三棵碧绿的松树在风中发出飒飒的声音。一些神鹰在松枝间站立着，透过被风吹动的针叶，可以看见鹰们晶亮幽邃的眼睛，如草原晴朗的夜空中的繁星闪烁不止。

　　也许是山风吹荡和雨水冲刷的缘故，天葬台干净极了。罗桑和娜珍来到天葬台，罗桑从随身带着的羊皮袋中取出糌粑，撒给鹰们啄食。起初这些鹰对罗桑的施舍似乎还有些难为情，看着石头上香喷喷的糌粑，谁也不上前啄食。过了好久，才有几只看起来年龄尚小的鹰终于未能抵挡住这难得的诱惑从树上飞下来。这几只年龄小的鹰啄食几下，便抬起头来看一眼罗桑和娜珍，样子很拘谨。但几次观望之后，罗桑和娜珍友善的笑容给了它们莫大的鼓励，它们啄食糌粑的样子才逐渐变得大方和潇洒起来。

　　站在天葬台上，可以影影绰绰地看见罗桑和娜珍家所在的村落。嘎藏曲河从草原的南边和朗诺山的山脚流过，河边的山岗上便是罗桑和娜珍家的村子。罗桑和娜珍在零星四散的房舍中，找了许久才终于找到了自家的那个小小的院落。找到自家屋子的罗桑和娜珍站在天葬台上高兴地跳了起来。

嘎藏曲河像一条洁白的真丝哈达自西向东飘拂着。

有一条时而从山岗出现时而又隐入山岗的路从嘎藏曲河边的村庄通到天葬台。罗桑心想，走这条路回家，会很容易在太阳下山之前赶回家的。

在罗桑和娜珍即将离开天葬台的时候，回头看见了两匹马。马的背上驮着东西，正从阿爸他们坠崖的地方走过，马颈下的铜铃声被山谷的风刮得七零八落的。两匹马的中间走着一个矮小的人，走路一跛一跛的，很可笑的样子。漫长寂寞的山道，使得这个矮小的人唱着一首下流的歌曲。他的嗓子又破又哑又走调，唱得难听之极。这个山外来的人看见天葬台上的罗桑和娜珍，就停止了歌唱，还向他俩扬了扬手中的马鞭。但罗桑和娜珍想到他唱出的恶心下流的歌词，就理也没理这个向他俩打招呼的人。罗桑和娜珍下山回家的时候，一路上唱起了一首流传在朗诺山下的古老民歌。在每年的雪顿节人们总是要一边唱着这首民歌一边跳着欢快的"锅庄"舞。

8

罗桑躺在草地上，

阳光一下就从他的眼皮上移走了。

夏天，高原的阵雨说来就来。

阵雨来临的时候，罗桑正一个人独自在嘎藏曲河边的草地上放羊。

152

羊四散在河滩上，一些羊还走到河边把头伸进河中饮水。这片牧草丰美的河滩现在几乎成了罗桑和娜珍每日牧羊相会的地方。今天不知道为什么，娜珍没有到这里来，别的地方也没见到娜珍，罗桑四望娜珍把脖子都望得酸疼了。昨天，玛琼帮娜珍看管放牧了一天的羊，当她从玛琼姐姐手中接过羊鞭，把羊往家赶的时候，她还对罗桑说明天在河边再见呢。

没有娜珍的河边使得罗桑无精打采，心神不定。罗桑已经无数次翘望过娜珍来的方向了，但娜珍来的方向依然空空如也，没有一丝人影。

罗桑最后一次盼望娜珍来临的那一次，恰巧看见了西边天空拥挤过来的乌云。在乌云笼罩的天空下，西边的草原开始变得黑暗起来，无边的阴影正从西向东移过来，那样子像是山林燃烧时滚滚的浓烟。而罗桑眼前的阳光这会儿仍然灿烂着。

按照过去的经验，罗桑应该赶快把羊赶回家才对。可今天的罗桑根本没有在阵雨来临之前把羊群赶回家的意思，没有见到娜珍的罗桑心里一片混乱。罗桑索性躺在了草地上。逐渐热起来了的夏天的阳光把草地晒得有些温热。

在乌云拥挤翻滚过来的时候，羊们也注意到了这天空的异变，它们变得惊慌起来，抬起头来望着天空咩咩咩地叫着，不再低头吃草，眼珠中的天空无一例外地翻卷着阵雨来临前的乌云。但当它们看到罗桑心事重重地躺在地上嚼着草茎毫无回家之意时，它们紧张的心情又松弛了下来。

也许阵雨不会来呢，乌云过去就是阳光，它们这么想的时候，又重新归于平静。羊们有的吃草，有的撒欢奔跑，有的打架抵角，有的与相爱的异性温情脉脉地低声叙语，有的则已经在创造爱情的激情峰巅了。

罗桑懒得理睬这些无忧无虑的羊们。它们不会理解罗桑见不到娜珍时的心情的。有时候，羊们见到罗桑和娜珍在一起，心里还有一丝丝嫉炉呢。罗桑在想娜珍为什么今天没来牧羊这个深奥的问题。这样想着的时候，罗桑竟在草地上快蒙眬地睡着了。夏天高原的睡意四处兜售着它们的妙处。

但迅速来临的乌云的阴影把思绪沉入混沌中的罗桑弄醒了。罗桑躺在草地上，他感到阳光一下子就从他闭着的眼前移走了。透过他薄薄的眼皮，阳光在他的眼球上呈现出绯红的空气，深不可测，无边无际，而天空的乌云挤走阳光的时候，他的眼睛却感到那急遽的昏暗，眼中漆黑一片。这昏暗的感觉在罗桑的眼皮上停留了那么短暂的一瞬，然后便向东移去了。

天空的乌云在那一瞬间像是在考虑是不是要拿走这忧郁而又孤独的少年眼皮上的阳光，但乌云没有抗拒过它本身一路东去的惯性。它只是在罗桑的眼皮上迟疑了一下，还是向东拥挤过去了，而且变得更加汹涌。

"谁也不能例外呀。"乌云在心中说。

罗桑睁开了眼睛。罗桑睁开眼睛的时候，那朵曾经在罗桑眼皮上把阴影停留了一下的乌云已经远去了。这朵莽撞的云朵在罗桑的眼前停留的样子就像一个陌生的人走错了门，推开门才发现房主人不是自己要找的人时，迟疑了一下之后，重新变得镇静起来，道着歉退出门去。然而这个陌生者的来访在房主人的心中留下了阴影或者印象，一时半会儿都不会忘掉这件纯属偶然的事件，因这突然的干扰觉得思维集中不起来。

睁开眼睛的罗桑就是这样，他虽然已经从草地上坐了起来，但仍神情恍惚。他总想着那朵在自己的眼睛上停留了一瞬间的云，他在心中抑制不住地这样追索问询：

"它为什么要在我的眼皮上停留那么一瞬呢？"

罗桑的眼睛仰望着天空，追随着那朵正向东汹涌而去的乌云。那朵乌云在天空中既像自由地漫卷滚动，又像是做着生死般的搏斗，形状转瞬即变，直至最后融汇在一大片乌云的海洋中，使罗桑再也找不到它的踪影。

这朵滚滚涌动的乌云是在自己的眼皮上停留过的那朵吗？那它在自己的眼皮上停留的那一刻的惊慌、迟疑、羞怯为什么再也没有在它身上呈现过呢？真的是这朵云在自己的眼皮上停留了那么一瞬间吗？我的眼皮上曾经有一朵云停留吗？那朵云真的存在过吗？这曾经的云朵还会再现吗？

罗桑坐在草地上，四周围簇拥着咩咩叫着的羊群，心中充满了混沌的疑虑，仰望云朵的头颅逐渐低垂了下来。

整个草原都昏暗下来了。山岗上可数的几棵树在风中发出哗哗哗树叶碰撞的声音，它们即使使尽全身的力气也不能保持身体的平衡，它们不得不妥协着一次次弯下腰来，缩小自己的身体，以免阵风给自己更大的伤害。但一旦风稍微有所敛弱，它们便又努力挺立起来，喘一口气。罗桑看见前面山岗上一棵树上的枝丫在挺立起来的那一刻被凶猛的风一下就从树身上撕扯下来，然后在天空中翻飞沉浮着逐渐落进山谷。

鸟儿根本不能回到树上的家中。树上的鸟巢已经被风吹得四散。在风中的鸟儿拼命飞回到树的周围才发现这个残酷的现实。它们发出惊惶的叫声，被迫离家出走，四散的鸟儿再也不能组成一个整齐的队形飞翔。这些无家可归的鸟只好在岩穴中暂时栖居自己受到惊吓的身体和心灵。

只有高原上的鹰才是风中的英雄。它们箭一样从草原上直上云霄，或者像一个没有翅膀的石头从天空中落下来，毫不为强劲的风改变方向。一条青花白纹的蛇在离罗桑不远的地方被一只鹰叼了起来。蛇的身体在天空中扭曲挣扎着，痛苦不堪。罗桑似乎听见那即将一命呜呼的蛇发出了咝咝咝凄厉的痛喊。

鹰们在天空中发出欢乐狂笑的声音，在鹰和风相混杂的呼啸中，草原上的蛇和兔子忍不住自己的心惊肉跳而发出瑟瑟的颤抖。在草原的草浪低下去的时候，罗桑就看见兔子和蛇晶亮而惊恐的眼睛在绿草浪中明灭不定。

在西北方最高的朗诺峰上，乱云飞渡，风卷云涌，涌动的乌云中，那一年四季都以冰雪为冠的高高山峰看起来好像摇摇欲倒。山峰上的积雪被猛烈的风刮了起来，迷蒙的风雪中，山峰的影子朦朦胧胧。那些飞雪，那些乌云时而聚合，时而四散，围绕在山峰的四周狂舞，一缕缕地缠绕着高耸的山峰。

而这一切，这所有的景象，在迷茫惘然的罗桑的眼中只是毫无意义地呈现着，在他的脑海深处却空空如也，一片空白。只有当罗桑的目光无意间投向喧腾的嘎藏曲河时，他才突然一怔，恍然意识到雷阵雨就要来了。而突然来临的雷阵雨肯定会使嘎藏曲河的水一阵猛涨，那将使罗桑无法回到南岸，无法回家而被困在朗诺山下这片长着丰美绿草的河滩上。罗桑还想到玛琼姐姐曾经说过，阵雨过后还会有山洪的，所以在雨中和雨后不要躲在山脚下，山洪和因山洪引起的泥石流会把人畜房屋掩埋起来。

罗桑急忙从草地上站了起来，一边把手中的鞭在风中挥得呼呼作响，一边大声地吆喝着。听到鞭响和吆喝的羊群很自觉地整理好队形蹚下了河中。猛劲的风把罗桑的头发和羊群身上的毛揉得东倒西歪、乱七八糟的。

在河的中间，这场暴风雨的第一个闪电撕扯开了天空厚重的乌云，照亮了罗桑眼前的一切，草原、山峰、河流被闪电照得雪亮，只有在天空中飞翔的鹰的身体才能阻隔闪电的来临。草原上，鹰矫健的身体在闪电中投下巨大的暗影。但随着闪电转瞬消失，鹰和鹰的身影也都蓦然消失了。

雷声紧接着闪电炸响，这巨响的惊雷四散开来，滚掠过空茫起伏的草原上的每一棵草，传得很远。而山谷间的那部分雷声因山峰的阻碍，结果在突围时四处碰壁。雷的回声在山谷中久久回荡，发出嗡嗡的余音。

听见惊雷的羊群惊慌起来，罗桑在河中前后左右地奔跑着催赶一只只笨拙的羊，在羊群的四周溅起水花的护墙。羊群就在这水花中向着对岸缓慢地走去。

有时，河中的鱼群碰着了罗桑的脚踝，但罗桑却没有时间停下来看它们一眼。

闪电和雷声一次次来到罗桑和他的羊群的身边，照亮一簇簇飞溅起来的水花和因惊慌不断跌倒在河中的羊群。罗桑的额上挂着不知是河水还是汗水的水珠，在闪电中晶亮闪烁，看上去罗桑的额上好像戴上了美丽的珠饰。

在一次惊雷声中，罗桑的脚趾碰到了河中暗藏的石头，罗桑摔倒在河中，河水把罗桑的衣裳弄得精湿。在罗桑倒下的那一刻，他听见铁器碰撞石头那样当的一声声响，但罗桑没在意。现在罗桑的注意力只在他的羊群上，他要在河水上涨之前把羊群赶到对岸，赶到岸上安全的地方。

暴雨就在罗桑和他的羊群接近岸边时倾盆而下，大点大点的雨珠砸在罗桑的头顶上，使他的头皮一阵阵发麻。虽然是中午，但天空的昏暗却和夜晚来临前的那一刻几乎一样，一片混沌，乌云低垂，只有一次次的闪电照亮草原和草原的天空中斜斜疾落着的雨。巨大的雨幕连接着草原和天空。

罗桑和他的羊群终于迈上了草原这边的河滩。罗桑想，这夏天的雷雨不会持续很久的，所以他和羊群们就在离河水不远处的河边几个大石头之后蹲了下来。罗桑在一个雨水不能到达的石头缝中蜷曲着身体，双手抱着膝盖，下巴支在膝盖上，眼中的闪电一次次闪动着，在闪电中罗桑红通通的脸膛慢慢平静了下来。罗桑感到他背靠的石头因太阳照射的温暖被雨水浇凉，而他身上的热气也渐渐蒸干了他身上的雨水、汗水、河水。草原上的雨水汇聚成一股股混浊的小溪从罗桑脚下的石头间蜿蜒地流向河中，闪电来临的时候，河滩上无数湿漉漉的石头闪闪发亮。蹲伏拥挤在一起的羊群也像它们身旁的石头一样，默不作声。罗桑想到是因为自己刚才的迟误才使这些羊挨了这场大雨时，心中充满了自责和不安。

头羊黑色的犄角固执地暴露在雨中，犄角之上是黑沉沉的乌云和天空。

9

在梦乡之中，

是什么指引你寻找童话和寓言。

在雷阵雨来临之前，玛琼就很顺利地把牦牛和马群赶回了家。她焦急地在家中等待着罗桑能安全地回家。但直到暴雨下了很久，罗桑都没有回来，玛琼只好冒着暴风雨出门去接罗桑。但沿着嘎藏曲河寻找罗桑的玛琼却没有看见罗桑和他放牧的羊群。其实玛琼就从罗桑的身边走过，但雨水朦胧了她的眼睛，加之在玛琼走过罗桑的身边时，闪电一次也没有来临，朦胧中，玛琼把蹲伏着的羊群当成了河边真的石头了。

天很快就晴了，太阳又重新从云层中露了出来。被雨洗礼过的草原清新宜人，每一片草叶上都挂着晶亮的雨珠。太阳蒸腾起草原地表上湿漉漉的雾气，在明亮的阳光中，一缕缕乳白的雾气升上天空，稀释成带草味的空气，消失得无影无踪。

在疲倦的罗桑在温暖湿润的阳光中沉入了梦乡的同时，玛琼正沿着西去的河流，寻找罗桑和他的羊群。玛琼的眼中充满了泪水，被雨淋湿了的藏袍在太阳的照射下蒸腾散发着玛琼青春体香的水雾。绚丽的藏袍紧裹着玛琼的身体，乳白的雾气又紧裹着彩色的藏袍。雾气缭绕，美丽如仙的玛琼却迈着沉重的脚步，一声声喊着罗桑的名字，寻找罗桑。

"罗桑——"玛琼带着焦急的声音压过了嘎藏曲河的喧响，在草原上回荡。

而罗桑并没有听见玛琼姐姐的呼喊。沉入梦幻的罗桑轻轻地打着鼾，鼻翼轻轻地翕动着，脸腮上呈现出一片红色的晕团，前额上还沾着一片青青的草叶。

也许天空还是那样蓝……

高原丰盈的阳光在雨后更加明亮和强烈，阳光在嘎藏曲河上跳跃着，雨后混浊的河水又逐渐变得清澈起来，黄色、淡紫、粉红……各色的花朵开满了嘎藏曲河边的草原。河滩上的每个石头都浑圆光滑，在阳光的河边唱歌牧羊的罗桑，竟然无法找到一片可以在水中漂游的薄薄的石头。

也许天空还是那样蓝……

天高云淡的高原上，朗诺山下是一个绿草丰美的草原。嘎藏曲河从草原的北边流过，河中行走着白色的石头、青色的鱼群、天空的白云、阳光的金币、夜晚的月亮和闪烁的硕大的星辰。玛琼姐姐在河边放牧牦牛和马群，嘹亮的歌声响遍行云。

骑着红鬃马的顿珠在草原上像风一样奔向玛琼姐姐，看着顿珠向自己奔来，玛琼姐姐的歌声逐渐低弱下去，直至最后消失。顿珠高大的红鬃马就站在玛琼姐姐身边，清澈的嘎藏曲河中，玛琼姐姐娇羞的脸庞飞起两朵红色的云团。玛琼姐姐故意转过身去，低头不看红鬃马上英俊的

159

顿珠。

　　顿珠一弯腰就抱起了玛琼姐姐，在顿珠的怀抱中，姐姐终于忍不住哈哈大笑起来。红鬃马在绿草如茵的草原上奔跑着，玛琼姐姐银铃般的笑声使每个草原上的牧人和吃草的每只羊、每一只牦牛、每匹马都抬起头来注视着玛琼姐姐的笑声和顿珠在马上矫健的身影。红鬃马从他们的身边跑过，跑向远方，牧人们都望着顿珠和玛琼姐姐的身影，向他们致以最真挚的祝福。

　　也许天空还是那样蓝⋯⋯

　　罗桑，嘎藏曲河缓缓地流过你的梦境，夏天的草原铺向天边，天空的云朵轻舒漫卷，美丽的鸟儿歌声婉转，在你香甜的梦乡中，是什么指引你寻找童话和寓言。

　　也许天空还是那样蓝⋯⋯

　　下午雨后的阳光射进了罗桑躲雨的石头中，照射在把头垂在膝盖上睡觉的罗桑的肩头。罗桑黑红的左肩从藏袍中露了出来，在阳光中轮廓分明，表现出少年的瘦弱，看起来像是斜射进来的阳光掀落了罗桑肩上的藏袍。

　　像石头一样低藏着身体的羊群早已站了起来，看见辛苦的罗桑那么香甜地睡着了，大家相互递着眼色，放轻脚步走到离罗桑较远的地方自顾自地或吃草或玩耍起来。草上雨后的水珠不时溅进羊们的眼睛，水珠溅进了眼中的羊都像是打着巨大的寒战一样，使劲甩着头和抖着身体。

　　躲进岩穴的鸟儿重新回到了它们自由的天空中，鸟声婉转、欢快、动人，在沉睡的罗桑的头上盘旋往复。那些山岗上的树，清亮的雨滴缓缓地从树上滴下来，穿过干净的阳光时，在空中划过一道垂直的、亮闪闪的光线。一些调皮的鸟儿就从草原飞到树旁，在雨滴落下的那一刻张开小小的嘴巴去接吮这晶亮的雨滴。

　　罗桑就是在鸟儿的鸣叫声中醒来的。他抬起头来，看见他的羊群在远处的草原悠闲地吃草，一边打着长长的哈欠，一边躬身钻出洞来，活动了一下因蜷缩而有些僵硬酸疼的身体。罗桑活动身体伸懒腰的时候，他右边腰间的刀鞘轻飘飘地荡来晃去，罗桑的右手和左手同时迅速地垂了下来，在腰间寻找那把阿妈专门为自己打制的小藏刀。罗桑找遍了身上所有的地方，都没有找到他的刀子。罗桑握着空空的刀鞘，泪水几乎就要落下来了。

　　罗桑仔细地在他躲雨的石缝和他在暴风雨中赶羊时走过的河滩上查找了一遍，仍然一无所获。罗桑一屁股坐在了河边的石头上，望着滚滚的河水时，才突然想起他跌倒在河中时听见的那一声金属碰撞石头的声音，急忙脱了衣裳跳入水比暴雨之前大得多的河中，寻找他丢失了的小藏刀。结果，罗桑在还有些凉意的河中来来回回地摸了无数遍，也没有把藏刀找到。

　　罗桑回到岸上，身上的水珠在阳光中闪闪烁烁，沿着罗桑光滑的身体滚落到脚下的石头上。罗桑的头痛心地低垂着，卷曲散乱的头发湿漉漉的。

　　罗桑就这样低垂着头，穿上衣服无意识地向着嘎藏曲河的下游走去。河的南岸是无边的草原，雨后的草原上缭绕着一团团像云朵一样的雾了。北岸是沿河弯曲而行、大小不一的石头滩和河湾中的草滩，再过去就是朗诺山了。罗桑不声不响地沿着嘎藏曲河走着，脚下黑色、青色、白色、红色的石头，一个个水洼在罗桑的大脚板下发出啪啦啪啦的声音，溅起一片片水花。

　　悲哀的罗桑，哽咽着说不出话来。他为失去阿妈送给自己精美的刀子而哀伤痛心。他更为因失去刀子而想起升了天堂的阿妈而哀伤流泪。

罗桑的心中塞满了石头一样不化的悲哀和伤心。河中的鱼像一群和罗桑相好的小伙伴，跟随着罗桑，一些鱼还试图跳起来去拉罗桑低垂着的衣襟，想化解罗桑心中的痛苦，但罗桑理也不理这些好心善良的鱼儿。

同样沿着河流寻找罗桑和羊群的玛琼一身疲惫地坐在河边的石头上，她身上的藏袍和氆氇裙在暴雨中被淋得精湿，这时正被她心里的焦急和雨后的太阳烘烤着散出白色的雾絮。玛琼呼喊罗桑，嗓子已经哑了，她坐在石头上，喘着粗气，眼睛却仍然注视着嘎藏曲河波涛起伏的河面。

玛琼听见了水洼被光脚板踩破的噼啪声越来越响，越来越近，她回过头来，低垂着头的罗桑正沿着河水向她走来。玛琼从石头上站起来，奔向罗桑，一把把罗桑搂进了怀中，眼中的泪水滚涌而出，弄湿了罗桑的头发和肩膀。玛琼说：

"我还以为你被河水冲跑了呢。我都快被你吓死了。你到哪儿去了呢，罗桑？"

被玛琼拥抱着的罗桑好像并不十分理解姐姐的激动和快乐，他仍然想着他的小藏刀，所以他并没有回答姐姐的问话，而是说：

"阿妈给我的吉祥物小藏刀被河水冲走了！"

玛琼松开了罗桑，但两只手仍紧握着罗桑的胳膊，那样子似乎是她仍然害怕罗桑再次跑丢了。玛琼看见了罗桑低垂着头，含着眼泪痛心的样子，她迟疑了一下，还是捧起了罗桑的头，然后又轻轻地抹去了罗桑眼中和脸上的泪花。玛琼说：

"不，罗桑，你的小藏刀没有丢。阿妈想看看你的小藏刀。阿妈在天国中会为你好好保存的，阿妈还会为你把你男子汉的刀子磨得更锋利。"

罗桑终于抬起了头，用手背擦着眼中的泪水。罗桑透过模糊的泪眼，看见嘎藏曲河拐进朗诺山的地方，一道彩虹凌空而出，横跨在两座

162

山峰之间。草原上无数的鸟儿正从罗桑和玛琼的头上飞过，向着那道绚丽的彩虹飞去。

罗桑和玛琼姐姐并肩站着，望着彩虹，眼中充满了惊喜。雨后下午的风吹荡着温暖的阳光，一次次撩起玛琼和罗桑垂落着的藏袍的袖子。

"罗桑，吹一个口哨吧。"玛琼说。

罗桑试了几次音调，终于吹起悠扬欢快的口哨。

罗桑不知道，是不是娜珍也在这时看见了嘎藏曲河上的彩虹。罗桑更愿意和娜珍一起看这雨后美丽的彩虹。

10

玛琼和罗桑打开木箱，

在阳光中晾晒往日的情怀。

天刚蒙蒙亮，玛琼就起来了，坐在石头垒砌的灶前烧火做饭。几乎每天早晨，玛琼都是这么早起床。随着时间一点一点过去，屋中开始飘荡起糌粑和酥油茶的芳香。

干燥的牛粪在灶孔中熊熊地燃烧着，发出扑扑扑的声音。罗桑在牛粪火的声音中醒来了。他坐在炕上看着坐在灶前烧火的姐姐，一时发了呆。

火苗不时从灶孔中蹿出来，舔着悬在灶孔前的铜罐底部和四周，把玛琼的脸映得红通通的。玛琼不时弯下腰去往灶孔中添牛粪。弯腰的时候，玛琼的辫子总是调皮地从肩后滑到胸前来，使得玛琼总要不断地把辫子甩到身后去。

灶孔中的火照亮了罗桑家。整个土屋中的物什随着灶孔中不时冒出来的火苗的大小变幻着明暗的光影。在这太阳即将出来的时候，玛琼白如编贝的牙齿在火焰中明亮又闪烁。灶孔中的火焰鲜艳而又热烈，玛琼坐在灶孔前烧火，脸被火光映得通红，让罗桑想起他曾经看见的一只美丽斑斓的鸟站在树的枝丫上，站在朝阳的中心，睁开一夜安眠的眼睛。

昨天，大约是淋了雨，丢了刀子，又没有见到娜珍的缘故，起床之后，罗桑感到头昏沉沉的，下炕的时候差点儿摔到地上。玛琼看到罗桑这样，便要罗桑待在家中，不要再去牧羊了。罗桑吃了一点糌粑，喝了一碗滚烫的酥油茶，又回到炕上躺下了。昏沉沉的罗桑再次昏睡过去，当他醒来的时候，已是快中午的时候了。但睁了眼睛的罗桑仍然感到头有些疼痛，思绪不清。罗桑从炕上起来，走到门前，坐在了门槛上，明亮的阳光使他不得不低垂着头。低垂着头的罗桑，使他头上乱糟糟卷曲着的头发看上去更像一个鸟窝。罗桑那么慵懒和乏力，便一句话也不想说，低垂着的目光如果没有一队黄色的蚂蚁在他的脚前来来回回地搬运着几块牛肉干的碎渣的话，罗桑大约会坐在门槛上重新睡过去的。

玛琼在草原上放牧牦牛、马群和平日里罗桑负责放牧的羊群。她想到早晨罗桑恹恹不振的样子，好像生了病一样，心中不免有些不放心，所以托和自己一起放牧的伙伴替自己看着牛、羊、马，就急匆匆地回家来了。看见罗桑低垂着头坐在门槛上，玛琼擦了擦头上的汗喊：

"罗桑。"

罗桑抬起头来，阳光中罗桑原本被阳光照晒得又红又黑的脸是那样的苍白。玛琼走上前去，摸了摸罗桑的额头，好像并没有过高的热度，这才多少放下心来。

"怎么啦，罗桑？"

"没，没什么。"罗桑说着站了起来，还向姐姐笑了一下。

"真的没什么？"玛琼的笑容被阳光照射得像阿妈一样和蔼慈祥。

"真的没什么。"

玛琼抬头看了看日近中天的太阳和碧蓝无云的天空，然后对罗

164

桑说：

"哎，今天天气好，咱们把家中的东西拿出来晒一下吧。"

罗桑帮姐姐把家中的红漆木箱抬到了院门前山岗下的草地上，就干这么一会儿活，罗桑的头上竟冒了一层虚汗。

放下箱子的时候，玛琼说：

"这个红漆的木箱还是阿妈当年的嫁妆呢。"

红木箱在阳光中闪射着古老的光芒，八个角都用黄铜包着，黄铜包角的样子和花纹是吉祥如意的云朵。玛琼把红漆木箱打开，箱子中是玛琼漂亮的氆氇裙、藏袍、羊皮袍和好几条洁白的哈达，其中一条哈达是罗桑的。打开的木箱散发出薰衣草、藏红花和樟脑的气味。被收藏的旧衣裳、旧物件，每件都保留着玛琼和罗桑一家一段过去的岁月和过去岁月的故事。

箱子中还有一些玛琼的银制发卡、手镯等物什和一串玛瑙的项链。玛琼把这些饰品拿在手中，放在身上比画着，问罗桑：

"姐姐漂亮吗？"

罗桑这次的笑容真挚而又深情，说：

"姐姐是草原上最漂亮的姑娘。"

听见罗桑这么说，玛琼发出了银铃般的笑声。玛琼的笑声也感染了罗桑，罗桑这时的心情感到愉快轻松了许多，头疼乏力的感觉也不明显了。

红木箱坐在草地上，周围是一朵朵盛开的小小的各色花朵。罗桑曾经在顿珠家翻看过一本画报，红木箱使罗桑想起自己看见的画报上的那艘大海上的船。罗桑从没有见过真正的木头和钢铁的船，也没见过大海，只见过用牦牛皮缝制的牛皮船。画报上那艘挂着五彩旗幡的铁船是罗桑看见过的最美好的东西。那艘船停泊在蓝得像草原的天空一样透明的海上，周围簇拥着云朵和雪花般的浪花，使船帆上的天空和船后起伏的海洋显得平静而又博大。现在，眼前的红木箱使罗桑的心情和大脑都平静了下来。

阳光照射在红木箱上，红木箱周围的绿草地和花朵都辉映着一层朦胧的红色的光影。

罗桑时常在家中看姐姐坐在织机前一边织氆氇一边无忧无虑地唱歌。玛琼织氆氇的时候总是喜欢唱歌。罗桑没有听见和看见过阿妈唱歌，但罗桑心中想，阿妈给玛琼姐姐织的几件氆氇裙也肯定是在歌声中织成的。想到这里，罗桑似乎听见阿妈的歌声就从打开了的红木箱中轻轻地响了起来，随风在草原上飘荡。罗桑在心中，把阿妈的歌声想象成无词的催眠曲的音调。

玛琼从红木箱中拿出一件件衣裳来，随着她的双臂向外一甩，羊皮袍像是雪白的云朵缓缓地离开她的双手，落在草地和花朵之间。草地上轻盈地摊开着五彩斑斓的氆氇裙、洁白的哈达、漂亮的藏袍，晾晒着经年的潮气，也晾晒着往日的情怀。

罗桑索性躺在了草地上，他缥缈的思绪如草原上早晨的雾缕，看见姐姐从晾晒衣物的草地上直起腰来，把辫子轻轻地甩到身后，罗桑在心中肯定地想：

和玛琼姐姐在一起，草原上没有人能迈开流浪的步伐！

11

泪水落到冰凉的石头上，
发出烧灼般的声音。

又是整整一天没有见到娜珍。在酥油灯的光芒中，罗桑的身影忽大忽小。罗桑在家中不知走来走去走了多少圈，才下定决心去找娜珍，问一问她为什么这两天没去河滩放羊。

罗桑远远地就看见了巴桑的石头屋子，从石头屋子隐隐约约地传来巴桑喝酒时和人划拳的大嗓门。石头屋子在嘎藏曲河边的山岗上，一条在月光中泛着灰白影子的路通向巴桑家。

屋中金黄色的酥油灯的光芒从窗户中射出来，照到院子中，一根高高的木柱上挂着一盏玻璃的风灯。在风中，远远地看去，就像一颗泛着暗淡光芒的星星，在巴桑家的石头屋子上空闪着一圈圈若有若无的光轮。

罗桑沿着小路向巴桑家走去，他想看看娜珍，他想和娜珍说一会儿话，他想知道娜珍为什么这两天没去河滩放羊。昨天的那阵雷阵雨把山道冲洗得干干净净的，路上的牛粪、羊粪、马粪都被雨水冲到了路侧的凹坑和草丛中，一个个还未完全消失的水洼在夜色中泛着昏花的亮色。

站在巴桑家矮矮的石头院墙前，罗桑的双手扶住石墙，他原先想吹几声口哨把娜珍叫出来，这会儿心中却忐忑不安，几次撮起嘴唇都没有发出声来。罗桑害怕这样娜珍没有出来，反倒把巴桑引了出来，那可就麻烦了。屋里喝酒划拳的声音一直未断，罗桑只好就那样不声不响地站在那里，眼睛望着巴桑家的窗户和斜着一条缝的门。有一次，当娜珍从窗前走过时，罗桑看见了娜珍。看见娜珍在家，罗桑多少松了一口气。罗桑在心中无数次地喊着：

"娜珍！娜珍！！"

终于，门吱呀的一声响了，娜珍手中提着一盏玻璃灯走出门来，向院子一侧的马厩走去，她是去给厩中的马上草。娜珍穿着一件白色的丝绸衬衣，白衬衣外边是无袖的藏袍，色彩艳丽，长到脚背的氆氇裙裹着娜珍瘦小的身体。透过玻璃灯的灯光，罗桑看见娜珍美丽的脸苍白布满忧戚。

"娜珍！"罗桑低低地喊了一声，向着娜珍招了招手。

娜珍转头循着声音的方向看见了站在矮墙外的罗桑，但她却没有立即走过来。她站在那里，迟疑了一下，结果还是朝马厩走了过去。娜珍腰上的银铃发出细小悦耳的声音，在灯光中闪着微弱的白亮的光芒，像是夜空中低飞的萤火。

　　马厩离罗桑站立的地方很近。娜珍一边给马厩中的马加草料，一边不时地回头朝罗桑和晃动着划拳喝酒人影的窗户看。那根挑着风灯的木柱就竖在马厩的门前。夏日夜里的凉风擦亮了木柱上的风灯，风灯的光焰在风中腾跳着。巴桑他们停下划拳的声音的时候，罗桑便听见马嚼草的声音沙沙沙地响着，草的芳香在这凄迷的夜晚中尤其浓郁熏人。

　　给马加完草料的娜珍朝屋中看了看，才向罗桑走了过来，在离罗桑三两步远的地方，娜珍轻轻地说：

　　"你在嘎藏曲河边等我，我一会儿就去。"

　　罗桑看见娜珍向屋中走去的背影，想起娜珍对自己低声说话时的表情，在心中噎了一下，一下就沉重起来了。罗桑有一种预感，今晚一定会发生什么不祥的事。

　　娜珍单薄的身影向河边走来的时候，罗桑已把河边那块冰凉的石头坐得滚烫起来。滚烫的石头使得罗桑无法在石头上安安稳稳地多待一会儿。他不时地站起来，向娜珍来的方向翘望，或在河边来回地走着。看见娜珍从山岗上的小路走来，罗桑的心中剧烈地咚咚咚地跳了起来，不能自已。罗桑的心中热得像点着一盆火炉，而手心和前额却像月光一样幽凉。

　　一身簇新的娜珍站在罗桑面前，风吹着她单薄的衣衫，罗桑看见娜珍的双肩在微微地颤抖着。娜珍的双手下意识地使劲掐来掐去，话没有说出，眼中已经闪烁着晶亮的泪花。

　　罗桑伸出手去，去拉娜珍的手，娜珍一下就扑进了罗桑的怀中，哽咽着泪水流了出来。娜珍说：

"明天，明天，那个山外来的跛脚人就要把我带走了。巴桑舅舅已经收了他的银器和马，巴桑舅舅要我嫁给这个跛脚的人。"

罗桑就像被闪电击中了一样，整个身体一怔，搂抱住娜珍的双臂无力地垂了下来。但娜珍仍然紧紧地抱住罗桑的肩膀，瘦弱的身体紧紧地贴着罗桑的胸膛，抽噎抖动着。

这时的罗桑却不知道流泪，他只是木木地站着，任由娜珍抱着，脑袋中嗡嗡地响，像有一架铁鸟在里边回旋飞翔。

"我们逃走吧。我们一起翻过朗诺山，到巴桑舅舅找不到的地方去流浪。"娜珍说。

这时候，罗桑的大脑总算有些清醒了，他把双手重新放到娜珍的腰上，说：

"不，娜珍，我不能去流浪。我走了，玛琼姐姐会伤心死的。我姐姐明天一早去找巴桑舅舅，让他把你嫁给我。"

"不行。巴桑舅舅不会让我嫁给你的。你家没有钱，你家给不起巴桑舅舅那么多银器、那么多钱和马。"

"那么，明天，我们就会永远分开了，永远不能再见了吗？"罗桑问着娜珍，也像是问着自己。

"嗯。如果我们不逃走，不一起去流浪，明天之后，我就是别人的妻子了，我就再也看不见你了……"娜珍说。

月光中，两个人长长的身影投进了嘎藏曲河中，波光粼粼的河水漂荡起伏着，把两个人的身影揉来摆去。娜珍说完"我就再也看不见你了"这句话，两人叠在一起的影子就像一张布一样垂了下来，被河水冲走了。

两个人拥抱着倒在了河边，两个人的泪水流在了一起。罗桑感到一身冰凉，心中却燥热喧腾着，像是患了疟疾一样，身上的所有血管都一下下地在跳荡。

娜珍的脸上流满了泪水，她的胸前也被泪水打湿了。嘎藏曲河闪烁的水光笼罩着娜珍光洁明亮泪光莹莹的脸，娜珍的脸闪射出处女般童贞圣洁的光辉。

　　罗桑跪在娜珍的身体旁，张大着嘴喘不过气来，那一股从未有过的感觉把他憋得满脸通红。他眼睁睁地看着自己的娜珍被别人娶走而毫无办法，心中像是有无数的小刀在切割着他的心灵。罗桑把头埋进娜珍胸间，伤心地哭了起来，纵横四溢的泪水在娜珍的身体和心灵间滚烫地流淌着。罗桑和娜珍的一些泪水还溅在了河滩的石头上，罗桑和娜珍听见了这些滚烫的泪水在冰凉的石头上，发出了咝咝咝烧灼般的声音。

　　罗桑和娜珍呜呜哭泣的声音在嘎藏曲河边越来越响，直至盖过了嘎藏曲河河水的呜咽。

游走的人

0

夏天来临的时候，王小石常常一夜一夜地失眠。他对我说，失眠厉害的时候，他几乎要掩面号啕大哭起来。失眠的时候，对他最大的安慰就是楼下街上的人声了。

王小石就倚在我的门上说这些总也离不开失眠的话。我叫他进来坐下，他也不理我。他说，听见那些人声我就会安静一些，至少在这个世界上，我不是最后一个未眠的人。王小石说这句话的时候，已经是夜里一点过了。我有一个多月没有见到他了，我躲在郊外一个个体小旅馆里为人家赶稿子。我还没有来得及和他联系，他自己却找来了。

王小石在这个城市唱歌。他原来是唱戏的。我这个四处打工、以笔为生的人和王小石的认识是在一个名为"失败者艺术联盟"的一次夜间聚会上。那时候，他的样子很独特，一头的短发却在右额留了一撮近两尺长的长发。他那撮长发总是不失时机地从他的头上落下来，依稀地遮住他的右眼和右脸。而他不耐烦的时候，他就把这撮头发撩起来，猛劲地甩到脑后去。一进门，我就看见了他，他的样子特别像以唱 RAP 出名的 LOS ANGEL BOYS 中的老二。昏暗的光线中我还以为真是 LOS ANGEL BOYS 从美国来了呢。他一说话，我差点儿没把嘴里的啤酒喷出来。这小子原来是一个地地道道的土著，和我一样虽然混在城市中，一

173

张嘴一口本性难移的家乡土话就露了馅。在满大街拿腔捏调的异乡人口音的这座城市，要找一个和自己一样口音的老乡，可没那么容易，所以，不一会儿，我就挤了过去。原来这小子的老家就在我老家的邻县，两地相距仅二十来里地，他家婆就在我们红桔园。我大王小石七八岁，他在红桔园他家婆家"寄养"了好些年，他一说起来，我才依稀有些印象。说起来，我离开红桔园也已经有十四五年了。

他说，他出来已经五六年了，过着"漂"的生活，从一个城市到另一个城市，最后才在这座城市落了脚。

王小石已经在这座城市待了两年了，是他"出门"以后待的时间最长的一个地方。

他原来在他老家县上的剧团唱戏，文的武的都唱过。他在省上得过"踢死狗"舞蹈冠军，也得过摇滚演唱第二名，但就是在唱戏上一事无成。因为他不热爱本职工作，加之纠集一帮弟兄在本剧院搞自己个人的不插电演唱会，不小心大灯泡把幕布烤着了，差点儿引起一场火灾，所以剧团就只好把他开除了。

从那次相识之后，我和王小石的来往就日益频繁了。要知道，在离家几千里以外的地方能找到一个相距仅二十来里地的老乡，而且又都是在文艺圈里混的朋友，机会可不多。所以，我们就没有理由不成为哥们、朋友了。

王小石仍然倚在门框上，不肯进屋坐下。已经十分夜深人静了，这样开着门说话实在影响我的情绪。要知道，我这个夜猫子已经很让邻居生气的了，我不能再惹他们生气。他们都是道德良好的市民，我没有必要和他们过不去。于是，我走过去就像拉一个害羞的姑娘一样去拉他。他仍然懒得动的样子，这不免使我有些生气，也有些疑惑。平时这小子一来，就在我这小屋里翻箱倒柜的，非得喝完我的啤酒他才会善罢甘休，今天他却这样没劲透了的样子。我只好抓住王小石的胳膊，把他摔

174

在了我的床上。

王小石仰躺在我的床上，我这才意外地发现，他右额上那一绺长头发不见了。我敢肯定，对这一绺头发的抛弃的背后，一定有一个故事存在，但我却不想问他。我想让他自己主动地告诉我，这样，这个故事才会有像张爱玲的小说一样，有一个既像是离间，又像是真实的开始。

王小石半年前给我听过他的一盒他做的小样的盒带。那个盒带收录了他自己作词作曲、自己演唱的十首歌曲。带子被他命名为《游走的人》，其中就有一首很真的歌，叫《长发为你生长》。

我说，哥们，《游走的人》小样怎么样了？你不是说给一家制作人比较喜欢你的歌的音像社听了吗。

王小石从床上坐了起来，仍然习惯性地抬起右手去抹右额上的那一绺早已没有了的长发。当王小石的手摸到那一丛像是刚被花匠剪去了芜枝而留下了新的整齐的茬口的头发时，脸上便不由自主地出现了无可奈何的苦笑，说，失败和爱情一样都有着难以改变的惯性。

王小石说，妈的，我老是失眠。这也是惯性，刹都刹不住。他们只是喜欢我的歌罢了，要真正投入制作，还没有入港呢。说完，他又躺在了我的床上，把头转向墙壁不理我。他那样子实在软弱无助透顶了，加上他的失眠，他穿着一件白色的T恤和一条灰白色的水洗的卡其布长裤，躺在我的床上，就像是堆着的一堆衣服。

十多分钟过去之后，我竟然听见王小石打起了轻微的鼾声。这对王小石来说，可是十二万分珍贵的东西。我坐在床边书桌前的转椅上，不敢动，生怕把被失眠折磨得几乎就要垮了的王小石吵醒。我身边的这个背井离乡的出门人太害怕孤独，太需要友谊了。这段时间，我既没有见着他，也没有给他打电话，他一定四处找我。我默默地想着，想得鼻子都有些酸了。

王小石是一个妄想主义者。我不是，我的摇摆的理想主义常常都会

175

被我挤压到现实的墙缝中，哪来什么妄想。

重要的还不是王小石的妄想主义，致命的是王小石还是一个不值一提的怀旧的人。如果你们听过他的还没有公开出版的《游走的人》歌带的话，你们就知道了。

香港有一个有名的文化人（不仅仅是散文家）董桥，在给台北这座中华文化的后花园点灯时说："不会怀旧的社会注定沉闷、堕落。没有文化乡愁的心井注定是一口枯井。"

《游走的人》就是一个关于妄想而又怀旧的人的故事。

1

浣河在远方无声地响着，没有回头的浪花。一定有月光，月光之下，弯曲的浣河蛇行着在一座座村庄的旁边流过。盆地中这个小小的平原在夜色之中就像一个睡去了的海，只有河边的树、村边的竹林像海中的海藻一样在初夏的夜风中飘动。栽满水稻的秧田则像是海底的青苔。一座座村舍就像一座座海中的礁石，总有一些礁石的中心即使在深夜仍然点着灯。王小石就写过一首《礁石中的灯》，但他至今仍没有给这首歌词谱上曲子。王小石说，他想用我们老家乡戏的调式来处理这首歌。

在夜里，王小石一躺上床，他的脑子里就出现这些并不真实的画面和画外的没有调式的音乐和响声。之所以说这些画面不真实，是因为王小石的大脑从没有好好地休息过。他留着一绺长发的脑瓜总是充满诗意的想象。王小石对我说过，在他家婆居住的红桔园，他最喜欢注视的就是夏天雨后竹叶上的雨珠。他说，这些雨珠在从竹叶上滚下来的时候，总是会像一个小姑娘因为委屈而哭泣的尾声一样的抽咽，身体向上一提之后才离开竹叶落下来。

2

……滴答……滴答……

在王小石似睡非睡混沌的睡眠中，他听见了这难得的充满水意和温情的声音。这声音使王小石坠入遥远的和他家婆一起度过的乡村生活。王小石的童年是和他家婆一起度过的。那个很大的村子叫红桔园。在那里，夜里的雨滴总是这么充满诗意地从黑色瓦檐的边沿失脚跌落下来，落在窗前那丛紫红的美人蕉上，扑扑地响。还有屋后的竹林，弯曲如钓鱼竿的竹梢垂在屋脊上，风一吹，竹梢就在瓦脊上扫出唰唰唰的声音，使童年的王小石不能入睡。如果是冬天，王小石就拼命地蜷着身体，连起床撒尿都不敢。而现在王小石回忆起那些小小年纪的恐惧却充满温馨。

耳听着屋外"滴答……滴答……"像雨滴一样的声音，很快，王小石的下意识就极具嘲讽地反驳了他这个最初的梦想——在这座由水泥、钢铁和玻璃组成的现代神话城堡中，飞翘的屋檐只有在观光的地点，只有在小得像一泡尿迹的什么园中才可以看到，少有的雨声穿过这座城市上空厚重的尘埃时也总是拖泥带水，犹如混浊的泥汤流过心灵，哪里会有像雨滴失脚滚下瓦檐那么清脆的雨滴声呢？

这时候，王小石已经十分清醒了，这屋外的声音使他百思不得其解。他不断地在心里问自己，这是什么声音呢？

我不能听见王小石内心里的自问，我坐在他的身边，妄想守护他的梦境。我无所事事，我不能惊醒他。我抬头望着窗外，在这个喧噪的夜中，我看见一轮昏黄的孤月在高楼夹峙的峡谷中小心翼翼地穿行，那样子好像是怕不小心在高楼的角上碰伤自己因充满悲伤而苍老的脸颊。

看见天空中昏黄的月亮，我想起张爱玲的《金锁记》。

张爱玲在《金锁记》的开头说："三十年前的上海，一个有月亮的夜晚……我们也许没赶上看见三十年前的月亮。年轻的人想着三十年前的月亮应该是铜钱大的一个红黄的湿晕，像朵云轩信笺上落了一滴泪珠，陈旧而迷惘。老年人回忆中的三十年前的月亮是欢愉的，比眼前的月亮大、圆、白；然而隔着三十年的辛苦往回看，再好的月色也不免带点凄凉。"

♪

王小石没有想起张爱玲。王小石不喜欢传奇，只喜欢妄想；不喜欢凄凉的怀旧，只喜欢小猫的前爪挠着脚心那样忍不住痒的怀旧。

王小石仍然在想屋外的声音。不是雨滴的声音，那么，是这座城市在自己产生的垃圾之中腐烂，腐烂时的水汁在城市自己的钢筋骨头间滴落的声音，还是人们呕吐时从喉管间滴出污秽之物的声音？王小石被自己这残酷肮脏的想法弄得胸闷气喘，几乎就要被自己憋死。王小石的灵魂拼命想从自己沉重的躯壳中缓释出来，喷薄出来，吐出心中久抑郁闷的气息。

那一股充满酸涩气味的夜风就在这时来到了我的床头，来到王小石的身边。王小石睡觉的时候，常常不关窗户，这样的话，他就可以听见街上还有人没有入睡，使自己有一种吾道不孤而安慰自己失眠的痛苦。今晚，我的窗户也开着，风通过我虚掩着的窗户时还浪漫地撩起了窗上白色的窗纱。白色的窗纱如水一样飘起，昏暗无力的月光和几枚暗淡奇罕的星子趁着窗纱飘起的那一刻，怀着拯救和爱怜的心情访问了王小石受到挤压和折磨的灵魂。

王小石的灵魂因这外力的帮助从噩梦中醒了过来，挣脱并逃逸出了他沉重的躯体。这时，王小石看见了自己的灵魂，王小石的灵魂其实只

178

是一张韧柔的薄纸，上面写满了豆芽般的音符和断断续续的句子。起初，刚刚从躯体中挣脱出来的王小石的灵魂站在他的躯体之上，苍白之中的字符就像婴儿脸上的胎毛和皱纹。这时，王小石的灵魂还有些大梦初醒时茫然不知所措的感觉，但一会儿之后，就像一个从明亮的地方突然走进黑暗的屋子一样，王小石的灵魂才看清了眼前的情景。随后，王小石的灵魂便随同这夜里难闻的熏风无声无息地飞飘起来。王小石的灵魂熟悉我的这个房间，我们是哥们、兄弟和老乡，他熟悉这间屋里的一切。王小石的灵魂扇动着翅膀，缓缓地与这房间中经年的物什、累积的尘埃依依惜别——坐在桌前台灯光中的我，我桌上纷乱的纸张，墙上姑娘的照片——王小石热爱这一切，珍惜和我在一起的日子，珍惜我俩的友情。王小石的心情似有生离死别的凄然。

王小石灵魂深处的泪水差不多要涌流出来的时候，他弯腰从窗户飞到了空中。王小石的灵魂停留在空中，回头的时候，他感到他难以割舍的多情善感和矫情与这喧哗着千百万种欲望和需求的声音，而同时又是一片荒凉的城市是多么的格格不入。

这时，王小石发现了那水声滴答的源头。一个不知是梦游还是精神错乱者，抑或是自然主义者，站在楼上的阳台上，对着这个城市撒尿。大约这个人患有前列腺之类的毛病，他的尿是那样的结结巴巴，不成句式。

王小石不知道，这个站在楼上阳台撒尿的人每个晚上都这样。我早已习惯了这个人的癖好，就像别人习惯我这个邻居夜里常常不睡，开着灯不时弄出扰人酣梦的声响一样，而不会用心去猜测是什么东西发出的这种声音。

4

天空中飞翔着无数的灵魂。王小石薄纸般的灵魂随风飞舞漫游，穿行在城市的夜空中，发出窸窸窣窣的声音，使人想起葬礼上一张无羁无绊的纸钱趁着为别人祭奠的时机而去享受自己生命的自由，或者是故乡"三月风筝天"天空中飞翔的风筝。王小石看见许许多多的灵魂在夜空中都像壶中的茶叶被冲上了滚烫的开水，渐渐舒展开来。这些悲哀弱小的人（我当然也是），在我们装着笑脸在城市的峡谷间打拼的时候，我们的灵魂被折叠成了一张张像是带进考场作弊的小纸条，小而又小，小得无人可以察觉。

这生命和灵魂萎缩年代中恢复生机的最后机会啊，请多给我一些时间，请允许我自由地放纵我自己！王小石在夜空中奋力地飘飞着，在内心里高声地大喊。

夜空中的星子和月亮看见听见了王小石的飞行和呼喊，但这已经不是张爱玲所说的那个月亮了。今夜的月亮一脸的沧桑，没有迷惘，也没有凄凉，只有一脸的漠然。

5

十多年前，王小石还是一个不识愁滋味的少年，每到三四月间，王小石就扎一只漂亮的风筝出门去放，和同村、同校、同年龄的小伙伴比赛，看谁的风筝既漂亮又飞得高。我和王小石曾在一起"白头宫女说天宝"时说起过家乡孩子们放风筝的逸事。我们两人都记得老家小伙伴们在田野上放风筝时唱的民谣：

　　风筝不飞
　　跑死乌龟
　　风筝不起
　　跑烂鞋底

180

红桔园平原上的风小，放风筝的人常常要拉着风筝一边猛跑借风，一边放线，待风筝飞到一定的、风力强劲的高度，才可以停下来，手握线拐自我欣赏。

到了天气暖和、夏天将临的时候，全村的孩子都会自动地邀约一个日子最后一次放飞风筝。王小石和伙伴们站在浣河的河堤上，把手中的风筝放到它们一生中最高的顶点。春末下午的阳光照在他们的头上，照在身边的浣河水上，满河的河水就像翻腾着一河沸腾的金波。头顶上碧绿的桑叶，因为阳光的照射，变得透明起来，就像一块块薄薄的细腻温润的玉。

斜阳西下的时候，他们迫不得已又情不自禁地扯断手中的线，看着风筝像村里喝醉酒的王三儿一样，飘飘摇摇，恋恋不舍地远去，再也不能回来。然后，一个个就像丢了魂似的回家。

这是红桔园的风俗，没人能说出这样做的理由。如果有谁在第二年的春天拿出去年的风筝来放，一定会让别人看不起和耻笑的。事实上，红桔园的人没有人如此尝试过，因为去年的风筝如果放在家中一年，不管如何保存，它也不会再次飞起来。老人们说，这样的风筝翅膀已经硬了，风筝已经苍老。新的风筝之所以要努力地飞到天空去，那是因为它去年的灵魂留在了高处，它必须自己去寻找。

6

据说（不是报纸说的，就是那些看起来稍微比速朽的报纸显得深刻些的泛文化杂志说的。其实，两者可信的程度相加也不会超过百分之五十），这座城市的市民有一种其他城市人没有的文化——晚报文化。在没有电视的时代，这个城市就有晚报了，那些被晚报喂养大的人如果哪一天下午不能在街头买到晚报，那他们的晚餐一定吃得味同嚼蜡。

这条奇怪的新闻就是登在这家晚报"海客奇谈"的头条位置的。我把书桌上的灯转了一个方向，尽量不把报纸弄响，开始读这全国有名的晚报的"海客奇谈"版。

司机到北边去了一个星期，是替一家鞋厂送货——那个远方的城市中人人都在抢购这种红颜色的鞋子。他们认为今年是一个灾年，只有穿上红色的鞋子才能够躲过那不可预期的灾祸。这只是一种说法。另一种说法是，每一个年过六十的老人都渴望得到一双红鞋子。他们不知道他们会不会死于今年。如果他们死于今年的话，他们只有穿上红色的鞋子才可以把自己留在人世上的脚印收干净。他们认为，死后收不干净自己在人世留下的脚印的话，他们就会做一个孤魂野鬼，永远不能和自己的先人团聚在一起，安静地过阴间的好日子。

司机在到达那座城市之前，并不知道这些，所以他就以自己熟练的驾驶技术安全地把一车红鞋子送到了那个城市中的那个暴发了的个体批发商手里。暴发户很大方地请司机吃了一顿，司机酒足饭饱之后，在浴池里惬意地浸泡自己的时候，知道了上述两种说法。听过上述说法之后，司机的惬意一扫而光，匆匆收场之后，回房间躺了下来。

司机在回来的一路上，心里一直揣着这两个不知是真是假的传说，格外小心。车子好歹进入他生活多年的城市（也就是我现在所在的城市），再有三四十分钟就可以到家了，司机在心里轻轻地喘了一口气。他甚至想到了他和他老婆即将在床上上演的双人舞蹈。毕竟一个星期了，我们都热爱生活，这是人之常情。

车子是深夜两点进入城市的。这座不夜的城市那些主要的街道仍然灯火辉煌，但城市边缘的街道却已灯火阑珊，路上空无一人。

（这时候，如果在一定的高度俯瞰这座城市，这座城市的周围看起来就像一张宣纸被随意撕扯之后留下的毛边。）

车子转过一个弯之后，从北向南来到了前面的十字路口，细心的司

182

机看见一个像醉鬼的人穿着红色的鞋子，在灯火昏黄的十字街头癫狂地边舞边唱着。司机注意他的鞋子几乎是下意识的。另外，司机并没有听见他在唱什么，他只是注意到舞者的两只手总是轮换着握在一起，放在嘴边，就像唱歌的人把麦克风放在嘴边那样，所以司机说他一边舞蹈一边唱歌。司机把车刹住，使劲地摁着喇叭，但边舞边唱的人好像是一个聋子，根本不理会司机摁响的愤怒的喇叭声，在车灯的光柱中仍然不停地舞蹈着。气愤的司机只好关了车灯和发动机，拎着一把又长又大的扳手走下了车。司机想警告醉鬼并把他撵走。司机后来对警察说，他不能避开这个路绕道回家。如果绕道的话，他得多走十多公里的路。

拎着扳手的司机走到了十字路口，宽大的十字路口却空空如也，根本没有什么舞蹈的醉鬼。司机便只好骂骂咧咧地回了驾驶室，再次发动了发动机，打开了车灯。在车灯的光柱中，那个像醉鬼一样的舞者再次出现在司机的眼中，看上去一副如痴如醉的样子。大惑不解且十分恼怒的司机只好再次拎着扳手走下车去。这次司机没有关下发动机，连车灯也开着，但是在车灯明亮的光线中，司机仍然没有看见那个舞蹈的醉鬼。司机的心一下就提了起来，站在十字路口不知所措地发了愣。就在这时，一辆从东向西的出租车疾驰过来，撞上了司机。司机被送进了医院，醒来后的司机第一眼就看见了屋角里自己那双原本是白颜色的耐克鞋，整个鞋都被血染红了。

7

我读着晚报上这则和蒲家庄柳泉居士讲的聊斋故事没有二致的传奇，尽量不把报纸弄响。读完之后，我手中的报纸无声地滑落到地上。我抬起手，把桌上的灯拧灭了。我和王小石就浸泡在这漆黑的屋子中，没有声息。

王小石占有了我的床榻，我没有地方可以睡觉，更重要的是，我不能在睡着了的王小石身边弄出任何声响。我只好静静地呆坐着。我看不见自己，也看不见王小石，但我可以感觉到王小石的存在、我的存在。我不知道现在肉体还有什么意义。在漆黑的屋子中，睁着眼睛的我深深地理解了希腊先哲"我思故我在"这句箴言。

8

在这灵魂漫游的夜空中，王小石虽然每飞行一段就要停下来拍打灵魂上积着的工业粉尘，但我敢肯定王小石仍然感到在这污染了的城市之空中飞翔，比灵魂折叠和压抑在黑暗狭小的躯体中要快乐得多。这是一个被工业和商业弄得伤痕累累、灰尘四起的时代，人们忘却了青春和生命的意义，同时也忘却了金钱的意义而疯狂拜金的时代。当夜深人静的时候，当他们被手里的金钱弄得不知道自己是何人的时候，这些拜金的人们便从怀里掏出成沓成捆的钞票趾高气扬地猛烈拍打，把钞票上千万人的唾液和人世的辛酸等无数的细菌散发到这个城市的夜空中。

听见两个西装革履的人站在电视塔顶层旋转歌舞厅落地窗前狂笑时，王小石停了下来。这两个人的笑声实在太刺耳了，即使是弥漫着灰尘的天空也不能自禁地起了一层鸡皮疙瘩。

王小石想，这两个人一定是疯了，他们比赛着把一张张大额的纸钞向窗外投掷着，你扔一张，我扔一张，我再扔一张，你再扔一张，一点儿也没有要停下来的意思。王小石从两人狂笑得变了形的脸上，根本看不出来谁更富有、谁更贫穷。

面对纷纷扬扬向下飘落的纸钞，王小石的灵魂中竟有了一点哲学家的心绪。这一点我和王小石深有同感。可以肯定的是没有一张钞票可以飞上天空，金钱只有在人世才有它的价值；金钱永远不能够提升人的灵魂，而人的灵魂却可以提升人的肉体。人要飞升是多么的不容易，而要堕落却易如反掌。

金钱的奴隶不会知道金钱上万恶的细菌正污染腐蚀着金钱占有者和用金钱填充得膨胀起来的城市！

9

去年冬天，春节就要来临的时候，一场大雪从天而降，把整座城市都盖严实了。在这不久之前，我见到过王小石，他说，他今年不回家乡。我说，我也不回去，我在人家报社做刀笔吏，人家可以安安逸逸地回家过年，这时候更显出我的实用。我对王小石说，春节的时候，到我那里喝啤酒。

街边的电话亭都戴着雪做的像厨师头上那样的白帽子，人行道上的雪被急匆匆的这个商店进那个商店出、四处采买年货的行人踩得像街边小贩的白围裙，基本上看不出本来的颜色了。我肩扛着一箱啤酒往我住所走，嘴里吐出一口口白色的雾气。我和王小石都酷爱啤酒。王小石说，他不能喝白酒，太烈，辣椒也不能多吃，怕把嗓子烧坏了；我喝啤酒没什么理由，就是喜欢，对白酒不屑一顾，在下雪的冬天也乐此不疲。我想，这个春节只要有王小石和我对饮，也是一个不错的春节。

我右肩上扛着啤酒箱，不得不歪着头，很难看见迎面走来的人。一个毛头小子和我撞了一个正着，把我的啤酒箱撞了下来，要不是我舍身顾酒，一箱啤酒肯定要报销一半，我死死抓住箱子，箱子快落地时，我才撒手，总算使箱子里的啤酒幸免于难，加之路滑，我自己却摔坐在了地上。这小子想走，我爬起来抓住他的胳膊，一把抓下了他鼻梁上的墨镜。

你当是谁，嘿，是王小石。

抓下王小石的眼镜，我愣住了，王小石的眼眶里蓄满了泪水。

我说，怎么啦？兄弟。

他说，电话挂断了。然后，拎起地上的箱子扛在了肩上，大步往前走。

过去，我从来没有见过王小石戴墨镜，我以为这小子戴墨镜是为了怕雪的反光刺着自己的眼睛不舒服，其实不是。这个心地软弱而又多情的人竟是为了怕别人看见他眼中的泪水，才戴墨镜的。

多情总为无情恼。王小石说，她和一个从中国出去又回来赚中国人的钱的假洋鬼子混在了一起。因为他有钱，她连和我最后见一面的心情都没有。

那七个数字的电话号码曾经是王小石温柔之乡中天空的星星，而现在则是七颗子弹射穿了他的心。肩扛着啤酒箱在我前面匆匆行走的王小石的心就像出土的七个孔的古埙，一腔幽怨而又愤激的音响含着心中流血的哭声。

下午的时候，天空又下起了雪，我和王小石一只手抬着啤酒箱，一只手捏着啤酒瓶，行走在漫天飞雪的街头。我说，这个世上没有什么是真的，只有啤酒是真的。我从来不在心里头呼唤美女的芳名，只会不失时机地走到她们身边轻轻地拍一拍她们的肩膀。就是在这样的时候，我在心底里低吟着的仍然是啤酒这样醉人的美名。我这样说，是想安慰安慰王小石。

后来，我们来到郊外一座即使是春天也游人稀少的公园。我们把啤酒箱扔在地上，用手和衣袖抹去木条子长椅上的积雪，然后坐了下来。

我们坐在午后冷寂的郊外公园的长椅上，王小石用牙又咬开了一瓶啤酒，眼看着酒瓶中白色的泡沫向外涌出，王小石说，这白色的啤酒的泡沫就像冬天的初雪，可以温暖我的心，我却无法说出和把握住我对一个女人的感受。那无形的手把我心灵的盖子死死地捂住了。

我无话可说，听着王小石的话我就像是喝了一大口过期的啤酒，又酸又苦的刺激使我的肠胃蠕动。这时候，天色已晚，灯火明亮的大街上飞雪已经消失。我敢肯定这并不是一场突然来临的风雪，这个时代，追求爱情同样需要资本。但王小石没有资本，他只有浪漫，只有诗意，只有激情。这一场必然的风雪根本不会扫除掉王小石与生俱来的幼稚和纯洁。

我和王小石说，再见，春节还到我那里喝啤酒。

午夜的钟声当当当地在我们的头顶上敲响了。

10

王小石来到这庞大城市的郊外的时候，他的灵魂也已接近精疲力竭到了崩溃的边沿。悲凉的月光下，被称之为城市的坟场的垃圾场令人更加触目惊心。

这座城市的垃圾场建在郊外几座山丘形成的山谷间。聪明的城市管理者的意图是用这座城市每天呕吐出来的垃圾来填平山谷，然后再在这填平的山上修建住宅区。这座城市每天都在膨胀着。住宅建了一幢又一幢，但住宅建设的速度总是赶不上这座城市人口增长的速度。城市管理者已经有了系统工程的科学概念，他们为自己能用城市的垃圾来填平山谷再建新宅的构想感到自豪和骄傲，并津津乐道之。

这是现代商业战争和现代物质文明战争的废墟。在这个散发着腐臭气息的垃圾场上，那些枯死了的树只有干硬的枝丫还露在垃圾层的外面，上面挂满了五颜六色的塑料袋，就像祭奠亡者的经幡。在这偌大的垃圾场上，王小石飘飞得疲倦了的灵魂竟找不到一处清洁的立脚之地。王小石寻找了许久，才看见一截红锈斑驳的钢筋从垃圾的悬崖处红杏出墙般露了出来。这截钢筋在夜风中弹拨着月光的丝弦，发出呜呜呜哭泣似的声音。他向着这截钢筋飞了过去，将他的灵魂栖息在它的末梢上，收敛起疲倦的翅膀。在深夜，这里是这座城市最安静的去处了。这座城市最安静的去处竟是垃圾场。然而，这安静的城市坟场中唯一的一次"暴动"却让王小石不期而遇。

一个废旧的铁皮桶像雨后的竹笋渐渐拱出了无数垃圾的掩埋，轧轧轧的声音显示出铁皮桶冲出掩埋的艰难和痛苦。塑胶纸、宝特瓶、锡箔袋、易拉罐像是吐蕊的花朵从垃圾中翻卷出来。那个铁皮桶从这上涌的旋涡中心翻身滚出，向王小石奔腾过来，速度越来越快，一路上卷起浓烟般的尘土，像是古代战车向着山下的敌阵狂奔。这个铁皮桶与其他垃圾相碰撞的声音空洞而又巨大，掠过整个城市忐忑不安的梦境。

借着钢筋的弹力，王小石纵身弹跳起来，躲过了这场劫难。钢筋猛烈弹动时那一声裂锦般哑的声音在垃圾场的上空悠久漫长地回旋不息，余音袅袅，绕场三匝，使人心惊肉跳。直到铁皮桶从悬崖处失脚坠落下去，撞到崖下的石头上，钢筋弹动发出的余音才被这巨大的声音打断。

在这空洞巨大的声音中，城市上空无数漫游着的空落的灵魂被这声音击打得扁瘪不堪。终日忙碌的城市人，他们奔波的灵魂与这滚过垃圾场的破铁皮桶是多么的相似。那坠落摔扁的时刻终究会来到，这是不言而喻的。

11

我从椅子上站起身，王小石仍然面壁睡着，他刚躺下时就是这样的姿势，这么长时间竟然一动也没有动过。我想到一个多日失眠的人突然在我这里那么安静地睡了过去时，不禁有些疑惑。

我轻手轻脚地向门口走去。现在，即使王小石把床让给我，我恐怕也难以入睡了。我能感觉到这时候我的脑子就像用清凉的井水冲洗过了一样清醒，王小石的故事，王小石和我，我们这对出门在外的兄弟，在恍惚的梦境中，就像一个人和他的影子一样，如影随形，不分彼和此。

我想到屋外去走走。我知道，下楼之后，那边有一个小得不能再小的庭院。看院门上的铜门牌和听管理员的介绍，我已经知道那是一个有名的历史人物的旧居。那个旧居就像这座高楼林立的城市脚下雕刻得很古典和精美的蟋蟀笼子。在晚上，王小石来我这里又没有别的事的话，我们就带上几瓶啤酒，翻过院墙，悄悄地溜进去，坐在石头凳子上轻声说话，或者无言无语地从花藤的缝隙中仰望天空中像被砂纸打磨得发毛的月亮，有一口没一口地喝着啤酒。这样的安坐使我们有一种包围着我们的城市向后退了几步的感觉。

我翻过围墙，走过墙边的绿草地，向院后的花园走去。石头的桌子和凳子就在后院。我熟悉这个小院就像我熟悉自己远方的家一样。虽然是初夏，绿草地上的露水仍然还有些寒凉。这些露水弄湿了我的裤足。因为石头的桌凳是在常春藤和金银花藤的架子下，所以上边的露水不多，看上去它们就像是石凳石桌冒出的零零星星的汗。

我坐了下来。

朦胧的月光在地上，在我的身上，在石头的桌凳上稀疏地飘洒着，看起来就像是月亮上山丘的纹理。也许是我的来到，惊醒了蟋蟀的酣梦，墙边的草地中的蟋蟀叫了起来。蟋蟀声中，花藤上的叶子好像轻轻地动了起来。

一粒硕大饱满而又晶莹的露珠落了下来，划过庭院小小的天空和我冰凉的前额。我不能肯定，睡梦中的王小石是不是也再次看见了故乡的雨珠滚下叶梢时，自己心中那无声的抽咽。

我听见了井中鱼儿翻身的声音。井中的它们看见月亮一天天失去光泽，看见蜘蛛在井口织成丝网。它们已经记不起身旁的莲花是什么时候开过的了，井中的水越来越浅，从地下渗进来的水越来越苦，越来越难闻。它们想，它们已经苍老了，它们不知道什么时候会死去。它们已经不再为此焦虑，也不再为此失眠。

我就坐在院子中想这些，想自己也像井中的鱼，已经无路可逃。

我起身的时候，檐下已经褪尽颜色的红灯笼像是无法承受爬上肩头的月光的沉重，叭的一声掉到了地上。

12

就连王小石自己也不知道，今晚他出游的灵魂为什么会选择这座城市的垃圾场。垃圾场腐臭的气息几乎使王小石窒息，他决定赶快离开这里。就在王小石的灵魂盘旋着准备离开的时候，王小石对刚才从垃圾深处滚出那个铁皮桶的地方产生了一丝可以察觉的兴趣。王小石想，其实自己的灵魂出游根本没有什么目的，只是自如地漫游罢了。只是时间不可能太长，否则，王小石不会就只在这座城市里游荡的，王小石的灵魂想到更远的地方去。这一点我敢肯定。

仅仅是一个带有向度的意念的产生，王小石的灵魂就穿过那些四处飞扬和枯树的枝丫间挂着的塑料袋，飘飞到了铁皮桶破土而出的地方。刚才滚出铁皮桶的现场看起来就像一朵盛开的花朵，或者说像一个火山喷发后留下的火山口，只不过这花朵或火山口是由垃圾组成的罢了。在这就像喷泉向上翻腾开的垃圾中心，王小石看见有许多的书籍，硬皮烫金封面及各种封面的书籍杂乱地叠挤着，书的封面写着各种各样王小石认识和不认识的字。王小石从晚报上知道，这个城市的市民除了街头的广告、招牌，已经放弃了文字，各种各样的媒介正在取代或者已经取代了文字的作用。书籍在民众的家庭中仅仅是一种装饰，就像宋代的瓷器之类。王小石不知道，我也不知道，这些书来自何处，它们的主人是因为何种原因毫不怜惜地把它们遗弃在这里。

王小石弯腰拿起一本书来，这本书在他的手上吐出了一口长长的叹息。这一声沉重的叹息在王小石灵魂的感觉中似乎漫长得像一个闰年。这叹息强劲得像一阵飓风，垃圾场被吹起了漫天的灰土，好一会儿垃圾场才安静下来，恢复它月光下坟场废墟般的寂静。

王小石随手拿起一本书翻开来，在昏晕的月光中，他发现他手中的书上没有一个字，整本书上都空空如也。这出乎王小石的意料。起初，王小石还以为自己患了什么毛病，是不是所有的文字见了自己都会逃之夭夭。于是，他就回过头来，看看城中那座最高建筑上那日夜不息的霓虹大字。高楼上的霓虹大字还在，王小石也认出了它们，王小石证实了自己对于文字捕捉和认识的能力。再次面对无字的书，他更加惊慌失措。在这个不相信神灵的年代，冥冥中的天意好像早已躲到了月亮的背后。所以，当王小石手捧这无字的书时，他的惊讶和恐慌可想而知。王小石不断地翻看其余的书，不断地拿起又不断地扔掉。所有的书都是这样，打开封面，里面空空如也。那些王小石熟悉的、像蚂蚁也像蝇头一样的文字在他到来之前已经离开了书页。王小石想，难道这些书也像自己一样，把躯体留在家中，留在床榻上，而任灵魂四处漫游？

悲凉的月光下，此时的城市垃圾场静无声息，被这个时代伤害了的文字最终逃逸出书本，无影无踪。

王小石自问，是不是像这些书一样，这个城市中的那些没有灵魂的人最好的去处就是垃圾场呢？

13

我翻墙出了院子，我感到我有些冷，也有些困倦。我想，我还是回去在地上铺上几张报纸睡一觉算了。我不知道已经几点了，走到大街上，大街上几乎已经没有了行人，好久才有一辆街车在大街上拖着一条红色的尾灯光驶过，似睡似醒的，懒洋洋的样子。

一条健壮的狗像是与异性偷完了情，迈着急匆匆的碎步，沿着大街跑着。在它侧着头不解地看我这个踽踽独行的人的时候，它没有注意街边有一个空的可口可乐易拉罐，它一脚踢了上去，空罐哐啷啷在街上滚了起来，声音在空寂的大街上响得十分让人心惊，吓了它一大跳。它急忙跑了上去追上空罐，用自己的两只前爪摁住，空罐才停了下来，没有了声音。这时，它又回过头来，对着我压着嗓子呜呜地吼了两声。这只笨狗，它以为是我捉弄了它，给它故意设下的恶作剧呢。为了发泄它的不满，它在大街上竟然跷起右边的后腿，对着空罐尿了起来。然后，抖了抖身体，又匆匆忙忙地跑了。

有一次，王小石问我，你知道，中国的三大音乐重镇是哪三座城市吗？

我说，我当然知道。

他又说，在别的城市你哪怕是黄果树瀑布、诺日朗瀑布，他们也只当是一泡尿；而那些狗屁不是的歌手就因为他们是在这三座城市成长起来的，或者说是被那些内心里充满了领袖欲的制作人包装出来的，一泡尿在全国好像就成了瀑布。

我当然知道，王小石说的是事实。但我早已没有了讨论这些事的兴趣。

在中国和外国的文学艺术史上，常常有许多作家、艺术家一生无名，死后才暴得大名的。但演艺界却没有一个这样的先例。这就是作家、艺术家和通俗艺术制作者，也就是你们演艺界人士的区别。如果没有市场，你们就不会存在。

王小石沉默了。我理解我的这番话对王小石刺激很大。我可以轻看所有的人，但我不能轻看王小石。因为对王小石而言，他把自己的歌、自己的演唱看得比生命还重要。他要表现出自己的才华，他就必须得借助市场的力量。而他却根本不懂得市场，也不想按照市场来从事自己的创作。这是一个矛盾，也是他无法超越的悖论。

饱含着凉意的风吹到我的身上，我隐隐约约地听见我的身后像有一片干枯的树叶尾随着我，发出窸窸窣窣的声音。我回过头来，它也停止不前，我走上去想看清楚它的时候，它却突然飞了起来。

这个初夏的季节，没有落叶，更没有干枯的落叶。它是一张纸，一张像是附着有灵魂一样的白纸。在大街上空，在高楼夹峙的空隙中忽高忽低地飘飞着。

14

仅仅一株，一株像树一样的玉米无声地在街头走着，有时，她也停下脚步，在玻璃峡谷中迷惘地抬头仰望着摩天大楼上繁密白亮的灯光。这时，整个城市已在疯狂、宣泄之后有些疲倦地逐渐滑入梦境。

而王小石，怀着深切的悲伤，扇动他的灵魂之羽在城市的街头四处寻找那些从书页间逃走了的文字，像一个无家可归的流浪儿。

王小石在那座电视塔下看见了一张未被人捡拾走的纸钞。他把它捡起来，他看见纸钞上面的字却像钉子一样钉在这花花的纸上，不可抹杀。但王小石知道，这上面的字，并不是他要寻找的字。他非常不屑地又把这有着文字的花花纸扔了。

四个暴走族骑着摩托车并排着飞驰过来，他们都开着雪亮的摩托车灯，戴着五颜六色的头盔，在夜深人静的大街上飞驰。

眼看他们就要撞上正抬头仰望楼宇的玉米树，王小石大惊失色，高喊一声，玉米，小心！

摩托车驰了过去，被惊吓得不知所措的玉米树仍然紧抱着自己的身体惊恐地站在街中心。摩托车挟起的风把玉米树的绿叶刮得呼啦啦地响，并撕出了几处伤口。摩托车喷气管里喷出的废气呛得玉米树剧烈地咳嗽起来，咳嗽得弯了腰。

王小石飞了过去，停留在玉米树背上，替玉米树捶着背。好一会儿，玉米树才停止了咳嗽，直起腰来。玉米树直起腰来的时候，还像乡村女孩子那样向王小石羞涩地笑了一下。

王小石不知道这株玉米树来自哪个遥远的乡间，来自哪一片山林环抱的田野。在这座城市，那些在大街上像飓风一样奔驰的车子对玉米树是那样的危险。这株玉米树为什么不像其他安于贫穷、安于鸟和锄头之声的玉米和紫麦一样，待在田野和山里呢？

和玉米树一样同是来自乡村的王小石深深地同情玉米树，也深深地为她的处境担忧。王小石不得不和玉米树在一起，来共同承担那不知什么时候会来临的伤害。玉米树对于王小石的关心和爱护从内心里表示感激。看得出来，她对王小石的陪伴也非常乐意。它是一株来自乡下的玉米，还不会表达内心的感激，更不会像城市人那样对自己内心的渴望做出虚假的客气。但她的内心，我们通过她的眼睛会看得非常清楚。偶尔王小石和玉米树对视的时候，双方竟然可以看到那来自心底里的像爱情那样隐约的火花。

玉米树碧如绿玉的叶子像海中的海带一样宽大。这一点又让王小石想起他像海一样的故乡原野，和原野上那无边无际的青纱帐。那一会儿，王小石有些走神，他的双眼不知不觉被从心底里涌出的泪水弄潮湿了。那些夜里的灯盏，那些被王小石称之为礁石里的灯盏是不是仍还亮着？

王小石和这热带宽叶林般的玉米树手拉着手，漫步在空寂无人的大街上。王小石闻见了那股久违了的原野的清香。王小石甚至觉得，就连

194

这腐败城市中酸涩的风吹过玉米树之后，都变得纯净和清凉起来了。

在那从一扇扇大楼的窗户中射出的灯光中，王小石看见玉米树宽大的绿叶的周边上那有着像防风林般整齐美丽的银色绒边，就像纯洁的乡下姑娘迎着阳光时脸上呈现出的美丽汗毛。当灯光通过在风中拂动的玉米叶的银边，代表城市繁华的灯光竟有了从前蓝色夜空中星光闪烁的梦幻诗意。

可以说，王小石对于歌唱的热爱就开始于长满玉米的田野上。

在这座城市，在一个又一个失眠的夜晚，王小石坐在靠在窗前的书桌前，抬头望着天空，望着天空中的星子和月亮，望着远方。在王小石常常出现的幻觉中，故乡的麦子和谷粒、玉米和大豆，穿过漫长的夜晚，成群结队地向他飞来。在幽暗的夜空中，这些像星星一样闪烁的故乡人的粮食布满异乡人王小石的眼睛。这时的王小石痴迷于自己的幻觉，不愿走到明亮的灯光下。他看见故乡的土地上长满了庄稼，看见那些像他小时候无法握住的铅笔一样粗短的粮仓装满粮食。他还看见他的那些童年的小伙伴而现在已经长大的青年，在玉米林中用民歌表达他们的爱，表达他们对劳动的热爱。田野里每一片玉米的叶子都流出淳朴的音乐，使王小石更加讨厌自己在城市里的创作。

15

王小石不知道玉米树要去哪里，他也不问玉米树。他们俩就这样手拉着手无言地漫步在这城市的街头，漫无目的。有时候，他们也会在十字街头停留一下。这时候，王小石就会故意更久地收住自己的脚步，等待玉米树的选择。这是一株健壮的玉米树，她的身上已经怀抱着了自己的孩子。玉米树上一共结着五个饱满的玉米，绿色的襁褓把这些嫩嫩的玉米裹得严严实实、整整齐齐。这些玉米都长着像流苏一样漂亮的、长长的红色头发。王小石用手轻轻地抚摸着它们的头发，心中清香缭绕，使王小石情不自禁地埋下头去轻轻地依次亲吻玉米树身上的五个孩子。王小石在内心里已经把他们想象成自己的孩子，自己像一个父亲一样爱他们，心底里充满了感激上帝的泪水。这时候，王小石更深刻地知道了，自己死活不知地生存在这座城市中灵魂不安的疾病根源，原来就是因为自己背离了绿叶，背叛了乡村，背离了原野。

王小石久久地与这株独自潜入城市之夜中的玉米树携手漫步街头。玉米树梢上的花飘落在安全岛、斑马线和街心中，它的清纯之香感染了这座城市污浊的空气。这是真实的清纯之香，而不是那种干燥花的芳香。干燥花的香气给人的感觉太强烈，就像我们点着艾草去驱逐蚊蚋，都是我们故意和功利的行为。当王小石和玉米树分手的时候，他才知道这株玉米拜访这座城市的初衷。她喃喃地，像是问王小石，又像是自言自语地说：哪里是我祖先生根的地方呢？那条溪流和那片山林哪儿去了呢？

王小石说，绿叶的玉米，城市侵占了你们的家园。现在，这座城市只生长高大的楼房和水泥的街道。在这座不夜的都市中我们再也找不到一片你和你的族类生长的土地了。

王小石想挽留玉米树留在他的身边，和他一起。他对玉米树说，我想请你留下来，我们可以每一个晚上就这样手拉手地在大街上散步，看街上的灯火。

其实，在王小石真挚地恳求玉米树留下来的时候，他的内心感到是那样的无力和空虚。玉米树留下来又如何，她能拯救这座城市，拯救自己吗？不能，留下玉米树除了给玉米树更大的伤害以外，不会有什么其他更好的结果。

如果是这样，那王小石就太自私了。王小石不是一个自私的人。他除了和玉米树拥抱之后挥泪而别之外，没有任何办法。

王小石和玉米树拥抱着互相擦着脸上的泪水，说再见。但他们知道，他们已经没有可能再见。他们的故事注定是一个执手相看泪眼的故事。这是结局也不是结局，是再见又没有再见。因为原本就没有结局也没有再见。

玉米树再也没有回头，渐渐消失在了长街的尽头。

我们不知道，王小石也不知道，在秋天到来的时候，她将是把自己在这座城市和这个夜晚的传奇遭遇遗忘在郊外的田野里呢，还是告诉她的五个孩子——那一粒粒像牙齿一样的粮食的种子，等待来年再生长出另一些我们不知道、王小石也不知道的故事。

王小石和玉米树短暂的爱情就这样结束了。

16

或者是鱼
或者是水
鱼游动在透明的鱼缸
水流动在铁腥的水管

17

又是一次无望的爱情的经历，但王小石更愿意经受这种柏拉图似的精神之恋。他夜里总是感受到罪恶和堕落，这次经历给他愿望破灭的漫游带来了一丝丝像啃嚼玉米芯一样甜味的安慰。遥望着玉米树远去的身影在夜色中渐渐淹没，他的心情既恋恋不舍，又似与谁赌气一样的倔强，他转身和玉米树作别，也和自己心灵中的爱情作别。

和玉米树分手之后，在黎明前最黑暗的时候，王小石如纸一般飘忽的灵魂在一个大街的拐角处，不小心被一股酸腐中带着腥臭的风吹进了一条神秘的街道。这条街道空无一人，两侧坚固的水泥墙高不可攀，其高度几乎和天空的高度一样；没有一棵树，王小石除了有时在肮脏的地上坐下来休息一下自己疲倦的灵魂外，找不到一根栖息的枝丫；有时，他的灵魂在飘忽中与街边高高的水泥墙接触时，便感到这高墙就像一堵冰墙一样砭人肌骨，使他的整个灵魂忍不住一颤。

这条街道是那样的漫长，那样的深不可测，那样的黑暗，王小石不管飞到什么高度，他都看不见这条街道的尽头。一会儿之后，王小石回头看他来时走过的路，连他来时的路口他也看不见了。王小石在这座城市已经两年，但他却不知道，这座城市还有一条这样深不可测的街巷，这就更使王小石感到城市的巨大和神秘了。

当王小石再一次停止他的飘飞，在街道边坐下来喘气的时候，他听见他身旁的墙后突然有声音传出。那是一种撕拼打斗，不断地在墙上碰撞的声音。没有人应和他的声音，也没有人制止他的厮打和号叫，他孤狼般惨烈的号叫使人禁不住心中一阵阵发紧。

王小石转过身去，专注地盯着厚墙。他想，自己灵魂的眼睛是能够看穿任何物体的。渐渐地，这沉重的厚墙在他的眼前透明起来。透过这厚墙，王小石看见一个人在一间没有一丝光亮的屋子中正和自己搏斗。他或疯狂地撕扯捶打自残着自己，或困兽般走来走去，或把自己的头颅拼命地撞在墙上，撞出沉闷的声音。他的全身都伤痕累累，就连心灵都布满了被哀伤和无望电击出的紫色的瘢印。

在这座远离心灵的城市，王小石也是一个孤苦伶仃的人，一个四处游走没有家的人，厚墙内这个人的困境唤起他深深的同情。王小石隔着厚墙，对他说，朋友，你有什么需要我帮助的吗？

他听见王小石友善的问询，停止了他来回不停的走动和对自己头发的撕扯，扑了过来，和王小石隔墙相视。王小石看见他的眼睛在最初的一刻闪现出的惊喜的光亮，就像彗星划过仰望者的双眼一样，转瞬，这种像生命一样充满激情的火花就黯淡下来了。接着，他便低声地向王小石讲述了他的故事。

在我年轻的时候，我受这座繁华之城的引诱，抛弃了我现在已经无法回忆起来的故乡，来到了城中。在这城市的大门口，一个告示说：请把你过去的东西留在门外，这座城市为你准备了一间屋子。这间屋中有一盏太阳般的灯。只要你找到开关，把开关打开，这屋中的灯就会映照你所有的未来。在这盏灯的照耀下，你的未来应有尽有，你的人生尽可以随心所欲。

在这漆黑得没有一丝光亮的屋中，我没有手电，没有蜡烛，甚至于连一根火柴都没有。没有一缕微光，我就找不到开关；找不到开关，我就无法打开灯；打不开灯，我就没有光明；没有光明，我就找不到开关；找不到开关，我就无法打开灯……我别无选择，更无法改变。对于我，这座城市没有耳朵。而现在，我则只有怒吼！

我听见了这一声怒吼。我不知道这是王小石的怒吼还是别的人的怒吼。这笼中狮子般的怒吼像一场飓风袭卷了整个城市麻醉后的兴奋和快乐。但飓风过后，一脸困倦的太阳照样升起在城市灰蒙蒙的天空中。

18

我轻手轻脚地推开门，我的床上空无一人。不知道什么时候王小石已经悄然离去。在恍惚之中，我甚至不敢肯定昨晚王小石是不是来过我的屋子。但我按时付过钱的有线电视却是开着的，电视里边正在播一部名叫《霸王妖姬》的译制片，主角是一个叫参孙的霸王。

我知道这个故事，这个故事，我在基督教《圣经·士师纪》第十四章和第十五章中读到过。

这个力大无比的参孙徒手把一只狮子撕裂，就好像撕裂咩咩叫着的小小山羊羔一样；参孙捉了三百只狐狸，把这些狐狸的尾巴一对一对地拴在一起，恶作剧地看着这些狐狸向着各自的前方用力；参孙拾起一块还没有干透的驴腮骨，击杀了一千人；参孙很容易地挣脱捆绑在他身上的绳索，挣脱的绳索像火烧的麻线；参孙将城门的门扇、门框、门闩一一拆下来，扛在肩上，扛到希伯仑前的山顶。但参孙却禁不起妖姬大利拉的撒娇和引诱，终于说出了自己不可告人的秘密：从来没有人用剃刀剃过我的头……谁若剃了我的头发，我的力气就会离开我，我便软弱得像别人一样。

大利拉让参孙枕着自己的膝盖睡觉，叫了一个人来剃除参孙头上的七绺头发，于是力气就离开了参孙的身体，菲利士人就来抓走了参孙，挖了他的眼睛，带他到迦萨，用铜链子锁了参孙，让他在监牢里推磨。

菲利士人不知道参孙的头发被剃了之后，又渐渐长了起来。菲利士人的首领聚在一起欢宴的时候，说，把参孙叫来，在我们面前戏耍戏耍，让我们高兴高兴。平顶上约有三千男男女女在观看，被带来的参孙就左手一根、右手一根抱住托住房顶的两根柱子，用力屈身，弄倒了房子，压住了欢宴的首领和观看的众人。

19

一夜未睡的我实在有些困倦了，我倒在床上，一会儿就沉入了睡梦之中。在梦中，我梦见王小石把自己的头发装在了一把胡琴上，坐在河中一个浑圆的大石上，悠悠地拉着。

从蒙着蛇皮的琴中流淌出来的是一首总是没有结尾的歌——我想，也许这就是王小石告诉我的他丢失头发的故事。

挣扎

1

童天孙把他的雪弗龙卧车停在门前，然后下车来开铁栅栏的院门。听见沉重的门吱呀推开的声音，梦菊放下手中的书，抬起头来往窗外看。天正下着毛毛细雨，一副如泣如诉的样子。童天孙上车，把车开进院子，缓缓地在院门右边的空坪上停下，那黑亮的车身总让梦菊想起黑漆的棺材。

院子中用小石头铺了一条宽宽的路，直通到堂屋的门口。路两边是红砖镶的牙边，这不紧不慢下了两三天的雨把石径的红砖洗得干干净净的，只留一些院外的梧桐落下的叶子，紧紧地贴在路中。还有几片落在路两边的一棵紫薇和铁足海棠上，一直没有落下来。路上的青石头和红色的砖牙在这黄昏的秋雨中闪烁着幽幽的光泽。穿皮鞋的童天孙走过，那些斑斑点点、闪闪烁烁的幽光就在他脚下明明灭灭地眨着眼睛。

梦菊站起来，把很重的红木椅子往后推了推，从书房走到堂屋，把门打开，满脸的喜悦粲然荡开：

"童叔叔来啦！"

童天孙把长衫轻轻一提，走进屋来，嘴里埋怨着天气什么的，眼睛却自然地扫了一圈，问：

"你妈呢？"

"我妈说今天静安寺做佛事，她去念一天经。她呀，信什么佛，经念了也是白念，跟小和尚一样，有口无心的。"

"别胡说，你妈可是很认真的，小心她撕了你的嘴。"

梦菊噘了一下嘴巴，耸了一下鼻子，转身就去了侧间的厨屋。童天孙听见水从保温瓶中扑通地倒出来，碰在铜盆底上，像是擂鼓，在这空寂清冷的房间中传开，身上真就有了一丝丝热气。最近生意忙，真有好久没来了，童天孙想。

梦菊胳膊上搭着毛巾，把铜盆放在堂屋角上一个没有花盆的花架上。梦菊白净的脸因童天孙的到来显得像一片快乐的白瓷。童天孙顺手拉开了堂屋中的电灯，幽暗的堂屋霎时明亮起来。梦菊的脸和铜盆在这暗和明相撞的那一刻，同时在童天孙的眼前一闪。

童天孙躬下身体，把双手埋在热气腾腾的盆子中。盆中的热气漫上来，扑着他的脸。其实童天孙并不冷，但他喜欢这热烫的水，喜欢这浓郁的热气把自己的眼睛扑得不得不眯缝起来。过了好一会儿，童天孙才从盆前直起身来，缓而轻地拧着毛巾，起初是浅尝辄止地碰了碰自己的脸，然后几乎是严严地捂。他闻见了那种气味，那种女孩子的脂粉中特有的朝气和热情的气味，清纯而浓郁。这气味，使童天孙竟一时迷醉得张开嘴来，在他不轻不重地咬这脸上的毛巾之后，也用舌尖那么轻轻地一舔。

当然，站在童天孙身后的梦菊不会看到这些。梦菊只看见童天孙的头发和肩头有几滴亮晶晶的水珠，她伸出手去，在极短暂的迟疑之后，她的手指还是那么灵活而又轻柔地弹拨去了童天孙头发和肩上的雨珠。梦菊的手指白皙纤细，修剪得整整齐齐的指甲上涂着那种透明发亮的蔻丹。童天孙感到梦菊的指甲在自己脖颈上轻轻地划了一下，然后就无影无踪了。那感觉就像一条在寒夜中悬垂了一夜的丝绸围巾，滑过脖子，沁凉得有些像起伏颤抖的水。

"你冷吗?"

童天孙把毛巾扔进铜盆中，转过身来问梦菊。

"看了一下午的书，有些冻手。"梦菊说这句话时，自然地垂着眼睑，没有看童天孙，然后，她挤过童天孙身边，把铜盆端走了。

童天孙从自己衣兜中掏出一包哈瓦那的雪茄和一盒火柴，点燃一支，顺手把烟盒和火柴扔在神龛上，就踱着闲步走进了梦菊刚才读书的房子。梦菊刚才读的书翻开着，童天孙拿开书上压着的镇纸，把书合上。梦菊刚才看的是陈小云的《香畹楼忆语》。童天孙看着《香畹楼忆语》几个字，似乎叹了一口气……

荷影回来的时候，已经暮色四合了。尽管她迈着匆匆的步子走进院来，但临进门时还是那么小心地跺了跺脚。她脚上的布鞋差不多已经湿透了，星星点点地溅着一些红色的泥点。童天孙和梦菊对坐在棋桌两边下围棋。童天孙抬起头来，看见荷影一身的灰布衣，开玩笑道：

"梦菊，化缘的来了，快去拿些红烧肘子来。"童天孙的这句玩笑惹得三人都笑了起来。尤其是梦菊，简直笑弯了腰，手里的几枚黑棋子哗哗啦啦掉在木头的棋盘上，蹦蹦跳跳的，好像棋子也乐了。

"去庙子里，只好穿这身。我这就进去换了。"荷影说。

荷影在屋里走过，童天孙和梦菊都闻见了荷影身上那种檀香燃烧时的香火、香灰味。好一会儿才散。

俗话说："马要鞍装，人要衣装。"其实荷影并没有穿着灰布衣那么老，她还不到四十呢。不一会儿，她换了一身紫金的荷叶、莲花纹的夹袍，夹袍外又套了一件豆青色的毛衣，脸上略略施了些粉黛，看上去与刚才的荷影判若两人。荷影长着蛋圆的脸，细洁净润的肤色，眼角的眉毛稍稍有些上挑，淡淡的笑影中，给人一种娴雅温婉的感觉。童天孙捏着一枚棋子，转头看了荷影之后，手中的棋子竟不知下在何处，踌躇了好一会儿。

梦菊顺口吟道：

"宝鼎茶闲烟尚绿，幽窗棋罢指犹凉。"梦菊只说了下棋的微妙心境和情景，话外之音却是：心慌意乱的下什么棋呢？童天孙当然听出来了，他潇洒大度地做了个轻轻一推的手势：

"中盘认输，改日再与你手谈。"

梦菊回书房拿了几本书和雨伞出来，要去学校。荷影却一反往日，迎了上去阻止，说是今天下雨，就别去了，在家自己温习温习也一样，总之离寒假还有好几个月。梦菊在澄江大学念中文。童天孙坐在椅子上却没有说话，只是一味地抽雪茄。梦菊竟莫名其妙地感到自己的鼻孔和嘴唇有些辣。看见母亲用眼睛那么说话似的看着自己，梦菊迟疑了一下，还是回到了书房，把门掩上。

童天孙站起来，从堂屋踱到荷影的房间。荷影房中只亮着一盏小小的灯，在梳妆台上昏黄地睁着。他走到电灯的开关前，举起手来，终没有开，又垂了下来。荷影在堂屋收拾棋子、棋子盘。棋子零零星星地响了好一阵，荷影才进来。童天孙坐在藤椅中，仍然在抽烟。荷影开了灯，走过去，把双手搭在童天孙的肩上，说：

"今天盘腿坐在蒲团上念了一天的经，真有些累了。"

童天孙拉着肩上荷影的指尖，想让荷影的手背抚靠在自己的脸上。荷影幽凉的手背竟有些感觉突然，有些陌生地偎着童天孙的脸。

和往常不一样，今天是童天孙首先走到床边脱衣服的。四十三岁的童天孙的身体在灯光中显得非常健壮，宽宽的肩，结实笔挺的腰背，肚脐下的小腹似乎也和年轻人一样平坦，没有皱褶。他那一头又浓又黑又亮的头发在脱衣服时有一绺被弄乱，就那么支棱地逸出。荷影走过去，用手给童天孙捋好，又重重地摁了一下，才关了灯。

童天孙感觉到荷影确实有些困乏。荷影努力想自然而然地表现出往日的激情和柔情，其结果却仍然掩盖不了勉强和做作。这种两人间情绪交流的滞塞对童天孙而言是急迫，而对荷影却是隐痛。铜质镂花的蚊帐钩那么无声地摆动着，两人的喘息声渐渐大起来。突然是钟声，一下，又一下从钟楼传来。荷影的身子在这晚钟寂寥的声音中抖索起来。童天孙的喉咙中像是堵着一口痰，"嗬嗬"地响着，双手用劲地抱着荷影。钟声刚停，连它嗡嗡的回音还没有飘散干净，童天孙就松开了荷影，一身的松软，然后坐起来，点着雪茄抽起来。抽着雪茄的童天孙有一种说不出的魅力，那雪茄在童天孙指间，让荷影产生丰富的联想。这种想象常常让荷影产生渴望和激情。荷影今天却一点儿这种感觉也没有。当钟楼的钟声传来的时候，荷影还以为是静安寺的钟声响了呢。看着挂在衣架上那黑黢黢的灰布长衫，荷影满耳朵都是木鱼和磬声。

大约九点，童天孙穿衣起来。听见声响的时候，梦菊正坐在床上，拥衾读书，读的仍是那本《香畹楼忆语》，和下午一样。

"姊妹花中如紫夫人者，空谷之幽芳也，色香品格，断推第一。天生一云公子非紫夫人不娶，而紫夫人亦非云公子不属，奇缘仙耦，郑重分明，实为银屏间人吐气！我辈飘花零叶，堕于藩溷也宜哉！"终于没有翻过去，读来读去仍是那一页。

听见荷影开门送童天孙，梦菊一时喉咙发痒，直想咳嗽，只好赶忙溜进被窝，用棉被捂嘴，大声咳嗽两声。即如此，至半夜，梦菊的喉咙仍是痒痒的。

2

那年，荷影十八岁，在黎家却已干了整六年。荷影从没想到要成为黎家的什么人。黎玉坤第一次拉着荷影的手，是在黎家后院的那片洋姜地中。在秋天，难得一个大晴天的下午，洋姜金黄的花开得招蜂引蝶的。挨了太太骂的荷影鬼使神差一般走到洋姜地中，一屁股坐在地上，嘤嘤地哭。不知道什么时候黎玉坤来到了荷影跟前,当荷影泪眼婆娑地从膝盖上抬起头来,玉坤就站在眼前。玉坤一副手脚无措的样子,一双手就在荷影的眼前那么来回地搓着,一只蜜蜂似乎晕了头,一头碰在玉坤的头上,醒了过来,又嗡嗡地飞走了。看见荷影终于抬起了头,玉坤就蹲了下来,把荷影的双手握在手中,搓来搓去的,不说话。满世界的蜜蜂、蝴蝶飞来飞去,嘤嘤嗡嗡的声音中,是玉坤少爷的绸缎团花袍子因褶皱摩擦而发出的刺啦啦的声音。

不知为什么,真的,荷影的手在玉坤的手中渐渐得到安慰,也就安静下来。荷影把头顶在玉坤的怀中,自然地停止了哭泣,但抽抽搭搭的吸气声还没有完全停止。荷影因抽噎而耸动的浑圆的肩膀在透过洋姜花而斑驳的阳光之中,令人一望而陡生怜香惜玉之情。玉坤的双手紧紧搂住荷影,在洋姜地中,两人不自主地扭抱成一团。荷影柔软的乳房紧紧地贴在玉坤的胸膛上,几乎在同一时刻,两人都意识到了那神秘的萌芽,脸一下红了起来,但两人仍没有松开。

从此以后,或者说之前,玉坤就不时在母亲面前美言荷影几句。那个晚上,大约是母亲喝了两杯酒,几泡烟也抽得十分的令人满意,高兴之下,荷影就从太太房里的丫鬟变成了玉坤房里的使女。荷影初到玉坤房子,仍一如既往,不多言不多语,只是本分地干自己应干的活路。有时,玉坤出门上学,荷影给玉坤收拾床铺,闻到那种男人遗失的特殊气味,就忍不住一阵动人心魄,那脸也就悄悄地红了。这美妙的气味,使荷影固执地认为与红红的苹果腐烂时发出的气味一样,让人陶醉,却又不敢领略。

玉坤少爷在黎家算是上不沾天、下不着地的人物,排行第三,下边还有两个长得又漂亮又聪明又健壮的弟弟。两个哥哥中,大哥清华预科毕了业,到美国上了哈佛;二哥读的圣约翰大学法政系,明年毕业,也准备去英国的剑桥。轮到黎玉坤,按他父亲的说法是一点儿不长进,字写得柔媚不堪不说，却一心迷上了算学，英语念不通，中国文章也作得一塌糊涂。

那个礼拜天，十九岁的玉坤挨了老父一顿恶狠狠的戒尺，又气又恨地回到卧房，加上里边的衣服让汗水湿了个透，到了晚上就开始说胡话。荷影服侍左右，直到天明，玉坤才迷迷糊糊睡着了。恰巧那两天，太太回了娘家，可怜的玉坤全凭荷影四处寻医问药，加上一心的照顾，才慢慢好起来。待太太回来，看见玉坤骨瘦如鹤、形同鸠面的样子，一把把玉坤和荷影抱在怀里，泪如雨下，三个人哭成一团。

出事的那年，荷影刚满十九岁，玉坤也才二十有一。已是晚上十点余，两个人弄开了老爷的车库门，爬进了老爷的"老爷车"中，如饥似渴地欢乐起来。老爷躺在床上抽大烟，电话响了，市长大人要他赶到税政局交差，老爷老大不高兴，一脸怒气冲冲，到车库，便碰上玉坤和荷影，更是火上浇油，一把把两个吓呆了的人从车后座上拉下来，车子一股烟开走了。玉坤少爷的白玉腰牌那么清脆地在黑色橡胶下挣扎，像浮冰撞在礁石上。两个人什么话也没有说，胡乱地穿了衣裳，走出车库门。借着昏暗的灯光，玉坤看见荷影的裙子上有一道黑黑的车轮印，他想赶上去帮荷影拍去，"哎"了一声，荷影似乎没有听见，仍然一味地跑。玉坤知道赶不上，也就罢了，只是觉得那黑黑的车胎印好深好刺眼。玉坤在院中呆站了好一会儿，那轮胎印总在眼前晃来晃去的。

第二天天还没大亮，荷影就离开了黎家，待玉坤找到荷影，已经两三个月过去。花和树的叶子开始零零星星地飘落。玉坤门前那一丛美人蕉的叶子正逐渐浸上黄黄的锈色。

从此之后，黎玉坤也没有了家，他和下人乱来，加之他这自找的私奔让他父亲怒不可遏，一气之下，立下契约，命管家转交玉坤，从此父子俩恩断义绝。第二年，荷影就生下了梦菊。玉坤是一个呆书生，镝子儿不会往家挣，全靠他母亲和他奶奶背着老爷卖些首饰之类的帮衬他，日子才勉强过了下去。

玉坤和童天孙的友情其实由来已久，只是两人都自恃高人一等，不愿与人交往。两人在大学中都是学校中踢足球的主力，一个前锋，一个后卫，在绿茵茵的球场上，两人虽没有多少技术上的配合，但性情却十分合得来，一个眼神，两人就心领神会。不管是失败还是胜利，两人最后总是靠在一起分离。但一离开球场，加之两人又不是同系，其友情也就仅此而已。

童天孙已有许久没有和黎玉坤在一起踢球了。事实上，童天孙这段时间连黎玉坤的人影都没有看见，问黎玉坤的同学，才知道黎玉坤已自动退学，不再来校了。

那是一个礼拜天，大约是九点钟的光景。童天孙来到自家的"童情当铺"帮父亲算账。等他从算盘大眼瞪小眼中抬起头来，童天孙看见黎玉坤正和父亲为了一个彩玉的弥勒佛讨价还价。玉坤的旧绸衫虽然熨得十分平整，但却旧得那么不景气，就像末代皇帝被推翻后的笑容，笑得越真越是让人感到日子的末路穷途。童天孙走出柜台，从父亲手中接过玉佛，递给玉坤，拉着玉坤的手就是不放，非要自己做东，中午到天元居喝一顿不可。走出当铺，见童天孙一腔真挚之情，玉坤才告诉童天孙，自个儿家中粮食已尽，妻儿就等自己当了玉佛，换些钱粮回家。那以往的一长串故事，在黎玉坤一声声叹息中断断续续地说了。

玉坤哪是经得起穷折磨的人，一副天生的公子哥儿的坯子。不多久，精气神连同身体都垮了。到了这地步，黎玉坤反倒不挣扎了，索性破罐子破摔，抽鸦片，逛窑子，和狐朋狗友一起厚着脸喝不花钱的花酒。自从童天孙和玉坤在当铺不期相逢后，倒是常往玉坤的家来——西城中一个大杂院。每次临走，看见玉坤潦倒不堪、妻女无助的窘困，童天孙都不声不响地留下一些钱，算是为玉坤做些力所能及的帮衬。

　　荷影的窗外是梅树，梦菊的窗外是一丛美人蕉。雨仍一如既往地下着，细如蛛丝的雨顺着黑色的瓦脊往下变成一颗颗珠子，在房檐口边上不断地失足跌下来，摔在美人蕉的叶子上扑扑地响，而落在梅树的枝中，却是窸窸窣窣和滴滴答答的声音。荷影睡不着，梦菊也没有入睡，梦菊终于忍不住，裹着毛毯来到荷影的房间，摸着黑上了床。荷影装着睡着了，梦菊紧贴着荷影，搂着荷影的肩，荷影仍没有说话。一身冰凉的荷影让梦菊惊讶得也不敢说话，只是一味地紧靠着母亲。好一会儿，荷影才回过头来，说：

　　"快睡吧，明天还要上学呢。"

　　梦菊看见，荷影的眼角似有晶莹的泪花闪闪地亮着，像温度计的水银柱打碎在灰黑的泥地上，那破碎的亮光让人疑心是黑暗的缝隙。

　　这一夜，梦菊差不多全没睡着。在母亲冰凉的身体旁边，梦菊总是不由自主地想到童天孙。事实上，梦菊从没有在一个男人睡过的被窝中睡过——除了童天孙。今夜，童天孙刚刚从这被窝中离开，这被窝似乎还残留着童天孙的体温和气息。梦菊第一次那么真切地感到一个男人在一个吐气如兰的女人心中，那气息如雪一样冷冽得自己的脸发烧发烫。

　　梦菊差不多记不得父亲的样子了。梦菊刚满六岁，黎玉坤就死了，死得无声无息的。躺在童天孙花钱买来的棺材中，黎玉坤的眼睛在闭了一天一夜之后又突然睁开了。一动不动的，枯黄无神的眼睛望着天花板。梦菊趴在棺材上看着父亲蜡青泛黄的脸，那无神的眼睛中，飘摇跳跃的烛光小如芥籽，梦菊迟疑着是不是该伸出手去把父亲的眼睛合上。荷影走进门来，清楚地看见梦菊白白的小手正伸向死了的黎玉坤。荷影大惊失色，一步扑过去，把梦菊拉到怀中，撕心裂肺地哭了，差不多哭昏了过去。

黎玉坤死后第三天就入了土。那双睁开了的眼睛在荷影的双手下好歹又闭上了。然后是一张纸钱盖在黎玉坤的脸上。荷影不知道，在那薄薄的黄表纸下，黎玉坤后来是不是又睁开了眼。

封棺之前，黎玉坤的母亲和奶奶来看了看，临走前留了二十个银圆给荷影。奶妈扶着黎太太，坐上洋车的时候，黎太太好歹把眼泪擦干了，而奶妈还不断地流着泪，抽着鼻子。

荷影和梦菊搬到现在住的房子中，是黎玉坤死后的第二年初秋。童天孙买下这座艾园，又配齐了室内的家具，修整了前后院。那天，童天孙开着车等在梦菊上学的门外，等梦菊放学，接了梦菊回家，又拉上荷影，三人一起就来到了东郊的这院子。秋天刚刚来到，南墙根下是一块整齐的菊畦，金色和白色的菊花灿烂地开着，铁足海棠刚刚剪了枝，很有些油头粉脸的模样，像年轻小生刚理了发，那新新的茬口特别引人注目。童天孙开了堂屋的门，下午明亮的阳光破门而入，整个堂屋显得整洁、明亮和宽敞。三个人站在屋中央，梦菊非要拉着童天孙和荷影的手把其余的房间都看了一遍。荷影没有动，定定地站着，眼角的泪花渐渐绽开来。童天孙拿起荷影的右手腕，荷影的手无力地摊开着，童天孙埋下头来吻了一下，然后从衣兜中掏出这房子、院子的契约和钥匙，放在荷影的手上。荷影已经啜泣了，一味低声地说：

"你为什么要这样？你为什么要这样？……"

童天孙转过身去，背对着荷影，任门外的阳光直射在自己的脸上，他眯着眼，仰着头说：

"玉坤死了……我想这样。"

这时候，梦菊正抱着一大把菊花跑来，两三只蝴蝶在她的身后翩翩起舞。

一转眼，十二三年过去了。这十二三年，荷影几乎没想过自己的什么名分，要成为童天孙的什么人。有了这一切，有了童天孙不时的探望——精神和物质的温暖，梦菊能安心上学念书，荷影差不多忘了黎玉坤。她只有一个愿望，那就是让梦菊学有所成，长大成人。她成了童天孙的外室，她不怨天尤人。即使在她一个人独处的时候，她也时常为能遇上童天孙这样的好人而幸福得有些晕眩。童天孙在新婚后的第二天上午，就赶来和她厮守，哪怕是那么短短的一个时辰，她也十分满足了。喜极而泣的荷影在童天孙赤裸坚实的肩头不轻不重地咬下了两行清晰的牙印。对于童天孙，荷影真的没什么可抱怨的。

　　回到家中，大约已十点过了，童天孙有些不耐烦地摁了两声喇叭，看门的胡七才起来开门。院门打开来，童天孙一踩油门，车就蹿了过去，溅起的雨水像一匹柔软的白绸子被风鼓了起来，四散开去，溅了胡七一身。看见胡七蹦起来后退，像兔子一样灵敏，惹得童天孙阴沉的脸终于有了一丝笑容。

　　春柳还没有睡，侧躺在烟榻上滋滋地吸烟，一副专心致志的样子。听见童天孙进屋，春柳连眼皮也没抬一下，仍然那么滋滋地吸。看见春柳对着烟灯，那么侧躺着，肥硕的臀部，粗壮的腰，童天孙不无恶意地想到一匹发情的牝马的等待。在明亮的灯光下，童天孙曾经一遍又一遍地检阅审视过春柳身体的所有部位。每次当童天孙的手指沿着春柳线条分明、色彩暗红的股沟移动时，春柳都会痒痒得哈哈地大笑。只有在这种大笑中，童天孙才会坚硬起来，才会恶毒地想让春柳的大嘴巴除了喘气而没有工夫去笑。童天孙知道，今晚上也免不了，除了迎接，他没有别的办法。他摆脱不了春柳。春柳嫁给他时，他家差不多已经破了产。是春柳，或者说是春柳那个做袍哥舵爷的老子让童家柳暗花明的。至今，那些想在生意上占童家便宜的人，一听到春柳老子的名字，都忍不

213

住会在背心上起一层鸡皮疙瘩。那个差点儿把整个童家推到长江中去的奸诈粮商，最后被春柳老子的手下人拆了"零件"扔到家门时，差点儿一命呜呼。

童天孙一边脱衣服，一边用眼角的余光看春柳，抽够了大烟的春柳终于一口吹灭了烟灯，支起身体坐起来，恹恹地说：

"洗澡水给你放好了，你不洗洗？"

童天孙回过头来，一副温情脉脉的笑脸：

"那你等等我，我洗洗就来。"

泡在热气腾腾的浴缸中，童天孙闭上了眼睛，头脑中乱糟糟的一团。一座悬挂的钟在他的脑子中像一副纸灯笼，摇来晃去的，却没有声音。指针旋转着，旋转出荷影的脸、梦菊的脸、春柳的脸。迷迷糊糊中，童天孙差不多睡着了，那影像就像梦幻一样缥缈和遥远。他伸出手，坐了起来，离开热水的身体在秋末的夜晚中冷得他打了个寒噤。童天孙醒了过来，擦去了身上的水珠，穿着睡衣回到了卧室。

春柳已经躺上了床。不用揭开被子，童天孙都知道，这时候的春柳一定是一丝不挂，嘴里呼出的气息和身体一样像红炭一样热烫。童天孙转头看了春柳一眼，从公文皮包中拿出了一个信封，信封中是白色的药片。对着手中的药片，童天孙迟疑了片刻，他想他是吃两片呢，还是一片。最终他还是选择了两片。这东洋制造的玩意儿虽然有效，但效力的大小却值得童天孙怀疑。

每天报纸上都有这种药的广告。每次买了这种药，童天孙都要把药瓶扔掉，把药倒进空信袋中——他不愿意让春柳，或者荷影知道，他还需要这种东西才能寻找到欢乐。事实上，童天孙吃了这种药仍然寻找不到欢乐，只不过是徒有其表，或者说"打肿脸，充胖子"而已。吃这种药的时候，童天孙从头到尾感到无能为力。他甚至认为，他药后的那些个激情，那些个有力的冲击与他一点儿关系也没有——只不过是药的激情、药的冲击罢了。而他自己倒成了被人狠踩着油门的汽车，想停也停不下来。和荷影在一起，童天孙从不吃这种药。

童天孙吃下药片，咕咚咚喝了一大口水，脸上闪出了那种冷冷的嘲笑，这药的广告，童天孙记得是"三番两战家常事，夜夜春宵无稀罕"，还有什么"百战百胜，夜夜经得起你的挑战"之类的。

仍然是在明亮的灯光下，童天孙感到身体燥热和鼓胀起来。春柳长长的指甲不断地在童天孙的脊背上下滑动。闭着眼睛，童天孙都可以想象得到春柳的脸该是怎样的陶醉和痴迷。而他却直想在这张脸上用劲地吐上一口唾沫，然后再踩一下。

4

坐在主席台上的童天孙看见了梦菊。梦菊坐在同学们中间，离主席台大约有一百米。梦菊穿着紫红的毛衣，在午后的阳光中有些不安分地和左右的同学低声说着话。她那俏丽的脸和衣着一样赏心悦目，童天孙发现有不少坐有前边的男生不时回过头去看梦菊。太阳正忍不住地下滑，那么多的人居然没有为梦菊挡住风，梦菊的头发在风中就那么一下一下地飞扬着，逆光看去，她的双肩、头发闪着金色的轮廓。她仰起脸来，她早看见了童天孙。当他们的目光交汇在一起时，梦菊笑了一下，白白的牙齿就那么一闪。童天孙十分谨慎地收回了目光，他知道，很快就该轮到他这澄江大学的老校友、新董事讲话了。第一次都一样，在童天孙讲话之前，童天孙都不知道自己该讲些什么，但他每次讲出来，就一定是他想说的。

"同学们，十几年前，我和你们一样就在这里，坐在小板凳上心里暗暗地骂校长冗长的讲话，就像你们现在讨厌我现在的讲话一样。现在，我只想说的是，没有任何人能把你们培养成国家的栋梁——除了你们自己!"

梦菊第一个拍起手来,霎时,整个操场上的学生都使劲地鼓掌。在海啸般的掌声中,童天孙回到座位,他的眼睛又和梦菊的眼睛相遇了。梦菊青春的脸颊在她和童天孙相视的瞬间飞快地飞上了两朵红红的云霞。

梦菊和同学们有说有笑地出了校门,顺着弯弯的山道往前走。童天孙的雪弗龙缓缓地开了过来,开过梦菊她们身边时,童天孙揿了一下喇叭,没有停下,但已经是慢速的车子开得更慢了。梦菊和她的同学们自动地站在马路侧,做夹道欢送状。童天孙的车窗洞开着,他伸出手来,向这些一身青春朝气的女孩子挥了挥手,大家又一齐鼓起掌来。看见雪弗龙慢慢转过前面的山道,梦菊心中有那么一丝渴望和眷恋。

"童天孙好有味!"不知谁这么说了一句,大家嘻嘻哈哈地随声附和。只有梦菊没有说话,她想赶快回到家,告诉荷影童天孙在她同学们心目中的印象,也许……也许童天孙今天也会去自己家中的,梦菊想。

山下的江边泊着几条木船,鱼鹰在船的笠顶上,一副垂头困倦的样子。山坡间的几丛红枫在夕阳下装点着这山城的秋天。暮霭从江上不动声色地向天空漫延着,把山间和船上人家的一炷炷炊烟吞敛得干干净净的,西天的红霞渐渐暗了……

5

走进院子,梦菊看见停车坪上空空如也,就知道童天孙没有来。当她的这个念头被自我完全肯定的时候,她竟有些失望。她在院门边站住,躬身掐了一枝白菊、一枝黄菊。她把两枝菊花放在鼻下轻轻地嗅了一下,随手又扔了。两枝菊花落在菊丛中,微微向上弹了一下,那一团繁花簇挤的菊花被撞动,像一汪美丽的水向四周荡开了波纹,转瞬又平

216

静如初了。悄无声息中，菊花的清芳让梦菊掐花的指尖凉幽幽的不舒服。

荷影早把饭菜做好，坐在堂屋中一边织毛衣，一边等着梦菊回来。梦菊把手中的书放进书房，出来向荷影要了红酒，荷影给梦菊倒了一杯，最后自己也倒了半杯，母女俩就喝了起来。

梦菊大大地喝了一口说：

"童天孙今天去我们学校了，坐在主席台上，还讲了话。听说他捐了不少钱给我们学校，所以做了新董事。他说，他上学时也讨厌校长讲话。没有任何人能把学生培养成国家栋梁，除了学生自己。大家使劲地鼓掌，鼓了好久。坐在他旁边的校长一身难受，又没有办法，身上好像有蚤子，就一口一口地喝茶。童天孙穿了一套米色西装，我过去没见他穿过。结着紫红带金道的领带。坐在那里好有风度。同学们还直猜他的年龄，说他肯定才三十五左右。她们哪里知道，童天孙已经四十二了。"梦菊喋喋不休地说，荷影简直插不上嘴。看着梦菊眉飞色舞的样子，荷影起初是喜，但眼角眉梢又坚决地忍着，使她自己不至于像梦菊那样太过于溢于言表。酒杯在荷影的唇边停留了好一会儿，才放下来。

荷影想到了童天孙的身体，然后是那个雨天的晚上，还有钟楼和钟声。她有些发冷。她看见梦菊眼中的光芒，热和晕。她知道这是怎么回事。年轻的时候，她和黎玉坤在一起，或一想到黎玉坤，她就会把两只眼睛弄成这样：痴痴迷迷的，像逆光的水面闪着光点。后来是童天孙。

她想阻止梦菊继续说下去，但终于没有开口。看着不知是因为酒还是别的什么，梦菊绯红了脸，荷影只好站起来，说身上有些冷，要加一件衣服。事实上，荷影确实有些冷。那晚，那钟声为什么偏偏要在那时候响起来呢？再过一会儿，也许自己会快乐和激动起来，可钟声响了……荷影缓缓地穿衣服，这么想。

第二天早上，梦菊来到荷影房里给母亲道早安。荷影还没有起来，在灯光下，梦菊看见荷影的脸苍白柔软得像一张熟宣纸，青黑的眼圈，蓬乱的头发，苍老得像五十岁的人，梦菊有些惊诧和恐慌。

"妈，你怎么啦?"

"没什么，一夜尽做噩梦，我再躺一会儿，你快上学去!"荷影勉强笑了一下，想让梦菊放心。

梦菊临出门时，荷影又说了一句:

"放学了早些回家。"

梦菊回过头来和荷影再见，梦菊发现昨晚还在衣架上的荷影的那件灰布长衫不见了。

昨晚，梦菊也做梦了。坐在公车上，梦菊一直回味着她昨夜的梦。

临水的红楼，红漆的柱子、门窗，一切都是红色的，天空也是。那么大的雕花窗子，梦菊斜倚在窗子上，穿着红色，也许是粉红色的衣裳，穿戴着凤冠霞帔。有一截长长的白绸从窗口垂下来，差点儿就够到水面了。水是那么清澈透明，不知是叶子还是鱼或者鹅卵石在水中游来游去的。有几只胆大的，竟一次次跃出水面，去衔梦菊垂下的白练。是春天呢，满田野的油菜花金灿灿的，无边无际。有鸟儿，不知是鹌鹑还是麻雀在田野中飞上飞下。是午后，午后的阳光才那么灿烂明媚。一匹白马向着红楼奔来，在天空之下，油菜花之上，白色的云朵向后奔去。梦菊一会儿在马上，一会儿又在红楼的窗口。在楼上，那马总也奔驰不到眼前。奔不到眼前的马却让梦菊担心，奔马会把红楼撞得粉碎;在马上，梦菊被人紧紧地抱住，抱得她喘不过气来。她想回头看看是谁，却不能够。风把她的头发吹起来，像琴弦，在强劲的风中嘤嘤地响。最后是爆炸，无声的爆炸，整座红楼都飞向天空，然后粉碎成七零八落的碎木片。在天空，红色的碎片久久地飘浮着，总也落不下来，像浮在透明的水上一样。梦菊也落不下来。她的双膝弯曲着，身下云朵渐渐凝固和清晰，是一个宽大的身体。

梦菊醒了，她不知道这身下柔软的云是谁。

6

荷影真的病了，病得很厉害，起初是昏昏沉沉的，头疼和咳嗽，嘴唇干裂得龟甲一般。她想喝水，又懒得起来。起初，她还不时伸出舌头，用唾液湿润干得发疼、已有了血纹的嘴唇，后来就昏睡过去了。等她醒来，已是下午，浓郁的阳光把窗户纸照得金黄。她开始觉得冷，她用双手使劲地抱着身体，蜷缩着身子，仍然冷，冷得全身发抖，上下牙直打架，满屋子都是牙齿在响，刚才还在走动的老鼠在这种声音中也畏惧得回到洞中，不敢乱来了。

梦菊放学回到家中，赶忙给医生打电话，拨了好几次才拨通。害怕得发抖的梦菊总是把电话拨错，医生赶来，量了荷影的体温，听了听肺和心脏，说是重感冒，又转成肺炎了。医生建议住院，荷影不答应，也就罢了。医生说，他只好一天多来两次，一天打两次盘尼西林，加上矽炭银、消炎灵等西药，不会出什么大问题的，过个把礼拜就好了。医生是童天孙的至交，这些年，荷影和梦菊生病都是由他看的。

五天过去了，荷影的病不仅得到了控制，而且大有好转。这几天，白天晚上童天孙都来看看。有时生意忙，他也想法抽出时间上下午来看一下。荷影的床头柜上，那宋代元祐年间的青花瓶中的鲜花一直都那么鲜艳，一天一换。童天孙每天上午都带一束鲜花来。

今天下午童天孙没来，他有一笔大生意几经周折，终于在今天下午谈妥。晚上为了庆祝，由童天孙主持开了个酒会，一直到快十点了才散。

看见荷影睡着了，童天孙没有叫醒她。他和梦菊坐在荷影床前的藤椅上小声地说话。童天孙今晚酒喝得多点儿，加上这几天又没休息好，眼睛都有点儿红了。梦菊和他那么近地坐着，两个人的肩或者肘弯不时靠在一起。梦菊清楚地闻到童天孙说话时口里散出的酒气——那是白兰地和威士忌相混合的怪味道。童天孙呢，他也闻见了梦菊的发香，那种幽幽的玫瑰花的味道。童天孙给梦菊讲笑话，中国的、外国的，一个又一个，惹得梦菊咬着嘴唇笑。不说话的时候，两人就都听见荷影香甜的鼾声。

实在是太困了，加之喝了酒，童天孙坐在椅子上也迷迷糊糊睡着了，醒来时，已是十一点过。童天孙看见自己身上盖着的毛毯。他记得这是梦菊床上的毛毯。梦菊考上澄江大学，童天孙买了这床大不列颠毛毯送给梦菊。大约是梦菊很少住在学校，所以这毯子就从学校抱了回来。童天孙又闻到了那种气味，和梦菊毛巾上的气味一样。他深深地吸了一口，再次重温这种女孩子掺和在脂粉中的那种对男人具有震慑力的热浪，任凭心智做自由的畅游和迷醉。梦菊似乎也睡着了。她的线条分明的鼻翼和淡红饱满的唇在梦乡中微微翕动着，像是呓语，又像是渴望和等待。她盖在身上的提花小线毯倾斜着垂了下来，落到了地上。梦菊真的像是睡熟了，那线毯周边上流苏般的穗就那么垂着，纹丝不动。童天孙惺忪着睡眼，在他痴迷的注视中，梦菊似乎就是一个巨大的、近在眼前的魔术。在她的身下没有椅子，她的身体就那么自然地弯曲着悬在空中，像一朵云，或者像一朵水上漂着的莲花，依着他。这些想象驱使童天孙产生幻觉和心灵的燥热。在童天孙对梦菊凝视了两三分钟后，他弯腰去捡梦菊弄落在地上的毯子，侧身的时候，他的嘴唇无意间和梦菊的脸靠得那么近。甚至于他感到自己的气息都吹动了梦菊脸上那细细的绒毛。童天孙身体不由自主地停留住了，然后，他的嘴唇那么难耐地动了一下，轻轻地，却又是忘情地吻向梦菊的嘴唇……

木头和木头之间那种摩擦的声音在这寂静的秋末之夜是那么响亮。童天孙回过头来，荷影仍然熟睡着，但她身下的雕花大木床确实刚才响

220

过，那铜质镂花的蚊帐钩在童天孙回过头来时，还最后微微摇晃了两下。童天孙的脸有点儿红热，他甚至感到手心和脊梁上也有一股热的潮气吐出来。他坐在椅子上，身体有些发僵，在短暂的愣怔之后，他仍然弯下腰去，捡起歪斜在地上的毯子，轻轻地为梦菊盖好。这时候，童天孙注意到，梦菊长而黑的眼睫毛像一片雨珠滚下时的叶子一样，美妙地一颤。

童天孙似乎有些没趣。他又在椅子上呆坐了一会儿，站起身来，轻手轻足地准备离开，但仍然发出了声音——藤椅的声音有些像梦中的人磨牙，那么刺耳。

荷影和梦菊都醒了过来。也有可能她早醒了，只是在这之前没有表示出来而已。荷影想坐起来，童天孙过去把她摁下：

"别动，我自己走就是。"

荷影望着躬着身体的童天孙，两双眼睛那么近地凝视着，使童天孙的眼神不得不有些软弱和下意识的躲闪和游移。

"你太累了，今晚别走了，就在这里住一晚吧。"

荷影说话的时候，仍然一如既往地看着童天孙。童天孙有些发窘，只好侧身坐在用银色螺钿镶的床帮上，没有说话。荷影只能看见童天孙的左脸，她便从暖暖的被窝中伸出暖暖的手握住了童天孙的手。童天孙转过脸，点了一下头。梦菊抱着毯子站在屋中央，看见童天孙在荷影白皙的手臂上一遍遍地抚摸，她抱着毯子无声地离开了荷影的屋子。

今夜的月亮是那么的明亮和浑圆，几颗星星稀疏地缀钉在黑蓝高远的天幕上。微微的风中，有树叶从天空中飘零下来，有几片落在院墙的壁藤上，窸窸窣窣地响。这秋天中最后的声音轻轻地传开，传得很远。

这暮秋的夜的寒气已经丝丝逼人了。梦菊穿着大衣，来到院子的月光中。双脚轻柔而悠懒，在院中的石头小径上走过。有好些天没到后院了，后院芜冷得眼生。金银花藤架，白色的秋千，三树蜡梅，两树桂花，还有着齐至人腰的高高的石栏的井。那条用青石凿刻的排水小沟从井边通到后院外，其中还有浅浅的水洼和干枯了的苔。月光倾泻下来，照得沟中的水洼碎银一样晶亮。好冰凉、好坚硬的井栏啊！那井中的月亮，该把井壁那些像绸制一样的蜈蚣草照得难以深入到秋天的根部吗？在秋天深处的夜中，一切景物都说不出话。梦菊没有跨上井沿，她不想看那水中的月亮，水中的月亮是仙人的去处，世上的凡人总被这情景忧伤得落泪。

桂花已经开过了，梅花什么时候开呢？那细小的桂花曾给这园子带来了香润的清气。现在，它们哪里去了呢？那秋风的扫帚把这天宫的精灵扫到草丛之中，终于没有了身影。

梦菊想起"私订终身后花园，落难公子中状元"这句话，脸上是无奈冰凉的苦笑，奴役风月的园子哪里能左右得了人间的爱、人间的情啊！

穿着古铜色团花睡衣的童天孙睡在荷影的旁边，手臂枕在荷影的颈下。灯已经关掉，屋里的物什因窗外的月光而显得影影绰绰的。荷影的手伸进童天孙的睡衣，在他宽实的胸膛上一遍一遍地抚摸。童天孙吻着荷影的头发。荷影要解童天孙的睡衣带子，手被童天孙握住问：

"病还没全好，能行吗？"

荷影没有回答，只用劲把手挣脱，把童天孙的睡衣带子解开了。荷影像剥什么动物的皮一样，把童天孙的睡衣剥开，一边把头埋进童天孙的怀中亲吻，一边用手从童天孙的小腿肚向上抚摸，一直滑到童天孙的大腿根和腰腹。童天孙扳起荷影的头来，一阵狂吻，他手指坚硬的指甲把荷影软软的真丝睡衣划得咝咝地响……

7

又是一个阴晦有雾的天气，看不出是早晨的什么时候。童天孙一边小心翼翼地开着车，害怕视线不好撞了人，一边抬起左腕看了看表，已经九点了。

童天孙回到家，春柳还没有起床。他走到壁炉前烤着手，其实是迟疑着是不是这时候上楼去见春柳。站了好一会儿，仆佣才出来，看见童天孙一个人站在宽大空旷的客厅中，竟吓了一跳。童天孙说："我吃过早餐了，你给我放好洗澡水吧。"仆佣这才转身急急地走了。

童天孙上楼拿内衣，见春柳蓬乱着头发仍躺在床上抽大烟，想发作，终于还是忍住了。只是转过脸时非常厌恶地皱了皱眉头，心里愤愤地骂道：猪！

见童天孙进来，春柳把烟枪扔到盘中，丫鬟马上就端了下去。春柳下床来，趿着绣花的绸面丝绵拖鞋，走到童天孙背后，抱住了童天孙的腰，低低地说：

"才回来呀。"

"昨晚喝酒喝多了，回不来，就在亚东宾馆将就了一夜。"边说话，童天孙用手想把春柳抱着自己的腰的手拿开，春柳却不松手。春柳的劲不小，一用劲就把童天孙抱了起来，春柳哈哈大笑着把童天孙抱上了床。童天孙没有挣扎，慵懒无奈得不想反抗任何东西。春柳的睡衣敞开了，里面是光光的身子，两个奶子像盛着水的气球垂着。春柳扑在童天孙的身上嬉闹捶打。

童天孙闭着眼睛，手脚身体都僵硬着，没有半点儿激情。其实童天孙的内心还是想假装着应付一下的，结果不能，只好坐起来，急急地边说边整理衣裳：

"今天上午公司中还有事，我得马上走。"

在楼下，童天孙听见楼上有什么瓷器之类的在木头地板、地毯上叭叭叭地发出粉碎的声音。仆佣说，水放好了。童天孙提着包，头也不回地说："不洗了！"

对于春柳，童天孙真的有些畏惧，每次想到这一点，都更大地激起童天孙的愤恨。因为在这座山城，童天孙的名字可算是响得像钟楼的钟，无人不知，无人不晓。即使生意场中，黑道白道，大家无不敬他三分。当然，切齿痛恨的也有，那也只是背后的狠劲，不敢面世的。童天孙知道这种伤害对于春柳的意义，所以这段时间他一直住在公司不回家，他也不敢乱来，东郊的艾园更是不敢再去，害怕露了破绽。只是一味地做生意，偶尔打个电话回到家中，不冷不热地消春柳的气。

春柳不育，中西医都看了，药吃了不少，结果仍然是盼不到好兆头的铁树——没有开花的希望。这两年，吃够了药的春柳索性不再吃药了，说是再等几年，她心情好了，抱养一个就是。童天孙算是一个新派人物，洋人朋友不少，即使心里想娶一个妾，也不会真娶，何况还有春柳这一个难关口要过，所以早就死了这份心。对于春柳而言，她自知自己无能，断了人家童家的香火，有些事自己心里就有些内虚。为童天孙纳妾她也不是没想过，想的结果却是：此路不通。她不愿意有一个又能生又能养、如花似玉的女人成天在自己的眼前晃，明着暗着和自己争风吃醋。那情景春柳想起来都难受。为了弥补自己对童天孙的这份歉疚，春柳对童天孙在外的行踪就宽容松懈得多。东郊的艾园，这么些年，她隐隐约约地知道，在童天孙面前，她只不过睁只眼闭只眼罢了。时间久了，对于这桩事她口头上虽不好说什么，其实心底还是有些难受，所以每次和童天孙做爱，她都像是怀着一种报复心理，来发泄自己的疯狂。

8

从那晚之后，荷影的病没两天就好了。这十来天，童天孙没有来，梦菊也一反往常，很少回家来住。偶尔回来一下，不是拿衣服，就是拿书，一问起，梦菊就说最近功课紧，荷影也无法。

这天，荷影在堂屋中又痴痴地坐了一阵，手中的毛衣没织几针，终于耐不住，拣了素朴的衣服穿了，就去了后山的静安寺。一级一级的石阶通到山顶寺中，石阶上落满了松针，踩上去像地毯一样松软。石阶的缝中时常有些草，半枯半黄，一律耷拉着叶子。后山算是这座城市清静的"佛地"。因了红墙青瓦的庙宇，热恋的学生也不时到这里来幽会和偷情，大约是怕庙中木鱼、磬声、念经的声音的威慑。荷影走得很慢，有两枚松针落到她的头上，她也不去，只是一步一步地上山。那些鸟儿就跟随着她，在她头上一声一声地叫着，从一棵树跳到另一棵树。时常有鸟似乎失了脚，从枝丫上掉下来，还没等荷影惊吓完，那鸟儿就在快要落地的瞬间又飞了起来，叽叽喳喳地上了树。荷影想，人怎么和鸟不同，常常一失足，就跌到底，再也爬不起来，成了千古之恨。梦菊不回家，童天孙好久也不来了……

　　寺门开着，静悄悄的，敲磬的声音和念佛经的声音从后面的大雄宝殿传来，青砖地上的一群麻雀呼的一声飞起，上了院中的大松树。一个小沙弥出来，见是荷影，露出白白的牙齿一笑，又退回了红漆门窗的禅房。荷影是静安寺的老施主了，人人都认得她。她随意地在寺中转了一遭，在一座座佛像前上了香，加了灯油，待出来，老方丈已在院中数着念珠等她。两人作过揖，道了"阿弥陀佛"，方丈道：

　　"施主神情黯然、憔悴，印堂灰而无光，必是有什么烦心之事吧？"

　　荷影点点头，道：

　　"前些日生病刚好，仍然体弱。还请老方丈占一卦，指点迷津。"

　　说着，两人就到了庙堂之中，荷影接过方丈递过来的卦筒，闭上眼，对着佛台上的释迦牟尼作了三个揖，又停了一会儿，才开始摇。终于有一根签落到了地上，她才住了手，睁开眼睛，弯腰捡起来，捏在手上，迟疑着没有打开，最后仍然把签放入卦筒。

　　"天道人道，顺其自然为道。清净修身，平常心情，方能无虑。施

225

主保重。"老方丈说道，念了"阿弥陀佛"，微微一笑，手中的念珠无声地数过去。

荷影不知道怎么就出了山门，有些呆然地下山。山风吹来，山间树木寒凉的气味清新怡人。荷影踏着石阶，似乎大醉之后清醒过来，虚软的身体在风中摇晃，朦胧的视线中，世界再次呈现本来的面目，山是山，树是树，草是草，山风是山风，鸟声是鸟声。占卦又能预卜什么？又能改变什么？这时候的荷影只是狠狠地咬着牙齿，咬肌一棱棱地在两腮起伏。但她不知道恨谁，不知道向谁讨回她自己努力要保持的那份安乐和平静。她不想知道那一卦上写着什么，谶语要告诉自己什么。她要下山，要回家。静安寺的晚钟响起来的时候，荷影已走到了山下，被汗湿的内衣也已渐渐干了。

9

十五天，整整十五天梦菊没有回家去睡觉。她开始讨厌艾园，讨厌那清冷寂寞的家了。她爱母亲，也可怜母亲。在她十几岁时，童天孙就没了父辈的形象。这个父辈的形象只是因荷影的存在，才在她的心目中名不副实地勉强维持着，梦菊和童天孙更像兄妹和朋友。梦菊对童天孙的爱，起初是朦胧的，或者说在荷影的眼中是女儿对父亲的爱。梦菊也不否认这点。但后来就不一样了。有许多次，梦菊甚至有了把荷影逼到死角的念头。荷影太软弱，太不善于抓机会了。荷影对童天孙从没有过半点儿要求。在荷影的心中，除了深切的感激，便是奉献和付出。有许多次机会，荷影都可以改变这种"名不正，言不顺"的状态，但她没有反应。她那感恩似的满足，让梦菊看在眼里，怨在心头。

这一次，梦菊想离开家住一段，她爱母亲，也理解母亲，知道母亲这一生中几乎所有的经历。她只是想躲开母亲来平静和疏解自己心中的矛盾。现在，每当荷影看见梦菊时，梦菊心中都有一种暗暗的恐惧。荷影的眼神，差不多是乞求和哀怜，而表面却装扮成石头一样坚硬。

梦菊在学校有许多朋友，女的男的。她的才貌都让他们舒服。李农是一个漂亮而又富有的公子，读书寥寥，本事不大，在澄江大学女孩子中名气却好生了得。他追梦菊已有半年了，梦菊或是顾左右而言他，或是干脆懒得理睬，一脸的清冽孤傲，使过过"五关"的李农连手也未曾与梦菊拉过。李农注意到，这半个来月，梦菊一直住在学校，李农自认为这对自己是一个好的兆头，所以加紧了"进攻"。这天恰巧是星期六，下午基本上各班都没有了必上的功课，李农在巨星影院买了两张电影票，是克拉克·盖博主演的《一夜风流》。李农知道梦菊崇拜盖博，所以投其所好。

李农等在梦菊上课的"书声"楼下，等梦菊下课出来，好歹拉上梦菊看这场电影，然后在街上吃饭、进酒吧，希望在自己的恋爱史上重写精彩的一笔。

李农大约有些想入非非了，当下课铃丁零零响起来的时候，他竟吓了一跳。梦菊无精打采地下楼来，懒洋洋的两只脚在楼梯上拖拖沓沓的，木头的鞋跟在木楼梯上碰得啵啵地响。她已经看见了李农，但装着没有看见的样子，仍然拖拖沓沓地顾自走着。李农在楼梯口站着，仰着头：

"哎，梦菊，想什么呢？"

"没想什么。"

"巨星剧院今天放盖博的《一夜风流》，我好不容易搞了两张中午的午场票，我俩去吧？"

梦菊想，又是周末，大家差不多都回家了，在学校也没有意思，再说又是盖博和《一夜风流》……梦菊其实心里已打定主意，但嘴上没说，只是一味地往宿舍走。李农跟在梦菊后边，心里没底，不知道梦菊究竟去还是不去。两人无言地走了好大一截，眼看梦菊快到宿舍的大门了，李农只得再问一次。

"你去不去，梦菊？"

"去呀，怎么不去。我又没说不去。"

李农那忐忑的心这才落了地。

童天孙一走进呢哝酒吧，就看见梦菊和李农坐在那里喝酒、低语。

呢哝酒吧是一间法式酒吧，吧内布置得金碧辉煌的，紫红的金丝绒落地窗帘遮住屋外的光线，即使中午，一张张桌上仍然点着蜡烛，银制烛台在烛光中发出华贵的亮光。侍者一律身着红色西装，结着黑色的蝴蝶结。乐池中的几个人整日卖劲地吹着曲子，随着小号和萨克斯风吹奏手身体的起伏摇摆，乐器上那金色的光不断地在吧内晃动。这时，乐手正在演奏《邮递马车》。

梦菊和李农对坐着，闪亮的银烛台上的蜡烛跳跃着梦幻般的火苗。两人的头几乎顶在了一起，低声地说着话，两人不时都窃窃地笑起来。他们的脸不知是酒的作用，还是烛光的映照，同时都泛出有些橘红的颜色，一半明、一半微暗的脸的轮廓和头发在烛光中都笼罩着柔和的金边。

童天孙坐下来，要了一杯白兰地，远远地看着梦菊。抬起头来的时候，梦菊也看见了童天孙，但装着没看见，仍然低下头和李农说话。

童天孙几次想走过去，都忍住了。打电话的时候，童天孙已经从荷影那儿知道了这段时间梦菊不回家。他以为，他今天所看到的就是梦菊不回家的原因。

梦菊喝醉了，当她从椅子上站起来的时候，差点儿摔了一跤，李农扶着梦菊往门外走，梦菊的头无力地靠在李农的肩上，嘴里嘟嘟嚷嚷，跟着乐队唱《夏天里最后的玫瑰》。

童天孙也从座位上站了起来，跟着梦菊和李农到了门外。李农一边扶着梦菊，一边招手喊洋车。童天孙走到梦菊面前，对梦菊爱恨交加地说：

"你妈天天在家等你回家，你就在外边喝酒！你为什么要喝成这样？"

梦菊抬起头来，醉眼迷蒙地看着童天孙："别提我妈！别提我家！我愿意喝！"

童天孙抬手就给了梦菊一巴掌，梦菊的脸上立刻就起了五根指印。一打完，两个人都愣住了。童天孙的手无力地垂下来，他看见，梦菊的眼泪慢慢地爬出眼眶，流了下来，把头扭到一边去。这是这么多年来，童天孙第一次打梦菊，打完了心里直后悔。

李农认识童天孙，不仅知道童天孙是他们学校的董事，还是他父亲生意场中的朋友，两家常有来往。李农站在旁边自然不敢吱声，心里只好暗暗地自认倒霉。

梦菊转身，偏偏倒倒地要走，下街沿时，一脚踩空，被童天孙一把拉住，才没摔倒在地。好说歹说，童天孙才把梦菊劝上自己的车。看见童天孙的雪弗龙开走，李农转身又进了呢哝酒吧。

在车上，梦菊仍然一声又一声地喊：

"我不回家……我不回家！"

"那你去哪儿呢？"

"我要去青龙湖。"梦菊梦呓般地说。

青龙湖在南郊，方圆好几十里，青龙山三面环绕，因而得名。这里有不少各式各样五彩的游船租给游人游湖玩水，这里还是去西山的渡口码头，游人乘客不少。梦菊不想这样子回家、回学校，顺口就说了刚才李农约她明天去郊游的青龙湖。

童天孙也有好久没去过青龙湖了。梦菊这样子，回到家，荷影不知

229

会难受生气成什么样子，先带梦菊到青龙湖多待一会儿，醒醒酒也好，童天孙想。

车到青龙湖的时候，梦菊的酒渐渐有些醒了。童天孙租了船，扶着梦菊小心翼翼地上了船。梦菊坐在白椅上，童天孙蹬着船，红色的小游船就向湖东的芦苇荡缓缓飘去，远远看去，就像一枚秋天的红叶在碧澄的玻璃上随风滑动。

在秋天，青龙湖的芦苇已经秆枯叶黄，金黄的苇叶之上，是雪白如云的芦花。风吹过，飒飒瑟瑟的声音中，云絮般的芦花在空中轻轻地上下四处飘着。有些落到湖中，转眼就杳无踪影。梦菊看见那些落水的芦花在水中香消玉殒，犹如一声叹息过去，只在心中留下一丝淡淡的伤感，便神情有些黯然。她不时折一些芦花，抱在胸前，就像抱着一团云，抱着一只白色的波斯猫。

童天孙优哉游哉地蹬着船。装在轮子上的桡板拍着水，雪亮的水花不时飞溅起来，哗哗的水声一路响着。在苇丛中寻找苇籽的鸟被惊扰，呼啦一声飞起来四散开去，然后又聚在一起，叽叽喳喳地叫嚷着，钻进另一片芦花中，这些秋天的鸟正在寻找过冬的粮食。

"头顶芦花的鸟好像走出教堂的新娘耶。"梦菊走到童天孙的身边，说。

童天孙把船停下，泊住，两人坐在船上，四面都是芦苇，远方如黛的青山中有红和黄的丛林，绚丽而又安静。在他们泊船的地方，山的影子在水中荡漾，碧澄的水中，这秋天的山影像印象派画家的作品一样。

童天孙和梦菊都没说话，两人并肩坐在船头看山、看水、看天空的鸟。渐渐地，梦菊的头靠在了童天孙的肩上。童天孙又闻见了梦菊头上那种玫瑰花的发香和她身体的青春的朝气。他想起那晚，想起那如同停留在空中的梦菊的身体的那个幻觉。他转过头来，他看见梦菊闭着眼睛，有几根头发垂在脸上，在风中轻轻地一扬一停。童天孙的脸被梦菊的呼吸弄得痒痒的。

梦菊怀中的芦花散开来，一根一根悄然地落到船上和水中，没有溅起半点儿波纹。梦菊的身体倒在童天孙的怀中，脸上飞起两朵灿若朝霞的云霓，闪烁出滚烫的神采，而身体却似乎冷得瑟瑟地抖索。梦菊的痴迷和渴望、美丽和陶醉几乎要使童天孙窒息，童天孙再也难以抵抗这种诱惑，他情不自禁地埋下头来……

在红色的游船中，梦菊如白玉一样的身体像是醉睡过去了的一节雪白的嫩藕，起伏的胸上，有两枚红色的星闪着迷人的光焰。童天孙跪在梦菊面前，听凭从芦穗上飞下的芦花飘在自己的头上，飘在梦菊的身体上。当梦菊的身体像打开的画轴完全展现在童天孙面前时，他惊讶得身体僵硬。那个曾经骑在自己脖子上的小小姑娘和眼前这天生丽质的人体在他头脑中同时出现。童天孙不知道该相信自己的眼睛呢，还是相信自己的理智。这种搏杀击退了他的欲望，他突然感到自己罪恶的念头和行为是多么的不可饶恕。羞惭愧悔的童天孙颤抖着手，用如雪的芦花把梦菊的身体掩埋了起来。

童天孙穿好衣服，站在船头，一群鸟儿像一朵灰云飞了过来，在他的头上盘旋了几圈后又飞走了。童天孙望着西边的天际，落日把潮水映得绯红，粼粼的红色波光中有片片白帆，水鸟横空飞过，呀呀的叫声远远地传来。而东边、南边、北边的水天之间已经烟波浩渺、黄昏初度了。

10

春柳坐在花园的长椅上，一条黄色的长毛哈巴狗蹲在她的脚下。她的脸有些苍白和浮肿，手指间的香烟好半天才吸一口。秋天里九十点钟的太阳虽然温度不太高，却很明亮，照在春柳的脸上，使春柳不得不有些眯缝着眼。

胡七踌躇着四处张望了一下，耷拉着那只被人抽了筋的右手，拖着颠颠的碎步从门房走了过来。春柳仰着头仍然靠在椅子上。

"太太。"胡七弓着腰喊春柳。春柳抬手指了指汉白玉石圆桌上的"骆驼"香烟：

"拿着抽吧。"

胡七从烟盒中取了一支，哧的一声划着火柴点上，仍然不走。胡七是从春柳家带过来的，原来是春柳老爷子手下的一个打手，被人家抽了筋，废了，就跟着春柳来到童家的这座新宅花园看门。

"有事吗？"春柳睁开眼睛问。

胡七的腰弓得更低了，耷拉着的右手左右抖来摆去的。

"昨儿个下午，我回青龙山给我婆娘送点儿钱，在青龙湖等船，我看见先生的车停在青龙湖的码头上……"胡七的家在青龙山西首，住在那片山中的人进城出城都坐船过青龙湖，水路短，还省劲。

"我留了个心，问出租船的老大先生在青龙湖干啥。老大说，开车来的先生和一个样子像学生的女娃子划船到芦苇中去了。我就蹲在一边，好半天两人才把船划回来。那女娃长得还有点儿乖呢！"

"那女的多大年纪？"春柳以为和童天孙在一起的是这些年和童天孙有来往的荷影。

"就二十来岁吧。"

春柳的脸一下就垮了下来，那样子差不多能拧出水，呼的一声就站了起来。

"那女子住哪儿？"

"不知道。"

"你找人找找，弄清楚了。"春柳向家里走，头也不回地边走边说，"上我这儿来拿点钱。"

　　风吹过后园干枯的金银花藤，再也没有一片叶子落下来。金银花伸出花架的细细的藤须在风中弹动，发出呜呜的低鸣。大约是下午四点钟，荷影上午到医生那里拿治咳嗽的药。最近荷影每早起来总要咳嗽一阵，痰还多，打电话，医生叫她自己去取一罐蜜川贝枇杷膏，说是吃过半月一月的，就会好利索。

　　梦菊回家来住了，但整日都慵懒得连话也不想多说一句。她斜坐在秋千上晒着太阳。她看见她在阳光中的身影随风飘拂。她的视线忧郁地穿过后院红砖的围墙，逐渐行走到无限的远方，所以她的眼睛呈现出空洞、虚无和茫然。还有那口围着石头井栏的井，森然而寒的洞穴中，水静如死潭，听不见水漫出或漫进的声音。这阴森的气息从井口弥漫上来，渐渐地遍布后园的所有角落。整个后园，即使在明亮的阳光中，都能闻见井中泥腥的气味。远方，在梦菊视线停留的地方，烟水之中的芦苇丛举着如雪的花，在天边的寂静中站成一片颓废的风景。

　　梦菊听见了汽车停下的声音，有人打开了她家的院门，是两个人的足步声。梦菊不知道是不是童天孙，她不想知道是谁。她身下白色的秋千椅仍那么轻缓地摇着。

　　两个人向梦菊走来，越来越近。梦菊从没见过这两人。一个高而瘦，一个矮而壮，都戴着礼帽和墨镜。梦菊有些惊诧，她从秋千上站下来，厉声问：

　　"你们找谁？"

　　这时两人已走到了梦菊眼前，一人抓住梦菊的一只胳膊，架起来就往屋里走。两脚悬空的梦菊在怒骂大叫几声之后，不再喊叫，只是狠劲地用牙咬着嘴唇，两行泪水爬过她的脸颊，沾住了披散在脸上的头发。

梦菊想哀告，但终没有说出口，她知道她就要完了。这个突如其来的灾难弄得她自己咬破了嘴唇，鲜红的血把胸前的衣服染得斑斑点点的，像是打落的梅花。

瓷器和桌椅板凳在地上响成一片。飞起的瓷片像水花一样溅开，穿过油纸的窗户落到院中枯黄的美人蕉叶子上。书从书架上被拨到地上，桌上的墨汁流下来，打在翻开的书上，那书页像是蝴蝶的翅膀，被一滴滴墨打湿，终于垂落在地，被浸成一团漆黑。

梦菊被瘦而高的男人扔在床上。梦菊闭上眼睛，她听见瘦男人的淫笑把破烂的窗户纸震得索索地响。梦菊的衣服被瘦男人撕扯去，在瓷和木头碎裂折断的声音中，是梦菊的衣裳被撕裂的声音，是梦菊心灵和肉体被撕裂的痛叫……

在梦菊的昏迷中，她听见那个瘦男人嘻嘻地说：

"还是处女呢。"这声音虚无缥缈，似来自遥远的黑夜深入。然后是银圆在桌上碰撞叠摞的声音。

……

在断断续续的萨克斯风的声音中，梦菊从无边的黑暗中醒了过来。如泣如诉的萨克斯风好像在诉说着一个悲伤的故事。沉重深情的句子传来，犹如一阵阵的劲风拂过大片残败的芦苇。大片的水，又像拂过雷阵雨袭击过的。一大片长满紫罗兰的花地。一个弓腰驼背的花匠戴着眼镜，蹒跚地走向花地的尽头。人影越来越小，那天边的风车旋转着，像小小的蒲公英在风中飘飞。

萨克斯风悲凉的声音中，没有出现一段激越的句子就消失得无影无踪了。那是一个失恋、酗酒的演奏家在回忆自己曾经有过的辉煌岁月。他就住在艾园旁边的一个小木屋中。这个潦倒的艺术家总是出人意料地吹奏起一个又一个忧伤的曲子，最后又总是戛然而止。

梦菊感到下身火辣辣地疼，感到身下稠而黏的血团几乎要把自己的整个身体凝固起来。她垂在床边的手摸到了一片锋利的瓷片，当她把这冰凉的瓷片放到自己的脖子上时，她的眼泪又无声地流了下来，在昏暗的屋中闪着的小光锐利而又寒冷。她的整个身体都忍不住地颤抖起来。

荷影一走进院子，就有一种不祥的预感，待走到堂屋前，眼前意外的景象使她的嘴唇都哆嗦起来了。堂屋门大开着，瓷的碎片，断肢歪斜的桌椅，撕烂的字画，遍地狼藉。荷影扑进梦菊的房间。看见荷影回来，梦菊的手颓然无力地垂下来，瓷片掉到地上，和别的瓷片碰出一声幽幽的声音来。

"妈！"梦菊的哭喊撕心裂肺。

荷影扑通一声跪在床前，膝盖把地上的碎片压得嚓嚓啦啦地响，母女俩抱着头痛哭起来。

回头的时候，荷影看见书桌上堆摞着一堆银圆，银圆下压着一张纸。她疯了一般扑过去，抓过纸来。纸被扯成了两半，她颤抖着手拼起来。纸上写着：

"别让我们再在这座城市中看见你们！"

荷影跌倒在桌上，她疯狂地把桌上的银圆打拨到地上，一个不剩。银圆在地上，在碎裂的瓷片间跳跃、滚动，发出叮叮当当经久不息的声音。

透过盈盈的泪水，梦菊看见地上一个一个银圆躺下来，满地的银圆如雪如月光一样闪射出寒彻骨髓和肺腑的光芒。

12

船在青龙湖上缓缓地行走，欸欸乃乃的桨声和咿咿呀呀的橹声单调地此起彼伏着。穿过青龙湖，翻过青龙山，再走百十里路，是荷影十二岁时离开的老家。

一场雨之后，芦花已经落得差不多了，而湖水却更加碧蓝了。青龙山四处浸上了斑斓的锈色。大雁在湖的上空飞过，那雁唳的声音久久不散。荷影和梦菊坐在船尾，荷影的身下是包着衣服的包袱，梦菊的身边立着一个柳条箱子。船偶尔摇晃的时候，听得见荷影怀中那个布袋里轻微的银圆互相摩擦的声音。每当这时候，荷影的眼睛就会闪出惊惶的神色来，四处扫看，怀中的包袱也就抱得越发紧了。

　　十二岁那年，是荷影的父亲送荷影进城，那个扎着两条小辫子的小姑娘也是紧紧地抱着怀中那小得可怜的包袱。其中有一件仅在那年春节才穿过一次的新衣服。荷影的父亲坐在荷影身边，吧嗒吧嗒地抽旱烟，和荷影生动惊异又略带害怕和羞怯的神态相反，他是一脸的木然。

　　在荷影和梦菊离开艾园的当天下午，一场没有查明缘由的冲天大火把整个艾园化为灰烬。当灰飞烟灭之后，一个沿街乞讨的叫花子在艾园坍塌的一个屋角，终于不辞辛苦地翻出一块银圆。当叫花子用自己身上破烂脏黑的衣服擦去银圆上的灰迹和大火烧灼的斑痕，闪闪发亮的银圆在他的手指的弹动下发出当当当清脆的声音时，他高兴得一蹦一跳地嬉笑着跑了。

　　和艾园毁于火灾这条消息同时刊载的晚报社会版上的另一条重要消息是：本市著名富商、慈善家童天孙家的门房胡七酒后醉卧门前，被主人的车意外轧死。童天孙和童太太春柳一起对胡七的妻小大发善心，共送给两千元以助其生活之需。

图书在版编目（CIP）数据

游走的人／瘦谷著. — 北京：中国文史出版社，
2020.1

（跨度小说文库）

ISBN 978 - 7 - 5205 - 1253 - 4

Ⅰ. ①游… Ⅱ. ①瘦… Ⅲ. ①中篇小说 - 小说集 - 中
国 - 当代②短篇小说 - 小说集 - 中国 - 当代 Ⅳ.
①I247.7

中国版本图书馆 CIP 数据核字（2019）第 185911 号

责任编辑：蔡晓欧　薛未未

出版发行：**中国文史出版社**

社　　址：北京市海淀区西八里庄 69 号院　邮编：100142

电　　话：010 - 81136606　81136602　81136603（发行部）

传　　真：010 - 81136655

印　　装：北京东君印刷有限公司

经　　销：全国新华书店

开　　本：720×1020　1/16

印　　张：15.25　　字数：181 千字

版　　次：2020 年 1 月第 1 版

印　　次：2020 年 1 月第 1 次印刷

定　　价：55.00 元